KB057587

남주의 남자들

남주의 남자들

박초이 소설

문이당

작가의 말

힐베르트 호텔

내가 힐베르트 호텔에 도착한 것은 밤 11시가 넘어서였다. 이미 섬에 있는 숙박업소는 모두 가 본 후라 나는 몹시 불안했다. 이곳에서도 방을 구할 수 없다면 가정집을 노크하던가 노숙을 해야 했기 때문이다.

내가 가가홀 섬으로 여행을 떠날 거라 하자 사람들이 말했다. 호텔 예약은 하지 않는 게 좋아. 그럼, 가가홀 섬이라면 힐베르트 호텔을 경험해 봐야지. 주변 사람들이 하도 힐베르트, 힐베르트 하길레 힐베르트 호텔을 검색했다. 호텔 주소는 정확하게 기재되어 있었는데 크기와 객실 수, 부대시설 등 정확한 정보가 없었다. 다녀온 사람들도 말을 아꼈다. 마치 힐베르트 호텔의 비밀을 지켜 주기 위해 약속한 사람들 같았다. 예약을 하려고 전화를 했지만 항상 통화대기중이었다. 여행 날짜는 다가왔고, 직접 가서 경험해 보라는 주변 사람들 말을 믿기로 했다. 가가홀 섬에서의 색다른 재미와 경험이 힐베르트 호텔에서의 숙박이라는 사람이 제법 많았다. 뭔가 있을 것 같았다. 나는 조심스럽게 프런트 직원에게 물었다.

"혹시 빈 방이 있습니까?"

직원이 빙긋 웃으며 대답했다.

"지금은 방마다 모두 투숙객이 있습니다."

이럴 줄 알았으면 다른 호텔이라도 예약할걸, 후회가 밀려들었다. 그런데 이 사람은 왜 실실 웃는 것일까. 안타까운 척이라도 해야 하는 게 아닐까, 나는 명찰을 힐긋 보았다. 힐베르트,라고 쓰여 있었다. 그가 말했다.

"방법이 있습니다. 잠시만 기다리십시오."

그는 갑자기 마이크를 잡고 방송을 하기 시작했다.

"지금부터 투숙객 여러분은 옆방으로 한 칸씩만 이동해 주시기 바랍니다. 1호 손님은 2호로, 2호 손님은 3호로. 정확하게 10분 후에 각 객실 앞에서 만나 방 열쇠를 전해 주시기 바랍니다."

나는 어안이 벙벙했다. 이건 도무지 말도 안 되는 상황이었다. 나의 어리석음을 탓해야지 누굴 탓할까, 혼자 궁시렁대다가 아주 이상한 광경을 목격했다. 호텔은 나선형 구조로 되어 있었는데, 일층 프런트에서 보면 각 층의 풍경이 모두 보였다. 그런데 각 방의 문이 열리더니 투숙객들이 쏟아졌다. 그들은 문 앞에서 옆방 사람에게 호텔 열쇠를 전해 주고 받은 뒤 방안으로 사라졌다. 어찌나 일사천리로 움직이는지 마치 쇼의 공연을 보고 있는 듯했다.

곧 누군가 1호실 카드키를 가져왔고 힐베르트는 웃으면서 내게 카드를 주었다. 그리고 종이 한 장을 내밀었다. 숙박 이용객 동의서였다. 동의서에는 밤 12시까지 방송 내용에 귀를 기울일 것이며 방송에 따라 신속하게 행동해야 한다,는 내용이 들어 있었다. 사인을 해야 숙박을 할 수 있다고 했다. 나는 곧장 사인했다. 믿기지 않았지만 나는 방을 얻었고 그 사실이 무척이나 흡족했다.

카드키를 받아들고 돌아서려는데 관광차가 도착했다. 한 무리의 사람들이 호텔로 들어왔다. 그들은 다른 곳에서 예약을 했는데 문제가 생겨 이곳으로 왔다고 했다. 인솔자인 듯 보이는 사람이 말했다.

"힐베르트, 미안하게 됐네. 아직 12시 전이니 방은 구할 수 있겠지? 이번에는 좀 많네. 30개의 객실이 필요하네."

힐베르트는 잠시 고민하더니 좀전에 했던 것처럼 마이크를 잡고 방송을 했다.

"손님 여러분, 죄송하지만 현재 묵고 계신 객실 번호에 2를 곱하셔서 그 번호에 해당되는 객실로 모두 옮겨 주시기 바랍니다. 10분 후에 객실 앞에서 만나 룸 키를 교환하십시오. 혹시 곱하기가 되지 않는 손님은 전화기를 들고 1번을 눌러 주십시오. 자동계산안내시

스텝입니다. 감사합니다."

정확히 10분 후 나는 2호실 앞에 서 있었다. 아직 방에 들어가지 않아 다행이라 생각하며 2호실 손님에게 카드키를 건넸다. 2호실 손님은 4호실, 4호실 손님은 8호실 앞에 서 있는 것이 보였다.

나는 프런트를 내려다보았다. 힐베르트는 아주 신이 난 것 같았다. 아마도 빈 방이 많이 생겨서 손님을 더 받을 수 있기 때문인지도 몰랐다. 오늘밤에는 더 이상 방송을 하지 않아도 될 것이다. 1호실, 3호실, 5호실, 6호실, 7호실 등 손님들이 이동한 것보다 더 많은 무한대의 객실이 생겼으니까. 그러고보니 호텔 크기가 2배 수로 늘어난 것 같았다.

나는 흘깃거리며 힐베르트를 보았다. 어쩐지 이 모든 상황을 통제하고 만들어내는 이가 힐베르트인 것만 같았다. 그의 정체가 궁금했다.

아무튼 궁금하고 이상한 일 투성이었다. 이렇게 많은 사람들이 한꺼번에 움직인다는 사실도, 객실이 무한대로 늘어난다는 것도 상식으로 생각할 수 있는 문제가 아니었다. 하지만 직접 본 나로서는 이 사실을 믿지 않을 수 없었다.

어찌됐든 힐베르트는 빈 방을 만들어냈고 그만의 독특한 공간을 창조해낸 것이다. 그러므로 나는 분별력을 상실하는 어리석음을 범하고 싶지 않다. 규격화된 공간을 만들고 자동화된 시스템 속에서 인물들을 움직이게 하는, 상상이 멈춘 공간들을 수없이 봐왔기 때문이다. 힐베르트는 아마 작가가 아닐 거라 생각하며 나는 2호실로 들어갔다.

2호실은 텅 비어 있었다. 다만 글귀가 내 앞에 펼쳐졌다. 당신만의 공간입니다. 당신의 직관으로 이 방을 채우십시오. 나는 머리를 쥐어뜯었다. 힐베르트, 그가 만들어 놓은 공간 안에서만 움직이는 하나의 숫자가 된 것만 같았다. 하지만 나는 무한대로 확장되고 끝이 보이지 않는 이 공간처럼 더욱 새롭고 제한 없는, 그러면서도 의외성 가득한 나만의 공간을 만들 작정이다.

자, 이제 시작이다.

2019년 6월
박 초 이

차례

거짓 없이 투명한

거짓 없이 투명한

　나는 궁금한 것이 싫다. 일이든 사람이든 한눈에 명확하게 보이는
것이 좋다. 자신의 의사를 분명하게 표현하는 사람이 좋고, 이래도
좋고 저래도 좋은 사람은 자기애가 부족한 것 같아 싫다. 이래도 별
로, 저래도 별로인 사람은 삶의 의욕을 상실한 사람처럼 보인다. 거
짓 없이 투명할 것. 그것이 우리 집 가훈이다. 나는 아내가 거짓 없
이 투명하기를 기다리는 중이다. 하지만 아내는 나를 힐끗 본 후 캐
리어를 끌고 안방으로 들어간다. 나는 조금 기다리기로 한다. 아내
가 거짓 없이 투명함을 실천할 때까지.
　어느새 아내는 바닥에 앉아 짐을 꺼내기 시작한다. 끈 달린 원피
스와 찢어진 청바지, 핫팬츠, 가슴이 훤히 보일 듯 앞이 파인 티셔
츠. 아내가 저런 옷을 입고 발렌시아 거리를 걸었다고 생각하니 기

분이 묘했다. 어깨와 가슴, 허벅지가 드러나는 것을 극도로 꺼렸던 아내였다. 심경의 변화라도 생긴 것일까? 아내가 무슨 말이라도 해주면 좋겠다. 거짓 없이 투명하게 여행에서 있었던 일들을 말이다. 하지만 아내는 단 한마디 말도 하지 않은 채 그저 짐만 정리할 뿐이다. 보다 못한 내가 먼저 말을 꺼낸다.

"여행 어땠어?"

아내는 대답하지 않는다.

"좋았어?"

아내는 대답 대신 나지막한 목소리로 노래를 흥얼거린다.

"노래 좋은데. 어디 음악이야?"

아내는 여전히 대꾸하지 않는다. 나는 아내에게 다가간다.

"여행 어땠냐고?"

아내가 나를 힐끗 쳐다본다. 잊고 있던 오래된 물건을 발견한 사람처럼. 그녀는 뭔가 생각난 듯 말한다.

"할 얘기 있어."

음, 이제 드디어 이야기할 준비가 되었나 보군. 나는 느긋하게 대답한다.

"그래, 이야기 해."

아내는 잠시 숨을 멈추더니 빠르게 말한다.

"우리 별거해."

뭐? 별거라니? 거짓 없이 투명하게는 아니더라도 그동안 어떻게 지냈으며, 누굴 만났고, 어떤 일이 있었는지 얘기해 줘야 되잖아. 잘못 들은 거겠지. 아내가 재차 힘주어 말한다.

"별 거 하 자 고."

불현듯 친절했던 기숙사 동기가 내 물건을 몰래 팔아버렸을 때 느꼈던 감정이 떠오른다. 몇날 며칠을 배신감에 절어 지내야 했던 날들의 기억. 나는 짐짓 아무렇지 않은 듯 호탕하게 웃으며 말한다.

"당신 농담하는 거지?"

"진심이야. 아주 오랫동안, 여행 내내 생각했어."

여행 내내라니. 선뜻 여행 보내준 내게 고맙다는 말은 못할지언정 헤어질 생각만 했다니. 뭔가가 울컥울컥 치밀어 오른다. 하지만 자제한다. 나는 사려 깊고 인내심 많은 남자니까. 살면서 단 한 번도 큰소리 친 적이 없으니까.

어쩌면 아내는 내게 섭섭한 게 생겼는지도 모른다. 내 마음을 떠보기 위해서 괜히 저러는 걸 거다. 종종 아내는 내게 원하는 것이 있을 때면 심술을 부리고는 했다. 거짓 없이 투명하게 자신의 생각을 말하면 좋을 텐데, 왜 저러는지 이해되지 않는다. 내게 반항하는 것일까. 나는 아내의 기분을 살핀다. 아내가 혼잣말처럼 중얼거린다.

"더 이상 각방 쓰기 싫어. 왜 같이 사는 지도 모르겠고……."

아, 이거였군. 아내는 나와 같이 자고 싶어 그러는 것이다. 나는 기분이 좀 풀린다. 한편으로 섭섭하다. 별거하자는 말을 저렇게 쉽게 내뱉다니, 방법이 영 틀렸다. 이번만큼은 나도 고분고분 아내 말을 들어 주고 싶지 않다. 더구나 각방을 먼저 제안한 건 아내였다. 나는 심드렁하게 대꾸한다.

"그건 당신이 제안한 거잖아."

아내가 헛웃음을 짓는다.

"당신, 기억 안 나? 밤마다 현아 때문에 잠 못 잔다고, 제발 입 좀 닥치게 해달라고 소리쳤잖아. 각방을 쓸 수밖에 없었어. 우리 모두를 위해서."

내가? 아무래도 아내는 제 정신이 아닌 듯하다. 내가 그런 막말을 했다고. 오, 노우, 노우, 여보 제발 정신차려. 나로 말할 것 같으면 한밤중에 한 번은 꼭 일어나 현아에게 우유를 먹이고, 기저귀를 갈아 주었다. 절대로 그런 말을 했을 리 없다. 아, 알 것 같다. 아내는 자신이 한 일을 내게 덮어씌우려는 거다. 오히려 밤마다 소리치고 울부짖은 것은 아내였다. 아내는 산후 우울증으로 힘겨워했다. 아이 울음소리 때문에 잠을 자지 못하겠다고, 두 시간 이상 자 본 적이 없다고, 이대로 있다가는 미쳐버릴 것 같다고 게슴츠레한 눈으로 중얼거리던 모습을 나는 기억한다. 내가 말한다.

"그런 가짜 이유 말고, 거짓 없이 투명하게 진짜 이유를 말해."

아내가 나를 쳐다본다. 진저리난다는 듯 몸을 떤다.

"당신이 듣고 싶은 말이 곧 거짓 없이 투명한 말이잖아. 안 그래? 중요한 건 더 이상 당신이 듣고 싶어하는 말을 해 주고 싶지 않다는 거야."

아내는 대화할 필요가 없다는 듯 고개를 돌린다. 캐리어에서 모자와 화장품 따위를 마구 꺼낸다. 바닥으로 스킨과 로션 병이 굴러다닌다. 신경이 영 거슬린다. 정리정돈이라는 말이 목울대를 때린다. 아내를 밀치고 짐을 정리하고 싶다. 화장품은 서랍장 안에, 모자는 사각의 잘 짜인 프레임 안에 넣고 싶다. 반듯반듯, 잘 정리된 세상이 곧 거짓 없이 투명한 세상이다. 궁금증 없는 세상 말이다. 한눈에 보아도 어디에 무엇이 있는지 구분되는 세상 말이다. 이렇듯 자꾸 어긋나면, 나는 질서를 잡기 위해 지금까지 했던 것보다 몇 배의 수고를 해야 할지도 모른다. 나는 가까스로 화를 참으며 말한다.

"이유를 말해. 솔직하게."

아내는 대답하지 않는다. 억지로라도 말하게 하고 싶지만 기다린다. 나는 털털하고 너그러운 사람이니까. 하지만 초조하고 답답하다. 아내의 화장품은 여전히 방바닥을 굴러다니고, 아내는 옷을 늘어놓기만 할 뿐 정리할 기미조차 보이지 않는다. 나도 모르게 박자를 세고 있다. 내 머리가 메트로놈이 된 것 같다. 왔다 갔다, 왔다 갔다. 흔들흔들, 흔들흔들. 왜 이렇게 빠른 거지? 옷들은 정신없이 마구잡이로 바닥에 쌓인다. 마치 바닥으로 떨어져 내리는 테트리스 게

임의 조각들 같다. 차라리, 이 모든 것이 테트리스 게임이었으면 좋겠다. 그 어떤 모양도 네모난 상자 안에 가둘 수 있는 테트리스. 저 조각들을 사각의 틀 안에 구겨 넣고 싶다. 구겨 넣어야 한다. 이대로 둔다면 모든 것이 엉망진창이 될 것이다. 머리가 지끈거린다.

도대체 아내는 왜 저러는 걸까. 뭐가 잘못된 거지? 부부 관계도 좋았는데. 따로 방을 쓰는 것은 문제 되지 않았는데. 왜 시원하게 대답을 안 해 주는 거지? 생각할수록 화가 났다. 뭐가 불만인 거지? 솔직히 나만한 사람 만나기도 힘들 텐데, 복에 겨워 쓸데없는 소리를 지껄이는 것이다. 지금 누리고 있는 모든 것이 내 덕인데, 감사한 줄 모르고 감히 별거하자니, 나를 뭘로 보고.

나는 아내를 내려다본다. 아내는 멍하니 앉아 있다. 왜 정리는 하지 않는 걸까. 왜 나머지 짐들을 꺼내지 않는 걸까. 마치 아무것도 하지 않으려 작정한 사람 같다. 아니, 내 화를 돋우려 작정한 사람 같다. 도대체 뭐가 불만인 거지? 말을 해야 알지, 말을. 답답해 미칠 지경이다. 이러니까 내가 거짓 없이 투명하게를 가훈으로 삼은 거다. 부부란 자고로 서로 비밀이 없어야 한다. 그래야 신뢰가 생기는 거다. 그동안 신뢰를 쌓았다고 생각했는데 그게 아니었나? 나만의 착각이었나? 도무지 아내 생각을 알 수가 없다.

그동안 나는 가정에 충실했고, 투자를 잘못해 재산을 날리지도 않았으며, 승진에서 미끄러진 적도 없었다. 더구나 이사 승진을 코앞에 두고 있었다. 별거중이라는 소문은 좋지 않았다. 이혼이나 별거 때문에 승진에서 미끄러진 사람을 한두 번 본 게 아니었다. 우습게도 '품행 단정', '가족 화목'이 승진 조항에 있었다. 나와는 상관없는 일인 줄 알았는데, 갑자기 느닷없이, 별거라니. 나는 그만 화를 참지 못하고 말한다.

"그런데 왜 이 시점이야?"

아내가 대답한다.

"이 시점이 될 때까지 기다렸으니까."

"이 시점이 왜?"

"현아가 집에 없잖아."

작년에 대학에 입학한 현아는 올해 교환학생으로 미국에 갔다. 현아가 떠나자마자 아내는 친구 미미를 만나고 왔다.

아, 왠지 알 것 같았다. 그래, 미미, 그녀 때문일 것이다. 착한 아내가, 순종적인 아내가 앞뒤 생각 없이 막 나가는 것은. 어쩌면 미미가 아내에게 남자를 소개시켜 주었는지도 모른다. 미미는 독신이었나? 기혼자였나? 어떤 친구였지? 아내에게 미미에 대한 이야기를 숱하게 들었고, SNS에서 웃고 있는 미미 사진을 보기도 했지만 모든 것이 허상 같다. 미미는 단지 SNS의 수많은 친구 중 한 명인지도 모른다. 아내가 미미를 만난다는 핑계로 다른 남자를 만나고 온 것이라면. 슬며시 웃음을 머금던 아내 얼굴이 떠오른다. 건강해 보이던 피부와 밝은 표정도. 평소 입지 않던 옷들이며. 이게 다 그 놈 때문일까. 그 놈이 아내에게 생기를 가져다 준 걸까.

한순간에 내 존재가 아무것도 아닌, 하찮은 것으로 변한 것만 같다. 가족을 위해 헌신한 내 삶조차 부정 당하는 것만 같다. 그동안 아내를 믿었는데. 다른 사람은 몰라도 아내만큼은 나를 잘 이해한다고 생각했는데. 그게 아니었다니. 혹시 아내가 직장을 그만둔 것도 현아 때문이 아니라 다른 이유 때문이었을까? 좀 더 편하게 남자를 만나기 위해서. 그래놓고 괜히 가족을 위한 것처럼 포장한 것은 아닐까? 무례하고 천박한 여자 같으니. 이건 도무지 말도 안 되는 모욕이다. 감히 내 인생을 망가뜨리려 하다니. 나는 아내를 쏘아본다. 말이 거칠어진다.

"왜, 다른 놈이라도 생긴 거야?"

아내가 시선을 캐리어로 돌린다. 지퍼를 열고 그 안에 있는 자질구레한 짐들을 꺼내기 시작한다. 세면도구와 머리빗, 헤어드라이어를. 방은 아내가 널어놓은 짐들로 재난 현장에 와 있는 것만 같다. 더 이상 참을 수 없다. 거짓 없이 투명하게 자신의 행동에 대한 설명은 하지 않더라도, 정리 정돈은 하면서 짐을 꺼내야지. 나는 바닥에 널브러져 있는 옷들을 발로 걷어차며 말한다.

"누구야? 어떤 놈이야?"

아내의 입꼬리가 살며시 올라간다.

"어, 웃어?"

이건 굴욕이다. 누구인지 모를 그 놈이 생각난다. 늘 고분고분하던 아내가 이렇게까지 변한 것도, 바싹 마른 낙엽 같던 아내에게 물기를 준 것도 그 놈일 것이다.

"어디까지 갔어?"

아내가 나를 똑바로 쳐다본다.

"너, 대답 안 할래? 조사하면 다 나와."

아내가 기다렸다는 듯 대답한다.

"우리 서로 조사할까?"

할 테면 하라는 듯 당당한 표정. 마치 자신은 아무 잘못 없다는 듯. 이건 도대체 뭐지? 나도 모르게 화가 솟구친다. 생각 같아서는 저걸 그냥. 하지만 나는 온순하고 사려 깊은 사람이다. 누구보다 아내를 아끼는. 참아야 한다. 손찌검이라니. 그것은 약해 빠진, 자신의 감정을 조절하지 못하는 인간들이나 하는 짓이다. 하등한 동물들 말이다. 나처럼 교양 있고, 참을성 많고 거짓 없이 투명하게를 실천하는 사람과는 어울리지 않는다.

나는 담배를 꺼내 들고 베란다로 나간다. 담배연기를 길게 들이킨다. 조금 진정이 된다. 하지만 잠시다. 자꾸만 환멸을 머금은 아내 눈빛이 생각난다. 악에 받친 듯 내뱉었던 말, 서로 조사할까?

거짓 없이 투명한 23

아내가 화영의 존재를 알고 있는 걸까? 아니다, 아닐 것이다. 화영이라니, 그럴 리 없지. 나조차 잊고 있던 일을 아내가 알 리 없다. 그렇다면 무슨 배짱으로 뒷조사하자고 말한 것일까. 뭔가 알고 있는 걸까. 알 리가 없지. 괜히 해 본 소리일 것이다. 그래, 그럴 거야. 아니야, 정말 이상해. 왜 갑자기, 이유도 설명 안 하고 저렇게 공격적으로 변한 걸까. 무슨 속셈인 걸까. 나를 자극하려는 걸까. 아내의 저의가 궁금해 미쳐버릴 것만 같다. 어떻게 해야 할까. 그래, 일단 아내를 달래자. 살살 구슬려서 속을 떠보자. 어떻게 달래야 하지? 나는 징징대는 여자와 헤어지자는 여자는 질색이다. 생각 같아서는 패서라도 입을 열게 하고 싶다. 아, 그러면 안 되지. 참자, 참아야 한다. 승진이 코앞이다. 괜한 일로 이혼소송이라도 당하게 된다면. 골치가 지끈거린다. 나를 바라보는 후배들과 기대감을 갖고 지켜보는 직장 상사가 생각난다. 그들을 실망시킬 수는 없다. 그래, 일단 달래고 보자.

나는 방으로 들어간다. 아내는 원피스를 만지작거리고 있다. 끈 달린 롱 원피스. 파티에서나 입을 법한, 어깨와 가슴이 훤히 드러나는 황금빛 이브닝드레스. 아내가 저렇듯 야한 이브닝드레스를 입고 어디에선가 저녁을 먹고 술을 마시고 사람들과 어울렸다고 생각하자 어쩐지 불쾌하다. 나는 짐짓 아무렇지 않은 듯 말한다.

"우리 그만하자."

내 목소리는 떨린다. 아내는 나를 쳐다보지도, 내 말에 대답하지도 않는다.

"그만하고 밥 먹으러 가자. 당신 아직 저녁 안 먹었지?"

아내는 이브닝드레스를 만지던 손길을 거두고 바닥에 굴러다니는 로션 병을 향해 눈길을 준다. 로션 병은 깨져서 안에 있는 맑은 액체가 밖으로 새어 나오는 중이다. 언제 깨진 것일까? 왜 흥건하게 쏟아져 있는 것일까? 모르겠다. 알고 싶지도 않다. 다만 아내가 내 말에 아무런 대답도 하지 않는다는 사실이 화가 날 뿐이다. 감히 내 말을 무시하다니, 내 친절을, 내 마음을 짓밟다니. 더는 참을 수 없다.

"내 말 안 들려? 말을 해, 말을."

아내가 나를 쳐다본다. 그럼 그렇지, 이제야 나를 봐 주는군. 이러니까 내 목소리가 커질 수밖에 없잖아. 아내가 말한다.

"뭐라고?"

어이 없었지만, 나는 한 번 더 친절을 베풀기로 한다.

"밥 안 먹을 거야?"

아내가 자리에서 일어선다. 먹는다는 거야, 안 먹는다는 거야, 아내의 행동은 도무지 종잡을 수 없다. 난 궁금한 것은 질색이다. 뭐든 투명하게, 거짓 없이, 예스나 노우로 대답하는 것이 좋다.

"밥 먹으러 가겠다는 거야? 말겠다는 거야?"

내 말에 아내가 말한다.

"밥 생각 없어. 집에 오기 전에 먹고 왔거든."

나도 모르게 쏘아붙인다.

"참는데도 한계가 있어. 자꾸 그 따위로 말할래?"

아내가 나를 지그시 바라본다. 눈빛이 말갛다. 영문을 모르겠다는 듯한 표정. 그 얼굴을 보자 나란 사람이 갑자기 안하무인인 것처럼 여겨진다. 늘 저런 식이다. 자신은 아무 잘못이 없는데 나 혼자 화내고, 화해를 청하고, 사랑을 갈구하는, 비이성적 사람으로 만들어버리는 재주. 아내가 저런 얼굴로, 저런 눈빛으로 나를 보면 갑자기 큰 잘못을 저지른 것만 같다. 아니, 잘못을 저지르고 싶어진다. 나는 해야 할 말을 잊어버리고 아무 말이나 지껄인다.

"이게 고마운 줄 모르고. 지금 네가 누리는 것 다 내 덕이라는 것 몰라?"

아내가 대답한다.

"늘 고맙게 생각하고 있어. 인정해요. 됐어요? 이제 하던 일 해도 되지?"

아내가 옷을 들고 드레스룸으로 들어간다.

아내의 모습이 낯설다. 아내는 내 말에 대꾸하거나 반항하는 여자가 아니었다. 대답을 구하면 대답했고, 밥 먹자, 하면 밥 먹었고, 외출하자 하면 나갈 준비를 했다. 내 말을 무시하거나 내 말에 빈정대는 일은 더더욱 없었다. 오늘은 너무 이상하다. 이건 아내가 아니다.

그래, 누군가 아내를 조종하는 것이다. 그 놈일까. 아니면 미미, 그래, 그 여자가 문제다. 그 여자가 아내를 들쑤셔 놓은 게 틀림없다. 나는 아내를 쫓아간다.

"미미, 그 여자 연락처 좀 줘."

아내가 나를 쳐다본다. 선뜻 통화하게 해 주겠다고 말한다. 하지만 눈빛은 불안해 보인다. 망설이는 것도 같다.

이것 봐라, 무엇인가 찔리는 게 있으니 저러는 거다. 불안해하는 꼴이라니. 어쩌면 내 생각이 맞을지도 모른다. 미미는 별로 친분 없는, 그저 그런 SNS친구일 뿐이고. 다른 놈이 생긴 것이다. 그게 아니라면 아내가 자기 자신에 대해 거짓말을 했을지도 모른다. 어쩌면 돌싱처럼 행동했을지도. 그래서 미미가 남자를 소개해 줬겠지. 미미 집에 있었던 것은 며칠일 뿐이고, 그 놈이랑 여행을 다녀왔는지도 모른다. 미미와 통화해서 증거를 찾아야 한다. 증거만 확보하면 아내를 어떻게 할까. 적어도 내 말에 빈정대지는 않겠지. 울며불며 매달릴까. 내게 용서를 구할까. 그게 사실이라면 내쫓아 버려야지……. 이런저런 생각을 하자 기분이 좀 나아진다.

아내가 중얼거린다.

"지금 새벽일 텐데, 뭐, 괜찮겠지."

아내는 카카오톡 영상통화버튼을 누른다. 몇 번의 신호가 울린 후 미미 얼굴이 보인다. 그녀가 침대 위에서 흐트러진 모습으로 하이,

인사한다. 미미 뒤로 그녀의 남편인 듯 보이는 라틴계 남자가 손을 흔든다. 남자는 미미의 귓불에 입을 맞춘다. 미미가, 간지러워, 저리가, 했고 남자는 미미의 얼굴을 끌어당겨 다시 입을 맞춘다. 아이 참, 친구가 보잖아. 미안해, 미미의 말에 아내가 괜찮아, 익숙한 걸, 했다. 미미와 그녀의 남편이 웃는다.

아내가 말한다.

"남편이 인사하고 싶어 해."

그들이 동시에 한국어로 인사한다.

"안녕하세요?"

남편이 말한다.

"제 아내가 신세졌습니다. 고맙습니다."

미미가 손을 흔들며 대답한다.

"당신이군요. 궁금했어요. 남편 자랑을 어찌나 하던지. 언제 같이 오세요, 기다릴게요."

"네, 미미 씨도 남편분과 함께 오세요, 제가 좋은 곳으로 안내하겠습니다."

미미 남편이 쌩큐를 연발한다. 아내가 말한다.

"또 연락할게."

미미와 그녀의 남편이 바이 바이를 외친다. 창문 뒤로 오래되고 낡은 성터와 코발트빛 지중해가 보였다 사라진다.

아내 말이 생각난다.

"미미는 투리아강이 보이는 언덕 위에 살고 있어. 발렌시아를 혼자 여행할 때 남편을 만났는데 너무 좋아서 그냥 눌러 살았대."

또 아내는 미미의 사진을 보며 부러운 듯 말했다.

"저런 곳에 산다면 행복해질 수 있을까?"

내가 대답했다.

"이번 휴가는 바다가 보이는 풀 빌라 펜션으로 알아봐."

그해 여름, 우리는 바다가 보이는 풀 빌라 펜션으로 여행을 떠났다. 아내가 발코니에 서서 말했다.

"역시 행복은 사는 곳에 있지 않나 봐. 그래도 좋다. 우리가족이 아주 평범해 보이잖아."

아내 목소리가 들린다.

"이제 속이 시원해?"

나는 대답하지 못한다. 아니, 아내의 행동을 더더욱 이해할 수 없다. 아내 마음이 왜 갑자기 변한 걸까. 어디서부터 잘못된 것일까. 그래, 미미와의 통화를 저런 식으로 끝내는 게 아니었다. 아내가 언제 도착해서 언제까지 그곳에 있었는지, 다른 남자와 만나지는 않았는지, 파티나 사람들 많이 모이는 장소에 가지는 않았는지, 보다 세세하게 물었어야 했다. 이런 바보 같으니. 증거를 잡을 기회를 놓쳐버리다니, 나는 아내를 힐끗 본다. 아내는 소지품을 정리하고 있다.

혹시 아무도 모르는, 아내만 알고 있는 숨겨진 남자가 있는 것은 아닐까.

아니다. 아닐 것이다. 아내가 그럴 리 없다. 아내는 늘 내게 거짓 없이 투명하게를 실천했으니까. 하지만 아내의 행동이 영 미심쩍다. 이브닝드레스를 만지는 손길이며, 눈빛이 누군가를 그리워하는 표정이다. 그 놈은 어떤 놈일까. 그래, 어쩌면 단순히 여행지에서 스쳐 지났던 남자일지도 모른다. 남미는 더우니까. 그곳 여자들은 모두 그런 차림새니까, 아내도 편하게 입고 다녔을 것이다. 아니다. 만약 그렇다면 별거하자고 하지는 않았을 것이다. 분명 아내는……. 아내를 추궁해야겠다. 만나는 남자 있지? 언제부터 만난 거야. 미미가 소개 시켜 줬어? 아니다, 너무 몰아세우면 대답하지 않을지도 모른다. 어떡할까? 무슨 말부터 해야 할까? 아, 도대체 뭐가 이렇게 복잡해. 정리가 필요하다.

나는 담배를 꺼내 들고 베란다로 나간다. 한 모금 길게 들이킨다. 때 맞춰 안내방송이 들린다. 가정에서는 담배를 피우지 말라는 내용이다. 더불어 밤늦은 시간에 세탁기를 돌리거나 큰소리로 다투지 말라고도 했다. 그럼 어디서 피우라고? 흡연구역을 만들어 주던가. 나는 중얼거리며 담배 연기를 내뿜는다. 어디에선가 사람 목소리가 들린다.

"어 참, 담배 좀 피우지 말라는 방송 안 들리세요? 아이가 예민하다고요."

이건 뭔 소리, 나는 허공에 대고 소리친다.

"내 집에서 내가 피우겠다는데 무슨 참견이야?"

"아파트 규정입니다. 담배 피우고 싶으면 다른 아파트로 이사 가세요."

이런 젠장, 이제는 별게 다 사람 무시하네.

"너 몇 호야?"

"왜요? 오시게요?"

"너, 딱 기다려. 내가 내려 갈테니."

"나 아저씨 아닙니다. 고발 들어갑니다."

"너 뭐야? 야!"

그만하라는 여자 목소리가 들리더니 아이 울음소리가 들린다. 곧 조용해진다. 나는 귀를 기울인다. 어디서 나는 소리인지 알고 싶다. 하지만 더 이상 소리는 들리지 않는다. 담뱃불을 끄고 돌아서려는데 목소리가 들린다.

"참 아저씨 너무하네요. 아직도 담배 피우시는 거예요?"

아니, 저 놈이.

"너, 몇 호야? 504? 604?"

조용하다. 아무 소리도 들리지 않는다.

"야, 너 몇 호냐구?"

아무런 대꾸도 없다. 화가 치밀어 오른다. 저렇듯 자기 하고 싶은 말만 하는 놈이야말로 말종이다. 오늘은 기필코, 무슨 일이 있더라도 젊은 놈의 버릇을 고쳐놓아야겠다. 밤새 울어 제끼는 아기 울음소리에도 아무 말 하지 않았는데. 윗층에서 쿵쿵, 뛰어다니는 아이들 발걸음 소리에도 항의 한 번 하지 않았는데. 고작 담배 연기 때문에 큰소리 치다니. 못된 것들. 요즘 애들은 어른 대우할 줄 모른다. 나는 거실로 나간다.

"여보, 여보, 잠깐 나갔다 올게."

대답이 없다. 나는 안방으로 간다. 아내가 보이지 않는다. 화장실로 가 문 앞에서 노크 한다. 아무런 기척이 없다. 혹시나 싶은 마음에 문을 열어본다. 아무도 없다. 주방에도, 베란다에도, 현아 방에도 없다. 나는 아내에게 전화를 건다. 받지 않는다. 머리가 터져버릴 것 같다. 도대체 아내가 왜 이렇게 나를 괴롭히는 건지 이해할 수 없다. 만나기만 하면, 전화를 받기만 하면 이 굴욕을 되갚아 주고야 말겠어. 나를 이렇게까지 우롱하다니.

나는 주위를 두리번거린다. 거실장 위, 액자가 보인다. 액자 안에는 깨진 조각을 이어 붙인 도자기접시가 있다. 내가 홧김에 던졌는데, 아내가 본드로 붙여 액자에 넣어 놓은 것이다. 액자 뒤에는 '다시는 물건을 집어 던지지 않겠습니다' 낯익은 필체가 보인다. 불안감이 밀려온다.

나는 장모에게 전화를 건다.

"그 애는 발렌시아에 있잖아."

장모가 대답한다. 아내의 친구나 지인에게 전화하고 싶었지만 아는 사람은 미미뿐이다. 아내에게 다시 전화 거는 수밖에 없다. 휴대폰이 꺼져 있다는 안내 멘트가 들린다. 머리카락이 쭈뼛쭈뼛거리고 숨이 턱 막힌다.

그때였다. 초인종 소리가 들린다. 현관문을 열자 젊은 남자와 경비원이 서 있다. 젊은 남자가 말한다.

"이 아저씨입니다. 매일 집에서 담배 피우는 사람이. 말 좀 해 주세요."

경비원이 굽신거리며 말한다.

"저, 사장님, 부탁드립니다. 집에서는 담배 피우지 말아 주세요. 하도 민원이 들어와서 아주 죽을 맛입니다."

경비원의 비굴한 웃음과 뒤에서 팔짱을 끼고 있는 젊은 사내. 갑자기 머릿속에서 분노가 치밀어 오른다. 어린 것이, 감히 팔짱을 끼고 있다니. 내 저 놈의 버릇을. 나는 젊은 남자에게로 다가간다.

"뭐라고? 다시 말해 봐."

젊은 남자가 뒤로 주춤, 물러선다. 눈빛에서는 환멸과 비웃음이 읽혀진다. 저 얼굴에서 비웃음을 걷어내고, 팔짱 낀 삐딱한 자세를 차렷 자세로 만들어버리고 싶다. 세상이든, 사람이든 눈에 거슬리는 것은 질색이다. 나는 젊은 남자에게 다가가 오른쪽 팔을 잡는다. 어, 어, 사내가 왼쪽 팔로 내 팔을 잡는다.

"아니, 이 사람이 이제는 폭력을 쓰네. 팔 못 놔."

내 말에 젊은 남자가 말한다.

"아저씨가 먼저 놓으세요."

뭐, 나는 재빨리 팔을 뺀 후 남자의 멱살을 잡고 흔든다. 경비원이 뒤에서 내 팔을 잡는다.

"사장님 참으세요. 말로 하시죠."

이것들이 정말, 고작 담배 때문에 사람을 괴롭히다니. 그 누구보다 이성적이고 합리적인 나한테 이러면 안 되는 거다. 배우지 못한 것들. 예의라고는 없는. 이대로 당하면 바보 취급할 게 뻔했다. 머리가 지끈거렸다. 머릿속에서 메트로놈이 사정없이 울려댔다. 째각, 째각, 째각, 째각, 나는 사정없이 경비원을 발길질한다. 경비원이 쓰러진다. 젊은 남자가 어딘가로 전화를 건다.

"저 112죠?"

"전화 걸지 마."

나는 소리친다. 남자는 아랑곳 하지 않고 주소를 부른다.

내 눈에 소화기가 보인다. 나는 소화기를 든다. 경비원 목소리가 들린다.

"사장님, 제발, 그러지 마세요."

나는 소화기로 경비원을 후려친 후 젊은 남자를 향해 다가간다. 남자가 뒷걸음질친다. 벨브가 열렸는지 하얀 분말이 쏟아져 내린다. 앞이 보이지 않는다. 소리들이 뒤엉켜 귓가를 울린다. 경보음 소리와 아기 울음소리, 급하게 계단을 내려가는 발자국 소리와 째깍 째깍 울리는 메트로놈.

나는 주위를 둘러본다. 젊은 남자가 보이지 않는다. 놈을 쫓아가야 한다. 제깟 놈이 뭐라고 훈계질이야. 걸음을 옮기려는데 발끝에 뭉특한 것이 걸린다. 아래를 내려다본다. 경비원이 신음소리를 내며 몸을 비튼다. 이마에서는 피가 흘러내린다. 그는 한 손으로 이마를 받치고, 다른 손으로 바닥을 짚으며 자리에서 일어나기 위해 안간힘을 쓴다.

정신이 퍼뜩 든다. 아내 말이 귓가를 울린다. 정신과 상담을 받아 보는 것이 어때? 당신 분노조절 장애 같은데. 아마도 아내는 내 인내력의 한계점을 시험하기 위해서 아무 말이나 툭 던지는 것 같다. 나는 결코 그 어느 누구에게도 먼저 화내거나 큰소리치지 않는다. 가끔 아내에게 언성을 높이는 것은 아내가 나를 인정해 주지 않기 때문이다. 내 지위는 저절로 생긴게 아니었다. 젊은 날의 재능과 열정을 회사에 헌납하고 견딘 결과였다. 모멸감에 대한 보상이었다. 그럼에도 당연하게 받아들이는 아내가 못내 섭섭했다.

나는 소화기를 내려놓고 경비원 허리를 잡아 부축한다. 그가 몸을 빼며 머뭇거린다. 얼굴에는 공포가 서려 있다.

"왜 그러십니까? 제 어깨를 잡으세요."

그가 마지못해 내 어깨를 잡는다. 나는 그를 벽에 기대앉게 도와준다. 그가 숨을 몰아쉬며 한 손으로 이마를 꼭 누른다. 손가락 사이로 피가 흘러내린다. 머리가 찢겨졌는지도 모른다.

나는 집으로 들어가 젖은 수건과 마른 수건을 가지고 나온다. 젖은 수건으로 그의 이마에 난 피와 머리카락을 닦아 준다. 머리카락의 피는 잘 닦이지 않는다. 이미 하나의 덩어리로 엉켜 한 올 한 올 닦는 것이 불가능하다. 나는 마른 수건으로 이마를 꼭 눌러 주며 말한다.

"이거 누르고 계세요."

그가 할 말이 있는 듯 우물거리다 이내 입을 닫는다. 내가 쳐다보자 그가 조심스럽게 말한다.

"고맙습니다."

갑자기 계단 쪽이 소란스러워진다. 나는 계단 쪽으로 시선을 돌린다. 젊은 남자가 헐레벌떡 올라온다. 남자를 보자 화가 솟구친다.

"야, 너 이리 안 와?"

내 말이 끝나기도 전에 놈이 아야, 비명을 지르며 벽에 머리를 부딪친다.

"뭐하냐? 영화 찍냐?"

나는 놈에게 다가간다. 놈이 몸을 움찔한다. 이걸 그냥 확, 손찌검을 하기 위해 오른손을 위로 올린다. 누군가 내 손을 잡는다. 뒤돌아보니 경찰이다. 한 명도 아니고 두 명. 이건 또 무슨 상황일까. 생각이 정리되기도 전에 엘리베이터 문이 열리더니 119대원들이 들것을 들고 내린다. 그들이 경비원에게로 다가가 말한다.

"움직일 수 있겠습니까?"

경비원이 완강하게 고개를 휘저으며 자신의 몸을 스르르 바닥으로 눕힌다. 무척추동물처럼 유연하게 미끄러진다. 머리나 허리, 혹은 몸의 일부가 고장 나 움직일 수 없게 된 사람처럼. 경찰이 사진 촬영을 하고 119대원들이 경비원을 들것에 옮긴다. 경비원이 신음소리를 낸다. 저 몸짓은 무엇일까. 저 소리는. 좀 전에 송구스러운 눈빛으로 고맙습니다, 말한 그 사람과 동일인일까.

젊은 남자가 경찰들에게 다가가 뭐라 말한다. 경찰 중 한 명이 젊은 남자와 이야기 하고, 다른 한 명이 내게로 다가온다. 질문할 것이 있다고 한다. 나는 모든 질문에 거짓 없이 투명하게 답할 것이다. 나는 온순하고 사려 깊으며, 다른 사람 화를 돋울 만한 행동은 절대로 하지 않는다. 어쩔 수 없이 사고를 일으킨 경우도 그것은 내가 아니라 상대방이 잘못했기 때문이다.

아마 경찰도 곧 알게 될 것이다. 내가 피해자임을. 내 집 문을 두

드린 것은 경비원이었고, 함부로 사람을 공격하고 몰아세운 것은 젊은 남자였다. 어째서 경비원이 피 흘리며 쓰러져 있는지는 잘 모르겠지만, 아주 잠깐 기억을 잃었지만, 그래, 젊은 남자, 저 남자가 범인이다. 저 놈이 경비원을 방치하고 도망갔다. 나는 경비원을 부축했고 상처를 치료해 주었다. 경비원이 고맙다고 인사하지 않았던가. 내가 아니었다면 그는 더 많은 피를 흘렸을 것이다.

그나저나 아내는 왜 보이지 않는 걸까. 그녀라면 이 모든 상황에 대해 증인이 되어 줄 것이다. 영원한 내 편이니까. 여보, 여보, 나는 문을 열고 소리친다. 아내는 대답하지도, 밖으로 나오지도 않는다. 도대체 아내는 왜 대답하지 않는 걸까. 그만 나를 곤란하게 했으면 좋겠다. 여보, 여보, 나는 소리친다.

"안에 누구 있어요?"

경찰이 안을 힐끗 본다.

"좀 이상한데. 들어가 볼까?"

경찰이 신발을 벗고 성큼성큼 안으로 들어간다. 거실과 복도를 한달음에 지나 안방까지 곧바로 간다.

"이거, 도대체가?"

한탄인지 뭔지 모를 목소리가 들려온다. 카메라 셔터를 누르는 소리까지. 곧이어 말소리가 들린다.

"이봐, 정 순경. 그 사람 현행범으로 수갑 채워요."

정 순경이 내 손목에 수갑을 채운다. 드라마나 영화에서 들었던 말을 읊조린다.

"당신을 폭행혐의로 체포합니다. 당신은 변호사를 선임할 수 있으며, 변명할 기회가 있고 구속 시 적부심청구권을 행사할 수 있으며 묵비권을 행사할 수 있습니다."

그가 나를 잡아끌고 안방 쪽으로 간다. 안방에 있던 경찰의 말소리가 들린다.

"아, 이봐요. 정신 차려요. 이봐요. 119 방금 갔죠?"

그는 다급하게 어디론가 전화를 건다.

"여기, 사람이 쓰러져 있어요."

나는 경찰이 말하는 곳을 본다. 화장실 샤워부스에서 아내가 기어 나오고 있다. 긴 머리를 헝클어트린 채, 바닥을 엉금엉금 기어서. 마치 척추나 허리, 엉덩이뼈가 골절된 사람처럼.

"여보, 거기 왜 그러고 있어?"

나는 소리친다. 아내는 아무런 대답이 없다. 나하고 게임이라도 하자는 건가? 아 정말, 다들 왜 그래? 궁금한 것은 질색인데. 거짓 없이 투명한 것이 좋은데, 왜 자꾸 이상한 일들이 생기는 거지? 아, 화영이? 화영이는 어떻게 됐더라. 회사 동료였는데 남편이 일 년간 해외 연수 갔다면서 나를 꼬드겼다. 그래서 몇 번 만났다. 전날 기분 좋게 만나 술 마시고 잠자리까지 했는데 다음날 모른 척했다. 내가 무섭다나, 어쨌다나? 싫으면 싫다고 하지, 왜 다들 핑계를 대는지 모르겠다. 이러니까 내가 거짓 없이 투명하게를 좋아하는 거다. 이 세상은 거짓으로 가득하니까.

"괜찮아요? 누가 이랬어요? 남편이에요?"

경찰의 질문에 아내가 대답한다.

"화장실에서 미끄러졌어요."

경찰이 방안을 살핀다. 너저분하게 굴러다니는 옷들과 화장품과 소지품들이 시야에 들어온다. 경찰이 고개를 갸웃거리며 아내에게 다가간다. 귓속말로 뭐라 말한다. 아내의 얼굴에 미소가 번진다. 아내가 경찰을 향해 눈웃음 지으며 뭐라 속삭인다. 경찰은 알았다는 듯 고개를 끄덕인다. 어라, 저 웃음은 뭐지? 아내는 왜 저토록 은밀한 웃음을 짓고 있는 걸까. 저 둘은 원래부터 알고 있던 사이였을까. 일부러 나를 함정에 빠트리기 위해 저 놈과 계획한 것은 아닐까. 혹시 내 재산과 명퇴금을 노리고 별거를 제안한 것은 아닐까. 헤어질 거면 이혼하자고 하면 될 텐데, 난데없이 별거라니. 그래, 너무 이상해.

머리가 흔들거렸다. 또 시작이었다. 깊은 곳에서부터 시작된 통증이 내 머리를 갉아먹었다. 한순간에 뇌가 부풀어 오르는 것 같았고 나 자신이 메트로놈이 된 것 같았다. 온몸이 규칙적으로 흔들거렸다. 흔, 들, 흔, 들. 세상이 문제였다. 이상하고 불쾌한 세상, 거짓으로 가득한 세상. 이 세상을, 사람들을, 테트리스 게임처럼 상자 안에 가둘 수 있으면 좋을 텐데. 반듯반듯 규격이 분명한 세상 말이다. 오른쪽, 왼쪽, 위쪽, 아래쪽만 잘 맞추면 되는 완벽한 세상, 색상과 기호가 확연히 구분되는 세상. 그 세계가 그립다. 경비원의 늘어진 척추도, 젊은 놈의 거짓된 비명도, 아내의 은밀한 저 웃음도 거짓 없이 투명하게 만들어버릴 수 있을 텐데.

남주의 남자들

남주의 남자들

"이 사람과 결혼하지 않았으면 좋겠어."

남주가 모바일 청첩장 속 권의 얼굴을 가리키며 말했다. 나는 남주를 쳐다보았다. 결혼을 축하해 주러 온 줄 알았는데. 이렇게 느닷없이, 빚 독촉을 하듯 나를 몰아세우다니. 그녀의 숨은 의도를 파악하고 싶었다. 하지만 이내 포기했다. 상대가 권이라면 모를까. 그녀의 속마음에 대해서는 알고 싶지 않았다. 그러니까 남주는 밥 먹을 때 필요한 밥 친구였을 뿐이었다.

나는 시간을 흘깃 보았다. 점심시간이 거의 끝나가고 있었다. 회사로 돌아가야 했다. 하지만 그녀는 내게 해 줄 이야기를 잊고 있는 듯 했다. 왜 결혼하지 말라는 건지 궁금했지만 나는 묻지 않았다. 조금만 더 기다리면 남주가 이야기를 해 줄 것이다. 그건 그녀의 버릇이었다. 약간 뜸을 들인 후, 상대의 반응을 봐가며 이야기 하는 것. 내가 별 반응을 보이지 않으면 남주가 먼저 이야기를 꺼낼 것이다. 늘 그랬으니까. 별로 듣고 싶지 않은 이야기까지도 술술 풀어놓았으니까. 비밀이야, 너만 알고 있어, 라는 말과 함께. 하지만 얼마의 시간이 지나면 모든 사람들 입에서 한때 비밀이었던 이야기가 새어나왔다.

순간 두려워졌다. 어쩌면 남주가 내게 들려 주고자 하는 이야기도 누군가는 알고 있을지도 몰랐다. 아니 회사 전체가, 동료들 모두. 어쩌면 나만이 모르고 있을지도 몰랐다. 나만 모르는 권의 이야기를 남주가 알고 있을지도 모른다고 생각하자 기분이 이상했다. 일주일 후면 결혼식인데 막장드라마 같은 장면이 머릿속을 휘저었다. 남주가 실은 그의 숨겨둔 애인이라던가, 그가 소문난 바람둥이라던가 하는. 아니야, 아닐 거야. 고등학교 윤리선생인 종미가 그를 소개시켜 줬잖아. 종미는 대입시에 목을 매던 시절 유일하게 기댔던 친구였다. 남주보다는 종미 말이 훨씬 신뢰가 갔다.

문득 육 개월 전 일이 떠올랐다.

남주가 사표를 던지자 동료들이 수군거렸다.
임신했다면서? 누구 아인지 어떻게 알아? 사생활이 문란해서 퇴사 당하는 거라며. 다행이지, 뭐. 혼자 나가면 되니까. 괜히 여러 명 엮일 뻔했어. 남자 동료들은 남주의 퇴사를 은근히 반겼고 여자 동료들은 고소해 하는 분위기였다.

인사하러 온 남주 앞에서 그들은 아쉬운듯 말했다. 잘 살아야 해요. 결혼하면 꼭 청첩장 보내요. 남주는 밝은 표정으로 대답했다. 오빠가 일하지 말라 해서요. 이제 곧 결혼 날짜 잡을 거예요. 청첩장 보낼 테니 꼭 오세요. 다들 네, 라고 대답했지만 그녀 말을 믿는 것 같지 않았다.

나도 남주 말을 믿지 않았다. 아니다. 나는 그녀가 아이를 출산하느라 결혼이 늦어지는 것이라 막연히 생각했다. 나 혼자 결론지어 놓고 그렇게 믿어버린 것이다. 아니다, 중요한 건 나는 남주의 삶에 대해 조금도 궁금하지 않았다. 내 맘대로 믿어버린 그녀의 삶에 대해서도 전혀 미안하지 않았다. 내가 생각한 그녀의 삶이 내 생각과 같아도 괜찮았고, 달라도 괜찮았다. 그러니까 남주는 내게 있어 이래도 좋고 저래도 좋은 사람이었다.

나는 평소 친구를 깊게 사귀는 것을 좋아하지 않았다. 친구란 그저 필요할 때 옆에 있으면 될 뿐이었다. 전화만 하면 놀아 줄 친구는 많았으니까. 맛있는 게 먹고 싶으면 맛집을 찾아다니는 친구를 만났고, 영화를 보고 싶으면 영화광인 친구를 만났고, 어디론가 떠나고 싶으면 시간 많고 놀기 좋아하는 친구를 만났다. 다이어트를 하는 친구에게 맛집을 가자고 하거나, 여유가 없는 친구에게 여행을 제안하는 것은 약 올리는 것과 마찬가지였다. 상황에 따라 그때그때 만들면 되는 것이 친구였다.

남주는 나와는 달리 주변 사람들에게 관심이 많았다. 동료들과 회사 일에 대해서도 모르는 게 없을 정도로 훤히 꿰고 있었다. 이상한 점은 그녀가 다양한 사람들과 어울리길 원하면서도 나에게만 적극적이었다는 점이다. 내가 매번 그녀와 밥을 먹고 차를 마시고 대화를 나눈 것은 바로 옆에 그녀가 있었기 때문이었다. 뿐만이 아니었다. 그녀는 내가 산 것과 비슷한 디자인의 옷을 입었고, 구두를 신었고, 같은 브랜드의 립스틱을 칠했다. 향수까지도 같았다. 동료들이 취향 쌍둥이 아니냐고 놀릴 정도였다. 그녀의 행동이 탐탁지 않았지만 나는 별 말을 하지 않았다. 그냥 밥 친구일 뿐이니까. 어쩌면 남주는 나를 시샘하고 있는 건지도 몰랐다. 내가 가진 것은 볼펜 한 자루까지도 탐냈으니까. 나는 단호하게 말했다.

"나 들어가야 해. 할 말 있으면 얼른 해."

그녀의 시선이 내 목 언저리에 머물렀다. 그녀가 말했다.

"회사 출입카드 좀 보여 줄래?"

나는 남주를 바라보았다. 남주가 말했다.

"한 달은 참 좋았는데, 요즘 출입카드가 너무 그리워. 괜히 그만뒀나 봐. 그냥 버티는 건데. 한 번만 만져보면 안 될까?"

괜한 일로 시간 낭비하고 싶지 않았다. 나는 출입카드를 목에서 빼 테이블 위에 올려놓았다. 남주는 말없이 출입카드만 만지작거렸다. 얼른 일어나야 하는데, 나는 초조해졌다. 점심시간이 끝나가고 있었다. 출입카드를 잡고 일어서려는데 남주가 말했다.

"그 사람 나랑 사귀었어."

그럴지도 모른다 생각했는데 막상 들으니 당혹스러웠다. 아니, 무엇보다 남주와 내가 같은 사람을 만났다는 사실이 불쾌했다. 권이 남주를? 설마, 아닐 거야. 그래, 어쩌면 남주 혼자 착각하고 있는 건지도 몰랐다. 불현듯 남주가 내게 속삭였던 말들이 생각났다.

"나 어제, 김 대리에게 고백 받았어."

"나 거래처 윤 대리랑 사귀기로 했어."

"과장님이 오랫동안 나를 마음에 품고 있었대. 유부남이라 고백하지 못한 거래."

남주와 사귀냐고 묻자 손사래 치던 윤 대리가 생각났다. 남주에게 고백했냐고 묻자 술에 취해 기억에 없다던 김대리가 생각났다. 남주에게 관심 있냐고 묻자 누구 신세 망칠 일 있냐고 화내던 과장님이 생각났다. 김 대리나 윤 대리, 과장님처럼 권 역시 남주 혼자만의 생각인지도 몰랐다. 그래, 권이 그럴 리가 없잖아.

권을 만난 곳은 가면무도회에서였다.

종미가 말했다.

"송년파티를 하기 위해 레스토랑 전체를 빌렸는데 같이 갈래?"

약속도 없고 무료했던 참이라 종미를 따라 나섰다. 레스토랑에 도착해 안으로 들어가려 하자 검은 정장을 입은 사내가 막아섰다. 그는 흰 가면을 주며 말했다.

"여자는 흰 가면, 남자는 검은 가면을 써야 입장할 수 있습니다."

나는 흰 가면을 쓰고 안으로 들어갔다.

안에는 오십여 명의 사람들이 한쪽 구석에 마련된 뷔페 음식을 접시에 담고 있었다. 나는 홀 중앙의 테이블에 자리를 잡고 앉았다. 검은 가면의 남자들이 옆자리, 혹은 앞자리에 앉았다. 그들은 실내를 떠도는 음악에 대해 이야기하거나, 뉴스에서 보았던 것들, 정치적 혹은 문화적 이슈에 관해 이야기를 주고받았다. 검은 정장에 똑같은 가면을 써서인지 그들은 누가 누구인지 구분되지 않았다. 마치 그곳은 여자와 남자로만 구분 가능한 세계 같았다.

"나, 오빠랑 사귀었다고."

남주가 재차 말했다. 뭐라고 대답해야 할까. 할 말에 대해, 신뢰에 대해 이토록 오랫동안 고민하게 하다니.

"나한테 왜 이러는 거야?"

내가 말했다.

"내 말을 믿지 않잖아. 그럴 줄 알았어."

남주가 대답했다.

"권에게도 물어봐야지. 말이란 게 일방적인 거니까. 믿을지 말지는 나중에 결정할 거야."

"상관없어. 내가 이곳에 온 이유는 다른 거니까?"

그럼 그렇지, 나와 권 사이를 이간질하려고 온 거겠지. 이간질은 남주의 특기니까. 잠시 동안이라도 남주의 말에 흔들린 나 자신이 한심했다. 권과 나는 그 정도로 흔들릴 사이가 아니었다. 나는 짐짓 믿어 주는 척하며 말했다.

"지금도 만나는 거야?"

"아마…… 아닐걸."

남주는 남의 이야기하듯 툭 던진 후 커피를 들이켰다. 커피 몇 방울이 그녀의 체크남방에 떨어졌다. 그녀는 흘깃 본 후, 아무 일 없었다는 듯 커피를 마셨다. 다른 때 같았으면 화장실로 달려가거나 물티슈를 찾았을 텐데. 쉼 없이 말들이 쏟아져 나왔을 텐데. 그녀에게 침묵과 행간은 어울리지 않았다. 그리고 보니 오늘 따라 그녀는 좀 이상했다. 어디 여행이라도 갈 듯 체크남방에 청바지, 등산화를 신고 있었는데 빈 손이었다. 가방이나 배낭, 하다못해 클러치도 들고 있지 않았다. 마치 집 앞에 잠시 볼일이 있어 나온 사람처럼. 권과 나 사이를 이간질하는 것이 그렇게 중요한 일이었을까? 빈 손으로 나올 만큼. 나는 남주를 잘 달래야겠다고 생각했다. 괜히 안 좋은 소문을 낼 수도 있었다. 오죽하면 그녀의 별명이 확성기였을까. 나는 마음을 다잡으며 말했다.

"대답이 뭐 그래?"

"끝은 사람마다 다르니까."

남주가 대답했다.

나는 시계를 보았다. 이미 점심시간이 지났다.

"나중에 보자."

"잠시만. 얘기 끝나지 않았어."

"일어나야 해. 늦었어."

"나도 알아, 십 분만."

나는 남주를 바라보았다. 그녀의 눈빛이 좀전과는 달리 절박해 보였다. 무엇을 하소연하려는 눈빛이 아니라 뭔가를 경고하려는 눈빛이었다. 꼭 전해야 할 말이 있는 사람처럼. 아니, 알 수 없었다. 그녀의 눈빛은 불안해 하는 것 같기도 했고, 절망에 빠진 것 같기도 했다. 남주가 말했다.

"육 개월 전이었어. 오빠가 헤어지자 한 것이……."

나도 모르게 안도했다. 권을 만나기 시작한 것이 그쯤이었다. 그렇다면 남주와 헤어진 후 내게 연락을 취한 것이었다. 만약 권이 남주와 사귀었다고 해도 그거면 충분했다. 사람에게는 누구나 한때가 존재하기 마련이었다. 그 한때가 누구에게는 추억일 수 있었고, 누구에게는 기억하기도 싫은 악몽일 수도 있었다. 중요한 것은 현재도 진행 중이냐, 아니냐의 차이일 뿐이었다. 어쩌면 그에게 남주는 한 때의 여자지만 남주에게 그는 현재의 남자인지도 몰랐다.

어쨌든 그는 남주를 깨끗하게 정리했을 것이다. 그는 자신의 감정에 빠져 질척거릴 만한 남자가 아니었다. 하지만 남주가 저렇게 생각한다면 오해 받을 만한 행동을 했을지도 몰랐다. 그는 존중과 배려가 몸에 배어 있는 사람이니까. 그랬을 것이다. 분명히. 남주의 오해일 것이다. 가면무도회에서 종미가 했던 말이 생각났다.

"우리는 너무 눈에 보이는 것에만 집착하며 사는 것 같아. 가면을 썼다고 해서 사람이 안 보이는 것은 아니야. 오히려 더 잘 보여. 목소리라든가, 몸에 배인 습관이라든가, 예의와 배려 같은 것. 내가 너에게 소개해 줄 사람이 있는데. 맞혀 봐. 이 중에서도 눈에 띨 걸"

그리고 종미가 웃었던가. 아니면 한참 시간이 지난 후에.

내가 기억하는 것은 종미의 웃음이었다. 그녀는 눈물을 찔끔 흘릴 정도로 웃었는데, 뭐가 우스운지 모른 체 나도 따라 웃었다. 옆자리의 남자와 앞자리의 남자도 웃었고, 그들을 보던 옆 테이블의 남녀도 웃었고, 앞 테이블의 남녀, 뒷 테이블의 남녀도 웃었다. 웃음소리는 아주 먼 곳에서도 들렸다. 나는 그곳을 향해 고개를 돌렸다. 창가 쪽 검은 벨벳 커튼으로 둘러쳐져 있는, 어두운 조명 때문에 그곳에 테이블이 있는지조차 잘 구분되지 않는 곳에서 희미하게 들려오는 소리였다. 그곳에는 누가 있었을까.

"왜 헤어지자 했을까? 갑자기. 그 전날까지만 해도 사랑한다 말했는데."

남주가 말했다. 그녀는 뭔가를 더 이야기할 듯 입을 달싹이다 이내 입을 닫았다. 분노를 삭이려는 듯 눈썹이 파르르 떨렸다. 권이 사랑한다 말했다고, 남주에게. 정말일까. 권에게 물어보면 과장님이나 손 대리, 김 대리처럼 그런 일 없었다고 딱 잡아뗄까. 나는 누구를 믿어야 할까. 아니다, 아닐 것이다. 그녀는 내 마음을 떠보기 위해 괜히 저러는 것이다.

남주는 내 가느다란 팔 다리를 부러워했고 작은 얼굴을 시샘했으며, 윤기 나는 머리카락을 질투했다. 회식이 끝난 뒷자리에서 늘 말하곤 했다.

"내 꿈은 능력 있는 남자 만나 빨리 결혼하는 거야. 남자들 비위맞추는 거 너무 힘들어. 하루에도 몇 번씩 일을 그만두고 싶다니까. 근데 너는 그렇지 않잖아. 오히려 남자들이 배려해 주잖아. 무거운 것도 못 들게 하고, 회식도 네가 좋아하는 음식 위주로 하고. 이건 너무 불공평해. 내 앞에서는 뭐라도 된 줄 거들먹거리면서."

남주는 서럽다는 듯 흐느꼈다. 나는 듣고만 있었다. 술주정이라 생각하면서. 주목 받고 싶어 안달 난 어린아이의 투정이라 생각하면서.

남주는 모든 것을 예쁜 것, 아름다움과 결부시켰다. 자신의 제안서가 통과하지 못하는 것도, 자신에게 주변 사람들이 잡다한 일을 많이 시키는 것도 자신이 예쁘지 않기 때문이라 말했다. 그녀는 시간 날 때마다 거울을 들여다보았고, 긴 연휴 끝에는 얼굴 생김새가 미묘하게 달라져 있었다. 코끝이 약간 올라갔다든가, 이마가 봉긋해졌다든가, 속눈썹이 길어졌다든가 하는. 분명 얼굴이 달라졌지만 성형을 했다고 말하기에도 애매한 변화였다. 그녀는 주변 사람들의 반응을 기대하는 눈치였지만 주변 사람들은 어, 그동안 살 좀 빠진 것 같네. 얼굴 부었어? 어제 라면 먹고 잤어? 하는 말만 할 뿐이었다. 남주는 사람들이 수군거리면 인생 욜로지, 뭐가 있어? 어깨를 으쓱했다.

그녀는 마치 자신만이 시대에 뒤처지지 않는다는 듯 유행 아이템을 검색했고, 셀럽 SNS를 수시로 들락거렸으며 그들을 모방했다. 또 그녀는 남자 사원들 뒷담화에 열을 올리면서도 그들이 부탁하면 무엇이든 들어 주려 노력했다. 그것도 웃으며 친절하게.

"분홍 넥타이 아직도 가지고 있어?"

남주가 말했다.

어떻게 분홍 넥타이를 알고 있는 걸까. 정말 권과 사귄 걸까. 분홍 넥타이는 내가 가지고 있었다. 송년회 날 권이 매고 있던 넥타이에 와인을 쏟았기 때문이었다. 세탁해 주겠다면서 그의 연락처를 물었다. 그는 자신의 연락처를 알려 주는 대신, 내 연락처를 물었다. 전화하겠다면서. 나는 옷장 문을 열 때마다, 스카프 사이에 걸려 있는 분홍 넥타이를 볼 때마다 그에 대해 생각했다. 종미에게 연락처를 물어볼까, 싶었지만 금세 잊었다. 그의 전화를 받은 것은 육 개월이 지난 후였다. 옷장 문을 열어도, 분홍 넥타이를 보아도 아무런 감정도 들지 않을 무렵이었다.

"오빠를 만나게 해 준 것은 바로 너야. 일 년 전인가, 오빠가 너를 찾아온 적이 있었어. 퇴근길에 회사 앞에서 기다리고 있더라. 너는 퇴근한 후였고."

모든 것이 선명해졌다. 문제는 권이 아니라 남주였을 것이다. 아마도 남주가 술 사 달라고 졸랐을 것이다. 그건 남주가 맘에 드는 남자를 만나면 으레 하는 행동이었다. 그녀는 술만 취하면 코맹맹이 소리를 하며 옆에 앉은, 혹은 앞에 앉은 남자를 오빠라 불렀다. 은근히 스킨십을 유도하면서. 방심한 듯 은밀하게 남자들을 유혹하는 장면을 나는 자주 목격했다. 회식이 끝난 골목길에서 김 대리 품에 안겨 있는 그녀를. 노래방 앞 계단에서 최 과장과 키스하다 나와 눈이 마주치자 그를 밀쳐내던 그녀를. 나 자신이 한심했다. 남주를 상대하고 있다니. 나는 자리에서 일어섰다. 남주가 말했다.

"그 사람과 결혼하지 마. 너는 속고 있는 거야."

"말 다 끝났니? 그만 일어날게."

"내 말을 믿지 않네. 나는 우리 둘 사이에 우정이 남아 있다고 생각했어. 도대체 내가 뭘 잘못했니? 나는 그저 남자들에게 친절했을 뿐이야. 그들의 말과 행동을 믿었을 뿐이야. 그런데 왜 다들 내가 잘못했다는 거야? 너도 그렇게 생각하잖아. 나는 너에 대해 진심이었어. 네가 좋아서, 너를 닮고 싶어서 얼마나 노력했는데."

남주의 목소리가 떨렸다. 그녀가 고개를 들고 추궁하듯 내게 말했다.

"오빠를 사랑해?"

나는 쉽사리 대답하지 못했다. 다만 그와 결혼하면 남은 인생이 좀 덜 고단할 것 같았고, 좀 더 편안할 것 같았고, 무엇보다 그는 아주 안락하고 좋은 피난처가 돼 줄 것 같았다. 그뿐이었다. 무엇보다도 가족들이 그를 신뢰했고, 종미가 그를 인정했다. 앞으로 그만한 사람을 만나지 못할 것 같다는 위기감도 있었다.

아니, 나는 천성적으로 누군가를 깊이 사랑하지 못했다. 사랑이라는 감정에 대해서도, 혹은 떨림에 대해서도 잘 알지 못했다. 책에서 본 것과 같은, 영화나 드라마에서 본 것과 같은 감정이 존재한다는 것을 믿지 않았다. 내게 있어 사랑이란 계절이 바뀌는 것처럼 약간 춥거나 덥거나 하는 감정일 뿐이었다. 그에 대해서도 마찬가지였다.

가면무도회에서 술에 취하지 않았더라면, 그의 행동이 다른 남자들과 비슷했더라면 그를 만나지 않았을 것이다. 모든 것은 술 때문이었다. 사람들이 건네는 술을 한 잔 두 잔 받아 마시다 보니 취기가 올랐다. 갈증이 일었다. 물을 마시기 위해 일어섰다. 몇 걸음 걷는데 누군가 슬며시 엉덩이를 쓰다듬었다. 뒤돌아 보았다. 비슷한 옷을 입은 검은 가면 서넛이 이야기를 나누고 있었다. 지나가다 스친 것일 수도 있는데 내가 너무 예민한 것은 아닌가 생각했다.

물을 따르는데 누군가 등 파인 드레스 속으로 손을 집어넣었다. 뒤돌아서려 했지만 돌아설 수 없었다. 한두 개가 아닌 여러 개의 손들이 나를 에워쌌다. 압박했다. 몸 곳곳을 훑었다. 시간이 지날수록 손들은 거침없었고 점점 더 적극적으로 내 몸을 탐했다. 다가오는 손을 힘겹게 뿌리쳤지만 소용없었다. 뿌리치면 다른 손이, 뿌리치면 또 다른 손이, 또 다시 뿌리치면 또 다른 손들이 다가왔다. 손은 비슷한 듯 달랐고 다른 듯 같았다. 나는 비명을 질렀다. 갑자기, 모든 것이 일시정지라도 된 듯 주위가 조용해졌다. 손들이 멀어져갔다. 가면들이 하나둘씩 떨어져갔다. 집으로 가고 싶었다. 종미를 찾아야 했다.

나는 주위를 둘러보았다. 창가 쪽 검은 벨벳으로 둘러쳐져 있는, 안이 보이지 않는 공간이 눈에 띄었다. 그곳을 향해 걸음을 옮겼다. 벨벳 커튼을 다 열어젖혀서라도 종미를 찾아야 했다.

내가 커튼을 열어젖히려는 찰나 누군가 내 손목을 잡았다. 분홍 넥타이를 맨 남자였다. 나는 갑자기 확 취기가 오르는 것을 느꼈고 어지러웠다. 아마도 몸을 비틀거렸던 것도 같다. 남자가 어깨를 잡아 주었다. 그는 내 등에 손이 닿자 화들짝 놀라 재빨리 손을 뗐다. 그리고 아주 조심스럽게 팔을 잡았다. 나는 그의 도움을 받아 천천히 걸음을 옮겼다. 빈 테이블로 가서 앉았다.

분홍 넥타이가 말했다.

"더 필요한 것 있어요?"

"친구를 찾고 있어요."

나는 대답했다.

"아, 혹시, 종미?"

남자가 프런트를 가리켰다. 그곳에 종미가 있었다. 그녀는 팔짱을 끼고 관망하듯 이쪽을 살피고 있었다. 무엇인가를 감시하는 것도 같았고 조종하는 것도 같았다.

"사랑해도, 사랑하지 않아도 결국 상처 받는 건 너야."

남주가 혼잣말 하듯 중얼거렸다.

글쎄, 쉽게 동의할 수 없었다. 사랑하지 않더라도 가족이 생기게 되면, 같이 생활하다 보면, 같은 경험을 공유함으로써 자연스럽게 마음도 풍성해질 것이다. 그에 대한 마음도, 사랑도 앞으로 만들어 나가면 될 것이었다. 남주가 말했다.

"종미도 믿지 마. 궁금하지 않아? 왜 그날 그곳으로 너를 데려갔는지?"

나는 남주를 노려보았다. 종미를 입에 담다니. 종미는 내 친구였다. 남주 따위가 입에 담을 만한 이름이 아니었다. 종미는 남주처럼 가볍게 남의 이야기를 하지도 않았고, 남주처럼 애교 섞인 목소리로 남자들을 오빠라 부르지도 않았다. 그녀는 과묵했고 믿을 만했다. 나는 자리에서 일어섰다. 남주가 무어라 이야기했다. 더 이상 듣고 싶지 않았다. 나는 입구를 향해 걸어갔다. 남주가 빠른 걸음으로 다가와 귀에 대고 속삭였다.

"참 나 오빠랑 동거했어. 퇴직금도, 엄마와 살고 있는 집 전세 보증금도 모두 날렸어. 난 오빠가 솔직하다고 생각했어. 당연하잖아. 오빠가 내게 얘기해 준 것은 모두 사실이었거든. 네 이야기도, 종미 이야기도. 그러니까 그만 믿어버린 거지. 그게 모두 연극이었다니 너무 슬퍼. 사람이 그럴 수 있다는 게."

나도 모르게 뒤돌아 보았다. 바로 등 뒤에서 남주가 웃고 있었다. 속 시원하다는 듯 해맑은 웃음이었다. 아니, 어쩐지 씁쓸해 보였다.

나는 카페 문을 나섰다. 빠른 걸음으로 회사를 향해 걸었다. 몇 걸음 걷다 멈췄다. 남주 말이 자꾸만 생각났다. 퇴직금과 전세보증금을 모두 날렸다고. 권에게 사기 당한 것일까. 아니야, 아닐 거야. 나는 그에게 받기만 했다. 예물로 다이아세트와 루비세트, 사파이어세트를 받았으며 결혼선물로 외제차를 받았다. 오십팔 평의 아파트도 그가 구입했고 개업할 병원도 그의 부모가 해 주었다. 뿐만이 아니었다. 그의 부모는 자상했고 내게 아무것도 원하지 않았다. 아들의 선택과 마음을 믿는다면서 모든 것은 알아서 결정하라고 했다. 돈이 부족하면 도와 주겠다는 말도 했다. 그는 지금까지 단 한 번도 돈 이야기를 꺼낸 적이 없었다.

나는 회사를 향해 황급히 걸음을 옮겼다. 시계를 보았다. 점심시간이 십 분이나 지나 있었다. 팀장이 한마디 할지도 몰랐다. 하지만 괜찮았다. 이미 한 달 전 사표는 수리됐고 오늘이 근무 마지막 날이었다. 퇴직금은 신혼여행 자금과 병원 인테리어로 쓸 계획이었다. 그는 아무것도 하지 않아도 된다고 했지만 나는 뭐라도 하고 싶었다. 럭셔리하게 신혼을 즐기고 싶었고, 그가 개업하는 병원에 조금이라도 도움이 되고 싶었다.

누군가 내 어깨를 툭 치고 지나갔다. 남주였다. 남주는 술에 취한 듯 비틀거리며 지나쳤는데 회사 건물을 향해 가고 있었다. 나는 남주를 부르고 싶었다. 아니, 불러야 될 것 같았다. 하지만 애써 외면했다. 이 시간이 지나면 남주도 괜찮아질 것이다. 어쩌면 내게 와서 했던 말들조차 곧 잊어버리게 될 지도 모른다. 지금까지 그랬던 것처럼 남주는 금세 헤헤거리면서 새로운 사람을 만날 테고, 쉽게 남자 품에 안길 것이다. 그랬음에도 남주의 흔들거리는 걸음걸이가 자꾸만 눈에 밟혔다. 땅에 발을 붙이지 못하고 허공을 걷는 것 같아서. 너무나 위태로워 누군가 걸음을 멈추게 해 주던가, 부축해 줘야 될 것만 같은 걸음걸이였다. 그 순간 머릿속으로 남주 말이 스쳐 지나 갔다.

"왜 내 웃음은 헤픈 거고 네 웃음은 청순한 거지? 왜 같은 웃음인데 해석이 다른 건데, 왜?"

불현듯 내가 남주를 오해하고 있었던 것은 아닐까? 하는 생각이 들었다. 종미가 나를 오해하고 있었던 것처럼.

파티가 끝나고 종미에게 불쾌감에 대해 털어놓았다.

"가면들 손 혹시 봤니? 가면만 쓰지 않았더라면, 얼굴만 봤더라면 모두 성희롱으로 고소했을 거야."

내 말에 종미가 대답했다.

"나는 못 봤는데. 무슨 일 있었어?"

"지나가는데 엉덩이며, 등이며, 다리며 막 쓰다듬는 거야."

"아, 난 또. 네가 문제라는 생각 안 해봤어? 등이 파인 빨간 원피스에 치마 길이는 또 어찌나 짧던지. 네가 의자에 앉아 있으면 내가 다 불안했어. 속옷이 모두 보일 것 같았거든. 남자들은 너 같은 차림새를 보면 오해해. 마치 좀 봐달라고, 만져달라고 애걸하는 것 같잖아."

그 순간 나는 뭔가 아주 나쁜 일을 당한 것만 같았다. 종미 입이 그들 손이었고, 가면이었다. 오싹했다. 드레스는 파티에서 입기 위해 만든 옷이잖아. 여자의 몸을 아름답게 표현하기 위한 의상. 나는 나를 표현하고 싶었는데 그게 잘못된 거야? 말하고 싶었지만 말하지 못했다. 머릿속으로만 말들이 맴돌았고, 끝내 입 밖으로 나오지 않았다. 종미가 내 눈치를 보며 말했다.

"뭐, 너 같은 몸매는 그렇게 입어 줘야 해. 아마 내가 너였다면 거의 발가벗고 파티에 갔을 거야."

농담하듯 웃어넘기는 종미를 보며 나도 웃었던 것 같다. 아니, 웃지 않으면 둔감한 여자가 될 것 같았다. 나는 쿨하고 영리한 여자이고 싶었으니까.

문득 의구심이 일었다. 종미는 정말 가면들 손을 보지 못했던 걸까. 몸매가 드러나는 옷을 입었다는 것만으로 몸을 만져도 된다는 발상은 어디서 온 것일까. 종미가 멋대로 나를 해석하듯 나 역시 내 멋대로 남주의 행동을 해석한 것은 아닐까. 그녀는 단지 친절했을 뿐인데 김 대리나, 손 대리, 과장님이 그녀의 행동을 오해해 희롱한 거라면. 불안감이 엄습했다. 남주가 알고 있는 권은? 종미는? 내가 모르고 있는 그들에 대해 더 들었어야 했다. 조급해하지 말고 남주가 하는 말을 끝까지 들었어야 했다.

나는 제자리에 멈춰 섰다. 남주에게 전화 걸었다. 받지 않았다. 권에게 전화 걸었다. 신호음만 들렸다. 종미에게 전화 걸었다. 받지 않았다. 아, 학교로 걸면 되겠구나. 학교 이름이? 학교 이름을 기억해내려 했지만 아무것도 생각나지 않았다. 그저 고등학교 윤리선생님이라는 것만 기억났다. 평소 마당발로 통하는 친구에게 전화 걸었다.

"종미가 근무하는 학교 어딘지 알아?"

"글쎄, 고등학교 윤리선생이라는 것만 아는데."

전화를 끊으려는데 친구가 말했다.

"너 종미랑 아직도 연락해? 학교 다닐 때 종미, 너 엄청 싫어했잖아."

정신이 멍해졌다. 친구 말이 이어졌다.

"너처럼 부모 잘 둔 아이는 망가뜨리고 싶다 했는데. 부모 덕에 교내 상 휩쓴다고. 하기야, 그 시기가 좀 그랬지. 노력하지 않고 쉽게 얻는 사람을 보면 괜히 화가 나고, 그래, 아마 종미도 그런 감정이었을 거야. 네게. 그때 우리는 열일곱이었으니까. 질투가 공격대상으로 변하기 쉬운 나이잖아. 진학 때문에 스트레스도 엄청났고."

갑자기 속이 메슥거렸다. 친구 말이 들렸다.

"근데, 종미, 윤리선생이 아니라는 말도 있어. 백화점 의료코너에서 점원으로 있는 걸 봤다는 애도 있고, 뷰티숍에서 메이크업 아티스로 일하는 것을 봤다는 애도 있고, 식당에서 서빙하는 것을 봤다는 애도 있고. 모르겠어. 아무튼 수상한 애야."

나는 그 자리에 가만히 서 있었다. 같은 얼굴을 한 사람들로 거리가 꽉 차는 것 같았고, 정체를 알 수 없는 손들이 나를 기만하는 것 같았다. 종미를 믿었는데. 종미 때문에 그도 믿어버렸는데. 이대로 있을 수는 없었다. 종미에게 물어봐야 했다. 통화버튼을 눌렀지만 종미는 받지 않았다. 권에게 해도 마찬가지였고, 남주에게 걸어도 마찬가지였다. 그들이 모두 내 전화를 받지 않기로 작정한 것 같았다. 답답했다. 누구에게라도 전화하고 싶었지만 생각나는 친구가 없었다. 영화를 보러 갈 것도 아니었고, 여행을 떠날 것도 아니었고, 맛집을 갈 것도 아니었다. 공허감이 밀려들었다. 남주, 그녀라면 내 질문에 답해 줄 수 있을지도 몰랐다. 나는 남주에게 카톡을 보냈다. '통화하고 싶어. 연락 줘.' 휴대폰을 들여다봐도 답이 없었다.

도대체 권은 왜 내 얘기를 남주에게 했을까. 종미 이야기는 또 왜 했을까? 어쩌면 그는 남주를 사랑한 게 아니었을까. 나는 그저 남들에게 보여 주기 위한 도구였을까. 아니다, 아닐 것이다. 그를 믿어야 했다. 그는 남편이 될 사람이니까. 그는 누구보다 나를……. 나는 제자리에 멈춰 섰다. 걸음을 옮길 수 없었다. 내가 알고 있는 모든 것이 의심스러웠다. 다이아반지와 진주, 사파이어도 의심스러웠다. 그의 직업과 가족, 그가 했던 말까지도. 나는 벤치에 주저앉았다. 종미가 나를 싫어했다고. 왜? 내 거짓말 때문에.

엄마는 대학 부속 유치원 선생님이었고 아빠는 제약회사 계약직

영업사원이었다. 친한 친구에게 으스대며 말했다. 엄마는 대학교수고, 아빠는 제약회사 임원이야. 그것은 음악에 편곡을 하듯 살짝 양념을 친 것뿐이었다. 대부분 사실이었으니까. 엄마의 근무지는 대학교였고 아빠의 근무지는 제약회사였으니까. 잘못은 내가 아니라 내 말을 소문 낸 친구였다. 아니, 친구 말을 믿은 또 다른 친구들이었다. 교내 상을 휩쓴 것은 순전히 내 실력이었다. 부모님은 학교를 찾아온 적도, 담임에게 무엇인가를 부탁한 적도 없었다. 담임들이 눈에 띄게 나를 신뢰하기는 했지만 그건 내가 잘했기 때문이었다. 그랬는데, 친구들이 나를 질투했다니. 내 실력을 의심했다니, 혼란스러웠다. 종미마저 뒤에서 내 뒷담화를 하고 다녔다니. 종미는 내 편인 줄 알았다. 항상 내 이야기를 들어 주었고 나를 지지해 주었으니까. 그 모든 것이 거짓이었다니, 어떻게 그럴 수 있지?

어쩌면 그날, 종미는 가면들이 나를 희롱하는 손을 보았을 것이다. 그랬음에도 마치 내 차림새 때문에 벌어진 일인 양 이야기를 했다. 마치 다 안다는 듯. 도대체 뭘 안다는 거지? 나조차 그날 그곳에서 벌어진 일들을 확신할 수 없는데. 내 기억까지도 의심스러운데.

가면들은 제정신이 아닌 듯 했다. 뭔가에 취한 것처럼 보였다. 그들은 끊임없이 술을 마셨고 술잔을 부딪쳤다. 서로를 탐색하는 듯한 야릇한 눈길. 슬며시 몸 어딘가에 닿아 있는 손길. 맥락 없는 대화. 벨벳커튼 속으로 사라지는 검은 가면과 흰 가면들.

벨벳커튼 속 촛불이 일렁거리면 아무도 그 쪽으로 가지 않았다. 비명이 들리고, 신음이 들리고, 애원이 들려도. 그곳으로 가면 안 된다는 암묵적 동의 같은 것이 공간 속을 떠돌았다. 마치 커튼 안에서는 모든 것이 자유라는 듯. 모든 것이 비밀에 부쳐진다는 듯. 커튼이 열리고 촛불이 꺼지면 다른 가면들이 그곳으로 들어갔다. 이어달리기 하듯. 나도 갔던가. 기억나지 않는다. 권이 부축해 주기 전까지 나는 벨벳 커튼 안에 있었는지 밖에 있었는지도 잘 모르겠다.

진동음이 울렸다. 핸드폰을 열었다. 남주에게 온 문자메시지였다.

마지막으로 네가 보고 싶었어. 너는 나처럼 오빠에게 속지 않으면 좋겠어. 종미 말이야. 너를 두고 오빠와 내기를 했데. 네가 오빠와 결혼하게 되면 종미는 무엇인가를 오빠에게 줘야 될 거야.

머리가 지끈거렸다. 걸음을 옮길 수 없었다. 길들이 마구 흩어지고 다시 모여 새로운 길을 만들어내는 것 같았다. 그 길을 따라 걸을 수 없었다. 누군가 나를 함정에 빠트리기 위해 만들어낸 길, 검은 가면을 써야만 나아갈 수 있는 길, 맨 얼굴로는 살 수 없는 가면들의 세상. 공포스러웠다. 지금까지 살면서 단 한순간도 사랑받은 적이 없는 것 같았다. 나를 향해 쏟아지는 그 모든 친절과 배려가 모두 거짓인 것만 같았다.

시끌벅적한 기운이 느껴졌다. 나는 소리 나는 쪽으로 고개를 들었다. 사람들이 건물 옥상을 쳐다보고 있었다. 옥상 위에는 체크셔

츠에 청바지를 입은 여자가 서 있었다. 여자는 두 팔을 벌린 채 옥상 난간을 아슬아슬하게 걸어가고 있었다. 약간은 불안한 듯, 약간은 흥겨운 듯. 여자가 걸음을 옮길 때마다 그녀 목에 걸린 출입카드가 너울거렸다.

　남주였다. 내 출입카드였다. 그녀가 뛰어내린다면 나도, 내 이름도, 내 얼굴도 흔적도 없이 사라질 것만 같았다. 막아야 했다. 막고 싶었다. 오해했다고, 내 멋대로 네 행동을 판단했다고. 과장의 손을 뿌리치는 너를 못 본 척해서 미안했다고. 김 대리나 손 대리, 과장의 말보다는 네 말을 믿었어야 했다고. 나는 손을 뻗었지만 남주도, 내 출입카드도 너무 멀리 있었다.

이름만 남은 봄날

이름만 남은 봄날

이곳은 색이 닿지 않는다. 어둠도 오지 않는다. 환한 불빛 아래 내 그림자가 있다. 그림자는 침대 위에서 움직이지 않는다. 어딘가로 가고 싶은데 몸을 일으킬 수가 없다. 왜 나는 이곳에 묶여 있는 것일까. 초록 옷을 입은 사람들이 제품을 포장하는 모습이 보인다. 그들은 여러 가지 색깔의 포장 테이프를 쇼핑카트에 담는다. 빨갛고 가는 튜브와 긴 빨대가 달린 병도 담는다. 카트 위에는 장갑과 가위, 음료수 팩 따위가 가득 담겨 있다. 그들은 카트를 끌고 다니며 팩을 교환한다.

가만 살펴보니 내 옆자리에도, 그 옆 자리에도 누군가 누워 있다. 모두들 긴 빨대가 달린 팩을 주렁주렁 달고 있다. 침대 위에는 작은 텔레비전이 하나씩 놓여 있다. 텔레비전 화면에서는 그래프와 숫자들이 오르락내리락 한다. 낯익은 표시들과 숫자들. 병원 중환자실에서 보았던 모니터와 비슷하다. 심전도, 혈압, 체온 따위를 나타내주는 수치들. 그 앞에서 흰 옷 입은 사람들이 모여 대화를 나누고 있다. 그 중 한 사람이 내게로 걸어온다. 내 눈에 무엇인가를 비춘다. 눈이 부시다. 세상이 온통 하얗다. 그 빛 속에 양복점이 보인다. 검은 실루엣들, 빛이 차단 된 곳, 마치 사진현상소처럼 어두컴컴한 곳에 아버지가 서 있다.

아버지가 검은 커튼을 친다. 완전한 어둠. 곧 스탠드가 켜진다. 스탠드 불빛이 어슴푸레 옷감을 비춘다. 아버지는 옷감을 재단대 위에 올려놓고 초크로 본을 뜬다. 초크의 하얀 가루가 흩날린다. 하얀 가루들이 연기처럼 흩어진다. 눈물이 난다. 이건 뭐야, 초크가루가 아니잖아. 매캐한 연기가 가게에 가득 찬다. 아버지가 치약을 꺼내 눈 밑에 발라 준다. 마스크를 씌워 준다. 나는 쿨럭거리며 아버지를 본다. 아버지는 뒤돌아 서서 묵묵히 가위질을 한다.

며칠 뒤 고객이 결혼식에 입을 옷이구나. 빨리 가봉을 맞춰야 하는데. 아버지가 혼잣말을 한다. 싹둑싹둑 옷감이 잘려 나간다. 어디선가 함성이 들린다. 누군가 가게 문을 노크한다. 아버지가 재빨리 스탠드를 끈다. 또다시 어둠. 아버지, 엄마가 돌아오지 않았어요.

내 말에 아버지가 대답한다. 조용히 하거라. 폭죽 터지는 소리와 비명이 들려온다. 아버지는 재단대 아래, 옷감을 보관하는 서랍장 문을 연다. 이곳에 들어가 있으렴. 아버지가 나를 떠민다. 옷감들 사이, 작은 공간에 나는 갇힌다. 아버지가 서둘러 문을 닫는다. 창문 깨지는 소리, 왁자지껄한 사람들 소리, 매 맞는 듯한 소리와 비명들이 쉴 새 없이 이어진다. 시장 보러 간 엄마와, 엄마 손을 붙잡고 간 동생이 아직 돌아오지 않았다. 아버지는 어떻게 되었을까.

초록옷을 입은 사람들이 내 손과 발을 잡는다. 나는 기계에 이끌려 둥둥 떠다닌다. 그들이 내 몸을 어딘가에 올린다.

"겨우 35킬로그램이에요."

그들의 목소리가 들린다. 곧 그들이 나를 침대로 옮긴다. 나는 발버둥을 친다. 하지만 양팔은 축 늘어지고 말도 나오지 않는다. 무거운 것이 내 몸을 짓누르는 듯하다. 재단대가 무너진다. 옷감들이 풀어지며 내 몸 위로 쌓인다. 그 무게를 견디기 위해 온몸에 힘을 준다. 누군가 나를 나무란다.

"아니 웬 힘이 이렇게 세. 가만히 좀 있어요."

얼굴을 때린다. 손목과 발목을 묶는다. 차가운 기운이 혈류를 타고 온몸으로 전해진다. 졸음이 쏟아진다.

광장이 보인다. 광장에 쓰러져 있는 사람들. 얼굴이 일그러지고 피를 흘리며 엎어져 있는 사람들. 누군가는 이미 죽었고 누군가는 죽어갔고 누군가는 곧 죽을 것 같았다. 엄마도, 동생도, 아버지도 보이지 않았다. 다들 어딜 갔을까. 피를 밟으면서, 사람들을 일으키면서, 얼굴을 확인하면서 광장을 떠돌았다. 모든 얼굴이 어디선가 본

듯 했고 모든 얼굴이 처음 보는 것처럼 낯설었다. 모든 얼굴이 내가 찾는 얼굴 같았고 모든 얼굴이 내가 찾는 얼굴이 아닌 것도 같았다. 뒤엉켜서 형체를 알아볼 수 없는 사람들. 언뜻 보면 모두가 엄마였고 아버지였고 동생이었다. 더 이상 가족들의 얼굴이 기억나지 않았다. 내가 누구인지도 알 수 없었다.

나는 누구일까. 기억나지 않는다. 나는 무엇으로 불렸을까. 그것도 기억나지 않는다. 잃어버린 것, 원래의 내 것이었던 것, 그런 것들이 과연 있기는 한 걸까. 어쩐지 나는 태어나는 순간 고아가 된 것만 같다. 아버지, 엄마, 동생을 찾으러 다니는 형벌이 내게 주어진 것만 같다. 아무것도 먹을 수 없다. 먹고 싶지도 않다. 초롯옷이 내게로 온다. 내 입을 벌린다. 내 목에 삽입된, 기다란 튜브를 손으로 잡는다. 튜브를 타고 무엇인가 조금씩 몸속으로 들어온다. 식도가 아프다. 위의 떨림이 느껴진다. 몸의 장기들이 뒤틀리며 부딪친다. 온몸에서 소리가 난다. 나는 우욱, 소리 낸다. 입 밖으로, 몸 밖으로 내 속에 있던 것들이 쏟아져 나온다. 걱정스런 목소리가 들린다.

"음식을 모두 토했어요."

눈에서도 눈물이 쉴 새 없이 흘러내린다. 흰 옷 입은 사람이 입을 닦아 주고 눈을 닦아 주고, 얼굴을 닦아 준다. 손길이 투박하다. 진열대에 놓인 먼지 쌓인 물건을 정리하듯, 나를 정리한다. 눈이 아프다. 모든 사물이 찌그러져 보인다. 손가락 사이로 사람들의 움직임이 보인다. 그들은 손을 높이 쳐들고, 이마에 붉은 띠를 두르고 바닥에 누워 있다. 뒤틀려 있는 몸으로 무엇인가를 향해 강력하게 항의한다. 살게 해달라고 애원하는 것도 같다.

시위대의 함성이 울려퍼진다. 총소리, 장갑차소리, 한참 내전 중인 도시를 걷고 있다. 피난민들이 보인다. 머리 위로 총알이 날아다닌다. 폭발음이 들린다. 화약 냄새가 진동했고 총성이 귀를 때린다. 모두 엎드려. 누군가 말한다. 나는 바닥에 납작 엎드린다. 총성이 내 귀를 갈기갈기 찢는다. 나는 귀를 막는다. 냄새가 올라온다. 뿌리가 썩은 나무에서 나는 듯한 웅덩이 냄새, 피 냄새, 포탄 냄새가 아지랑이처럼 떠다닌다. 하늘을 올려다본다. 붉게 녹아내리는 하늘, 입 속에서 서걱거리는 모래, 찐득찐득한 흙, 모든 것이 환영 같다.

곧 어둠이 몰려왔고 주변이 조용해진다. 나는 일어서려고 했지만 자꾸만 넘어진다. 누군가 내 손을 잡는다. 사랑하는 사람을 잃어버렸어. 나는 그의 손에 이끌려 걷는다.

빵 굽는 냄새가 풍긴다. 문득 배가 고프다. 주위를 두리번거린다. 초록 옷이 보인다. 초록 옷들은 유리방 안쪽에 모여 있다. 무엇인가를 먹고 있다. 금방 구은 달콤한 향내가 코끝을 자극한다.

나는 슈크림을 먹는다. 빵집 앞을, 오락실 앞을, 만화방 앞을 걷는다. 저 아세요? 지나가는 사람들에게 묻는다. 사람들이 비껴간다. 저 아세요? 다른 사람을 붙잡고 물어본다. 누군가 규진이니? 한다.

그래요. 저 규진이에요. 나는 대답한다. 다른 누군가가 응, 반갑게 대답한다. 규진아, 불렀던 사람과 응, 대답했던 사람이 사라진다. 누군가 영신아, 한다. 저예요, 제가 영신이에요, 나는 대답한다.

내 대답은 이내 흩어진다. 이름 없는 나는 사람들 틈에 존재할 수 없다. 아마도 나는 망령이거나 영혼인지도 모른다. 남자가 다가온다. 다른 도시로 가자. 아무것도 기억나지 않는 도시로, 아무도 우리를 알아볼 수 없는 도시로. 싫어요. 나는 대답한다. 남자가 방에 나를 가둔다. 나는 침대 위에 묶인다. 이곳에서 나가고 싶다. 이 작은 방에서, 싱글 사이즈 침대에서. 하지만 나갈 수가 없다. 군인들이 나를 지켜보고 있다.

군인들이 도시를 점령했다. 그들은 똑같은 옷을 입고 똑같은 총을 들고 똑같은 신발을 신고, 빵을 먹으며 도시를 활보한다. 떼 지어 가는 발소리, 국방색 옷만 봐도 심장이 곤두박질친다. 숨어야 해. 그들에게 잡히기 전에. 어둠 속으로. 캄캄한 어둠 속으로. 이곳은 너무 밝다. 군인들이 쫓아올 것이다. 흐느낌 소리가 들린다. 누구지. 함께 숨어 있던 학생. 어쩐지 익숙하다. 나지막한 목소리가 들린다.

"뺑소니범은 잡히지 않았지?"

누군가 사람을 치고 도망간 것일까. 아마도 그 사람은 도망가지 못했을 것이다. 도시는 오래전에 폐쇄됐다. 군인들이 도시를 통제하고 감시한다. 아무도 도시를 빠져나갈 수 없다. 교통수단도 마비되었다. 도둑질을 했든, 사람을 죽였든, 방화를 했든 숨 죽이고 숨어 있어야 한다. 남자 목소리가 들린다.

"조용히 하렴. 겨우 열흘이 지났을 뿐이야."

"이대로 엄마는 죽는 걸까."

여자가 잡은 손에 힘을 준다. 엄마라니. 버스가 보인다. 순경들이 보인다. 그들의 손에서 흔들리는 방패, 그들을 향해 나아가는 버스, 몇 명이 쓰러진다. 쓰러진 동료를 보며 순경들이 오열한다. 곧 장갑차가 들이닥친다. 총성이 점점 가까워진다. 피 묻은 여자의 손을 잡고 아이가 울고 있다. 엄마, 아이가 여자의 몸 위로 엎드린다. 엄마. 부드러운 손길, 걱정어린 말투, 엄마가 동생의 손을 잡고 돌아온 것일까. 엄마, 나는 소리내어 본다.

"응? 다시 말해 봐."

여자가 말한다. 엄 마, 몇번이고 말했지만 여자는 알아듣지 못한다. 자신의 귀를 내 입에 바짝 갖다댄다. 곧 한숨을 쉰다. 나는 여자의 얼굴을 들여다본다. 엄마인 것도 같고 아닌 것도 같다.

엄마를 기억하지 못하는 것은 당연했다. 쓰러져 있던 사람들의 표정은 비슷했고 옷차림은 알아볼 수 없었다. 그 많은 사람들 중에 엄마를 찾고 동생을 찾고, 아버지를 찾는다는 것은 불가능했다. 찾을수도 없었다. 내 이름도 모르는데, 부모 이름을 기억할 리 없었다. 동생 이름은 더더욱 기억나지 않았다. 그랬는데 엄마가 내게 온 것이다. 내가 엄마를 찾아 헤맸듯 엄마도 그랬을 것이다. 나는 온힘을 다해 소리 낸다. 엄, 마. 갑자기 숨을 쉴 수가 없다. 심장이 멎을 것만 같다. 흰 옷과 초록 옷이 달려온다. 그들이 내 입에 무엇인가를 씌운다. 흰 옷이 화를 낸다.

"잠시만 나가 계세요."

여자가 내 손을 잡으며 말한다.

"엄마, 곧 올게요."

여자가 멀어진다. 흰 옷과 초록 옷들이 바쁘게 움직인다. 앞에 놓인 화면의 그래프가 오르락내리락 하더니 신호음이 들린다. 뚜뚜뚜뚜, 신호음이 길게 이어진다. 신호음이 길어질수록 어쩐지 안심이 된다. 어딘가에서 내 신호를 받아 주는 사람이 있을 것만 같다. 나는 선을 놓아버리고 싶지 않다.

초록 옷들이 더욱 분주해진다. 그들은 카트를 밀고 어딘가로 간다. 곧 그들이 무엇인가를 들고 온다. 그것을 들고 내 심장을 때린다. 온몸에 전류가 흐른다. 지릿지릿, 쿵쿵, 치르륵 치르륵. 가슴에서 시작된 통증이 목울대를 지나 뇌까지 전해진다.

"머리가 아파요, 머리가."

나는 소리친다. 아무도 내 말을 듣지 않는다.

"가만있어요. 움직이지 말아요. 피를 지혈해야 해요."

누군가 내 가슴을 만진다. 가슴이 터져버릴 것 같다. 원피스가 피로 물들어 간다.

"병원으로 옮겨야 해요."

누군가 나를 등에 업는다. 그가 걸음을 옮길 때마다 가슴이 저릿
저릿하다. 죽을 것만 같다. 엄마도, 동생도, 아버지도 만나지 못했
는데.

"살려 주세요."

나는 웅얼거린다. 누군가 대답한다.

"걱정 말아요. 죽지 않아요."

몸이 둥둥 떠오른다. 내 몸 아래는 붉은 물이 고여 있다. 나는 헤
엄친다. 팔 다리를 허우적거리며 살기 위해, 빛이 보이는 쪽을 향해
있는 힘껏 나아간다. 빛이다. 내 눈으로 빛이 쏟아진다. 목소리가 들
린다.

"고비를 넘겼어요."

빛 사이로 위패들이 보인다. 내가 누워 있는 방 안쪽, 유리벽으로
나눠진 공간에 위패들이 늘어 서 있다. 묘지의 묘비들처럼. 누군가
죽은 것일까. 낮은 높이의 침대 곁에서 사람들이 푸른 옷을 입고 서
있다. 그들은 두 손을 모으고 침울한 표정을 짓고 있다. 기도를 하
고 있는 것도 같고 울음을 참기 위해 입을 막고 있는 것도 같다. 침
대 위로 하얀 천이 씌워진다. 침대가 움직인다. 찰그락 찰그락 경쾌
한 소리를 내며. 그 뒤로 사람들이 따라간다. 그들은 푸른 옷의 유령

같다. 그들이 내 침대를 둘러쌀 것 같다. 빨리 침대에서 일어나야 한다. 푸른 옷의 유령들이 나를 쫓아오지 못하도록. 저들이 내 옷에 구멍을 내기 전에. 저들이 총부리를 겨누기 전에 도망가야 한다.

나는 몸을 비튼다. 우우, 소리 낸다. 꼼짝할 수 없다. 나는 이곳에 갇혔다. 저들이 나를 이곳에 가두고 팔 다리를 묶었다. 이제 곧 내게로 올 것이다. 남자가 누구인지, 어디로 갔는지 내게 물을 것이다. 모르는 남자였다. 그 남자가 왜 나를 병원에 데리고 갔는지. 왜 나를 업고 뛰었는지. 나도 알고 싶다. 남자에 대해. 물소리가 들린다. 물이 내게로 쏟아진다. 소낙비를 맞으며 나는 묘지 앞에 서 있다.

비가 무덤들 사이로 고랑을 이루며 흘러 넘친다. 물길이 묘지를 흔들고 비석을 쓰다듬으며 잔디를 뒤덮는다. 검은 옷을 입은 여자가 보인다. 푹 꺼진 입술로 웅얼웅얼 읊조린다.

"당신의 죽음이 헛되지 않게 하겠습니다. 이곳에 모시게 된 것을 자랑스럽게 생각합니다. 편히 잠드세요."

빗소리가 거세진다. 묘지가 물로 뒤덮인다. 학교에서 돌아오던 길에 죽은 친구를 본다. 자전거를 타고 가다 총에 맞은 친구를 본다. 하얀 웨딩드레스에 번지는 붉은 피를 본다. 붉은 부케를 손에 쥔 신부의 마지막 떨림을 본다. 그들의 절규를 본다.

내 심장이 곤두박질친다. 나는 몸부림친다. 누군가 내 왼쪽 유방을 움켜잡는다. 정신이 혼미해진다. 어느새 나는 병원 응급실에 누워 있다. 내 옆에는 임산부가 있다. 여자도 나도 몸에 총알이 박혔다. 여자는 왼쪽 눈 밑에, 나는 유방 아래쪽에. 갑자기 군인들이 들이닥친다. 여자와 나는 폭도로 몰려 지하실에 끌려가 매를 맞는다. 그녀가 내게 말한다.

"도대체 무슨 일이 생긴 거죠? 이 사람들은 왜 이러는 거죠?"

나는 대답한다.

"저도 몰라요. 전쟁이 터진 걸까요?"

여자가 몸을 동그랗게 만다. 자신의 배를 부둥켜안는다. 군인들의 군홧발이 여자와 나를 짓이긴다. 여자가 비명을 내지른다. 여자의 뱃속에는 태아가 자라고 있다. 양수 속에서 올챙이처럼 헤엄치고 있을 태아를 나는 상상한다. 나도 태아가 되고 싶다. 뱃속에서 몸을 웅크린 채 잠자고 싶다. 탯줄로 연결된 어둠 속, 자궁에서만 안전할 것 같다.

내 묘비명이 보인다. 빛들이 춤을 춘다. 아지랑이가 인다. 숨 쉬는 게 편안해진다. 왼쪽 유방만 아플 뿐 통증이 느껴지지 않는다. 아직 나는 살아 있는 것일까. 나는 죽었는데, 묘비명을 읽었는데. 이곳에 누워 있는 나는 누구일까. 누군가 나를 들여다본다. 하얀 모자를 쓴 남자다. 그는 좀 슬퍼 보인다. 뭐라고 중얼중얼거린다. 누구에게 말하고 있는 것일까. 죽은 내게 말하고 있는 것일까. 가만 살펴보니 누군가와 닮은 것도 같다. 누군가는 누구지? 어디선가 본 것 같기도 한데 그가 누구인지 도무지 알 수가 없다.

"괜찮아. 다 잘될 거야."

하얀 모자를 쓴 남자가 속삭인다. 늘 내 곁을 맴돌던 목소리, 남자들이 떠오른다. 광장에서 나를 일으켜 세웠던 남자, 병원에 데려다준 남자, 어두컴컴한 지하실 바닥을 기던 남자. 한 사람인 것 같기도 하고 여러 사람인 것 같기도 한 남자들. 비슷한 느낌, 비슷한 생김새의 남자들. 배를 움켜잡으며 쓰러지던 남자들. 그 많은 남자들은 어디로 갔을까. 이 남자는 그 중 한 사람일까.

"고마워."

남자가 말한다. 나를 아는 사람인 것 같은데 도무지 기억나지 않는다. 스쳐갔던, 수많은 사람들 중 한 사람이라고 하기에 내게 너무 친절하다. 자상한 말투, 어렴풋이 생각나는 남자가 있다. 죽은 척 엎드려 있던 남자. 그 어떤 소리도 입 밖으로 내지 않았던, 살기 위해 살아야 하는 것처럼 필사적으로 움직였던 남자. 남자가 나를 흔들어 깨운다. 지하실은 죽은 사람들로 가득하다. 군인들은 어디로 갔는지 보이지 않는다.

"여기를 빠져 나가야 해요."

남자가 말한다. 시체들을 밀치며 일어난다. 이내 미끄러진다. 바닥은 그들이 내뿜은 타액과 피가 고여 끈적끈적하다. 서로 엉켜 비틀려 있는 그들을 보자 마치 원귀들로 가득 찬 무덤 속에 있는 것만 같다. 힘겹게 지하실을 빠져나간다. 빛이 쏟아진다. 집으로 가야 하는데 가는 길이 생각나지 않는다. 모든 길이 낯설고 모든 길이 새롭다. 남자가 내 손을 잡는다.

"아이가 혼자 있어. 빨리 가야 해."

순간, 숨이 멎는다. 공포가 나를 휘감는다. 몸이 통제되지 않는다. 강하게 연결된 어떤 흔적이 그와 나 사이에 있는 것만 같다. 이 느낌은 도대체 뭐지. 익숙하면서도 불길한. 편안하면서도 조심스러운 이 이질감은. 어떤 순간이 머릿속으로 날아든다.

나는 잡풀 무성한 들판을 걷는다. 들판은 곳곳에 잡목들이 가득하다. 검은 비닐이 풍향계처럼 펄럭거리고 쓰레기들이 곳곳에 쌓여 있다. 걸음을 옮길 때마다 깡통들과 빈 병들이 발에 채인다. 챙챙 소리 내며 나는 걷는다. 하늘을 올려다 본다. 잿빛 구름들이 지나간다. 구름들이 재빨리 모습을 감춘다. 온 세상이 까맣게 변하더니 바람이 몰아친다. 나무들이 흔들린다. 빗줄기가 퍼붓는다. 나는 달린다. 두 손으로 머리를 감싸고 비를 피할 곳을 찾아. 저만 고통을 면하게 된 것을 용서해 주세요. 울부짖으며 이리저리 목적도 없이 달린다.

"내가 너의 집이 되어 줄게."

남자가 말한다. 나는 그의 손에 이끌려 그의 집으로 간다.

그가 내 이름을 묻는다. 기억나지 않는다.

"사는 곳은?"

"……"

"가족들은?"

"…….."

"모두 무사한 거니?"

갓난아기의 울음소리가 들린다. 갓난아이가 기어서 내게로 온다.

"이 아이 엄마가 실종됐어."

그가 말한다.

아기가 내 무릎을 빤다. 나는 아기를 품에 안는다. 아기의 입술이 내 가슴 쪽으로 다가온다. 왼쪽 가슴에 박힌 총알이 움직인다. 가슴이 저릿저릿하다.

"나이는?"

그가 묻는다.

"아직 학생인 것 같은데. 고등학생?"

"……"

아기의 손이 내 머리카락을 잡아당긴다.

"아프잖아."

나는 아기를 민다. 아기가 버둥거린다. 넘어지면서도 내 손을 꼭 잡는다. 다섯 개의 손가락으로 한 개의 손가락을. 나는 울음을 터트린다. 남자가 말한다.

"너는 이제부터 서연이야. 이서연."

이서연. 남자가 지어준 이름. 그 전의 내 이름은 무엇이었을까. 나는 이서연만을 기억했다. 남자가 항상 서연아, 했으니까. 남자의 호적등본이나 주민등록등본에도 언제나 이서연이 있었다. 내가 남자를 만나기 훨씬 전부터. 어쩌면 나는 실종된 아기 엄마의 이름을 물려받았는지도 모른다.

그림자가 다가온다. 나를 짓누른다. 나는 그림자에게서 벗어나려 몸을 흔든다. 침대가 들썩인다. 초록 옷이 다가온다. 내 주변을 살핀다. 남자에게 작은 목소리로 속삭인다. 초록 옷과 남자는 한 패일까. 나를 가두고 감시하려는. 속에서 울컥울컥 뭔가가 쏟아진다. 온몸이 끈적끈적해진다. 얼굴 위로 벌레들이 기어 다니는 것 같다. 가렵다. 벌레들이 눈으로, 콧구멍으로, 입을 타고 몸 속으로 들어와 내장을 휘젓는 것만 같다. 나는 몸을 비튼다. 남자가 내 팔과 다리를 잡는다. 내 몸을 꼭 안아 준다. 등을 쓰다듬으며 괜찮다고, 조금만 참으라고 말한다. 나는 편안해진다. 남자가 내 얼굴과 등을 닦아 준다. 내 몸은 가공되는 물건처럼 이리저리 옮겨지고 돌려지고 뒤척여진다. 역겨운 냄새가 올라온다.

부패가 시작된 것일까. 나는 이미 숨 쉬는 법을 잊어버렸다. 내가 아닌 다른 무엇인가가 호흡을 대신 해 준다. 몸도 움직일 수 없고 말도 나오지 않는다. 먹는 것도 싸는 것도 느낌으로 알 뿐이다. 일정한 속도로 무엇인가가 내 몸으로 들어왔다 빠져 나간다. 보이는 것도 또렷하지 않다. 사물은 찌그러져 있거나 몇 가지 색으로만 구분된다. 공간은 기억 속의 공간과 맞물려 새로운 공간을 만들어낸다. 소리만이 또렷하게 귀에 꽂힐 뿐이다. 어쩌면 부패는 오래전부터 시작된 것인지도 모른다. 남자와 사는 내내 나는 조금씩 죽어갔다. 몸에서는 늘 악취가 났다. 시간 날 때마다 샤워했고 손을 씻었다. 아기에게서도 냄새가 났다. 감염되지 않으려면 깨끗하게 씻겨야 했다. 아기의 몸이 빨갛게 부어오르고 딱지가 생겼다. 남자가 욕실에 나를 가뒀다. 애원하듯 말했다.

"서연아, 제발 그러지마. 너는 이 아이의 엄마야."

목소리가 들린다.

"이서연 씨 상태가 어때요?"

소변 양이라는 말이 어렴풋이 들린다. 들어간 양에 비해 너무 적다, 몸이 부은 것 같다, 라는 말도 들린다. 내 몸은 곧 바스라질 것 같은데, 부패가 시작되었는데 부었다니. 아마도 내가 아닌 것 같다. 다른 사람을 두고 말하는 것이다. 그렇다. 나는 이서연이 아니다. 나는, 나는, 아무튼 이서연은 아니다. 춥다. 몸이 덜덜 떨린다. 얼어 죽을 것 같다.

"체온이 떨어지고 있어요."

발자국들이 분주해진다.

초록 옷이 무엇인가를 가져온다. 내 몸에 칭칭 감는다. 나는 누에

고치처럼 하얀 동굴 안에 갇힌다. 사방에서 따뜻한 바람이 쏟아진다. 오븐 속에 들어와 있는 것처럼 빨간 적외선이 내 몸을 투과한다. 따뜻하다. 번데기처럼 허물을 벗게 되면 새로운 생을 살 수 있을까. 지금 나는 새로운 생을 맞을 준비를 하는 것일까. 내가 몰랐던, 가족들과 함께 하는 삶을 살고 싶다. 가슴 안에서 뜨거운 기운이 확확 올라온다. 심장이 두근거리고 열이 올라온다. 꽃이 보인다. 흰 국화꽃이 보인다. 국화꽃을 들고 서 있는 남자가 보인다.

국화꽃 남자를 보니 가슴이 뜨거워진다. 훨씬 전부터 나를 알고 있었던 것 같은 남자다. 남자가 묘비 앞에서 나를 보며 말한다.

"정은아."

"정은이를 아세요?"

나는 남자에게 되묻는다.

"오래전에 알던 친구인데 당신을 보니 그녀가 생각나요. 죄송합니다."

나는 어쩐지 정은이가 나인 것 같다.

"제가 정은이에요."

남자가 웃는다. 남자의 손에 들린 국화꽃이 떨어진다. 나는 꽃을 줍는다. 묘비 앞에 꽃을 세운다. 이정은, 그녀는 생일날 죽었다. 케익에 초를 꽂다 죽은 것일까. 친구들과 축포를 터트리다 죽은 것일까. 남자가 어깨를 들썩거린다. 나는 가만가만 꽃잎을 떼어낸다. 꽃잎이 흩날린다.

꽃잎이 뱅그르르 돈다. 붉은 꽃잎, 신부의 손에 들렸던 붉은 부케, 남자의 손에 들렸던 흰 국화는 어느새 붉은 색으로 변한다. 세상이 온통 붉은 꽃이다. 꽃잎이 내 몸을 감싼다. 눈으로, 코로, 입으로 떨어진다. 꽃잎에는 피 냄새가 진하게 배어 있다. 비릿하다. 토할 것 같다. 포개고 누워 있던 사람들이 생각난다. 나는 숨을 헐떡인다. 뜨거운 기운이 내 목을 조인다. 눈 앞의 사물이 일그러진다. 뜨거운 김이 올라오는 한증막 안에 있는 것 같다. 숨이 가빠온다. 혈류들이 요동친다. 초록 옷이 다가온다. 내 손목을 잡는다. 걸음을 옮긴다. 흰 옷이 다가온다. 내 눈을 뒤집어보고 혓바닥을 당겨 본다. 그래프를 살핀다. 그가 나지막한 음성으로 말한다.

"준비하세요."

엄마, 아버지, 동생을 찾아야 한다. 아직 찾지도 못했는데. 이대로 갈 수는 없다. 나는 몸을 움직인다. 내 몸은 가볍게 떠오른다. 이정은의 묘와 이서연의 묘가 보인다. 덩실덩실, 나는 춤을 춘다. 춤을 출수록 몸이 따뜻해진다. 손발의 감각이 돌아온다. 나는 눈꺼풀을 들어올린다. 눈이 무겁다. 자꾸만 감고 싶어진다. 하지만 참아야 한다. 가족들을, 나를, 내 이름을 찾아야 한다. 다른 사람이 부르는 대로 불리워졌던 나를. 갑자기 주위가 어두워진다. 안개가 몰려온다. 안개 속을 걷는다. 강이 보인다. 작은 배가 보인다. 검은 옷을 입은 늙은 노인이 말한다.

"어디로 모셔 드릴까요?"

"반대편으로요."

"이름은?"

"이서연."

"틀렸어요. 이름은?"

"이정은."

"틀렸어요. 이름은?"

"혹시 제 이름을 알고 있나요?"

"이름을 찾아오세요. 그 전에 강을 건널 수 없어요."

노인이 노를 젓는다.

"이름을 알려 주세요."

노인은 대답이 없고 배는 보이지 않는다. 강도 사라진다. 대신 눈
앞에 찬란한 햇살이 펼쳐진다. 5월이다. 푸른 하늘 아래 공동묘지가
보인다. 묘비명을 읽으며 나는 걷는다. 한 사람, 한 사람 이름을 불
러본다. 모든 이름이 내 이름인 것만 같다. 모든 묘비가 내 묘비인
것도 같다. 혼란스럽다. 나는 죽은 사람일까. 산 사람일까. 이미연,
이정은, 김정순, 서다래, 최상해, 천미희, 남영신, 이기문. 나는 어디
에나 있고 어디에도 없다. 나는 죽었지만 살아 있다. 가슴 속으로 뜨
거운 것이 올라온다. 덥다. 온 몸이 뜨겁다. 이 열기를 견딜 수 없다.

내장들이 요동친다. 내 속에 있는 것들이 밖으로 나가려 몸부림친다. 괄약근에 힘이 들어간다. 있는 힘을 다해 안에 있던 것들을 토해낸다.

"네 이름은?"

국화꽃 남자가 내게 묻는다. 한참을 고민하다 나는 대답한다.

"정원이야."

말하고 나니 이름이 무척 맘에 든다. 정원, 국화꽃과 있을 때면 나는 정원이 된다. 국화꽃이 말한다.

"너는 정은이와 얼굴만 닮은 게 아니야. 이름도 닮았어."

국화꽃이 웃는다. 그를 보니 자꾸만 심장이 두근거린다. 나를 찾고 싶다는 열망으로 잠을 이룰 수 없다. 정원, 이정원, 나는 정원이 되고 싶다. 이서연은 잊고 싶다. 이서연의 남편이 나를 가둔다. 군홧발이 나를 짓이긴다.

"내가 너를 어떻게 살렸는데."

그가 말한다.

"살리지 말지 그랬어."

내가 대답한다. 머리로, 가슴으로, 배로 발길질이 날아든다.

"제 이름은 정원이에요."

나는 큰 소리로 말한다.

"배를 태워 주세요. 이름을 찾았어요."

노인은 대답이 없다.

어딘가에서 폭죽 소리가 들린다. 코가 맵다. 눈물이 난다. 마스크를 써라. 아버지가 말한다. 나는 아버지를 본다. 아버지가 가위로 옷감을 싹둑싹둑 자른다. 며칠 뒤 결혼식에 입을 옷이구나, 빨리 가봉을 맞춰야 되는데. 옷핀으로 옷을 고정한다. 시장에 다녀올게요.

엄마다. 동생이 같이 가자고 떼쓴다. 누나의 생일 케익을 직접 고르고 싶어. 엄마의 손을 잡고 나간다. 생일 선물이구나. 아버지가 원피스를 건넨다. 최고급 원단으로 만들었는데, 맘에 드니? 나는 원피스를 입어본다. 전신 거울 앞에 서서 한 바퀴 돌아본다. 바깥이 소란스럽다. 사람들이 몰려가고 장갑차가 지나간다. 아버지가 셔터를 내린다. 엄마는요? 내말에 아버지가 대답한다. 뒷문으로 들어올 거야. 누군가 가게를 노크한다. 아버지가 재단대 밑, 서랍장 속으로 나를 떠민다.

"미숙아, 꼼짝하면 안 된다. 절대로 이곳에서 나오면 안 된다."

미숙, 이미숙, 이름과 함께 잃어버린 시간들이 쭉 펼쳐진다. 왼쪽 가슴이 저리다. 잃어버린 삼십구 년이 총알이 되어 몸속에서 움직인다. 엄마와 아버지, 동생이 보인다. 그들이 손짓한다. 나는 도로를 향해 발을 내딛는다. 클랙슨 소리가 귓가를 울린다. 엠블란스 소리가 다가온다.

사람들이 내 주위를 둘러싼다. 할 말이 없느냐고 내게 묻는다.

말해야 한다. 내 이름에 대해, 기억에 대해, 내가 알고 있는 것들에 대해.

"내 이름은 미숙이에요. 이미숙, 묘비에…….."

남자가 흐느끼며 말한다.

"미안해, 고마워, 당신이 있어서 살 수 있었어."

내가 죽음으로써 두 사람이 살았다니, 충분했다. 남자는 가끔 분노를 다스리지 못했지만 나는 이해한다. 내가 나를 잃어버렸듯 남자 역시 가끔 자신을 잃어버렸기 때문이다. 내 삶은 내 것이 아니었다. 아주 오래 전 나는 말소되었고 죽은 이서연은 나로 인해 살아났다.

이서연의 삶도 그럭저럭 나쁘지 않았다. 아기는 커가면서 좋은 친구가 돼 주었고, 아이로 인해 덜 외로웠다. 문득 문득 알 수 없는 통증이 가슴을 치고 지나갔지만 총알 때문이라 생각했다. 가족들 때문이라 생각했다. 비오는 봄날 쓰레기더미 속을 뒤지지만 않았다면, 화창한 봄날 묘지를 헤매지만 않았다면, 구름 낀 봄날 거리를 떠돌지만 않았다면 남자는 다정하고 자상한 남편으로 남았을 것이다.

엄마와 아버지와 동생이 나를 일으켜 세운다. 나는 하얀 방에서, 싱글침대에서 탈출할 수 있게 되었다. 나를 태울 침대가 차르륵 차르륵 경쾌한 소리를 내며 다가온다. 차르륵, 차르륵, 나는 어둠 속 빈 공간으로 빨려 들어간다. 색이 닳기 시작한다.

묵도에서 기다리다

목도에서 기다리다

나는 화형을 기다리는 중이다. 대물왕의 셋째 아들 미해공을 신
라로 보냈기 때문이다. 이렇게 살 바에 죽는 것이 낫다고 생각하면
서도 나는 누군가를 기다린다. 미해공을 구하러 내가 왔듯 누군가
가 나를 구하러 오기를. 아니, 올지도 모른다. 아니다, 반드시 올 것
이다. 아니다, 아무도 오지 않는다는 것을 나는 알고 있다. 그럼에도
불구하고 생각을 멈출 수가 없다. 생각을 멈추는 순간 화형대로 끌
려갈 것만 같다. 아니다, 나는 이미 죽었다. 살아 있다는 것을 온몸
으로 느끼기 위해 희망을 그려볼 뿐. 추억을 되새길 뿐.

닌토쿠왕은 하루하루 고뇌하면서 마음마저 꺾이라고 나를 살려둔
걸까. 그럴지도 모른다. 그럴 것이다. 그렇게 되어서는 안 된다. 차
라리 자살해버릴까. 이대로, 아무도 나를 벌하지 못하도록. 그게 나
을지도 모른다. 아니다, 누군가 나를 구하러 올지도 모른다. 이대로

죽어버린다면 누군가의 간절함을 소멸시키는 것이다. 그렇다, 살아 있어야 한다. 미해공이 살아 있어서 내가 그를 구할 수 있었다.

그날 새벽, 소슬비가 내렸다. 잠에서 깨어 문을 열어 보았다. 안개가 자욱했다. 온통 희뿌연 세상, 완벽하게 어둑어둑하고 완벽하게 희끄무레한 세상이 눈앞에 펼쳐졌다. 그 틈으로 빗방울이 땅에 부딪치는 소리, 낙엽 위를 또로록 굴러가는 소리가 들려왔다. 그 외에는 어떤 소리도 들리지 않았다. 산짐승 소리도, 들짐승 소리도 들리지 않았다. 모두들 깊숙한 곳에 몸을 숨기고 있음이 분명했다. 적당히 소란스럽고 적당히 고요한 세상, 나는 드디어 때가 됐음을 실감했다. 이 안개비 속에서라면 아무도 모르게 떠날 수 있으리라. 이 안개비 속에서라면.

나는 남자 노비들이 머무는 움막으로 향했다. 내딛는 걸음이 그 어느 때보다 날쌨다. 움막에 도착해서 거푸짚으로 만든 문을 열었다. 안에는 노비들이 서로 몸을 밀착한 채 바짝 붙어 자고 있었다. 나는 눈으로 웅을 찾았다. 웅은 가장 차가운 윗목에 새우처럼 웅크리고 누워 있었다.

나는 빈 공간 속으로 발을 집어넣었다. 문 앞의 노비가 끙, 하며 몸을 비켰다. 나는 숨을 들이킨 후 다시 걸음을 옮겼다. 아무도 모르게 웅을 데리고 나가야 했다. 한 명이라도 깨어난다면 일이 틀어질 것이 뻔했다. 한 걸음 한 걸음 나아갈 때마다 도둑질하려는 사람처럼 초조했다. 빈 공간을 파고들 때마다 노비의 옷자락이, 노비의 살덩이가 흔들렸다. 끝없이 펼쳐진 징검다리를 건너는 것처럼 아득했다. 불안감이 깊어졌다.

드디어 웅에게 도착했다. 나는 웅의 귀를 살며시 비틀었다. 녀석은 이맛살을 찌푸리며 반대쪽으로 몸을 돌렸다. 녀석의 얼굴을 쓰다듬었다. 녀석은 짜증난다는 듯 표정을 일그러뜨리면서도 눈은 뜨지 않았다. 소리도 내지 않았다. 아마도 잠자는 도중 소리를 내면 보복당한다는 것을 은연중에 기억하고 있기 때문인지도 몰랐다. 잠꼬대를 한 계림 노비가 밤새도록 말똥을 치웠다는 이야기, 자다가 옆 사람 뺨을 실수로 때린 계림 노비가 밤새 채찍질 당했다는 이야기, 치아를 간다는 이유로 이를 몽땅 뽑혀버린 계림 노비 이야기. 그 잔인한 이야기를 계림 인이라면 누구나 알고 있었다. 왜인 노비가 계림 노비를 교육 시킬 때 으레 하는 말이었다.

웅의 볼을 꼬집었다. 웅이 눈을 번쩍 떴다. 나는 재빨리 아이의 입을 틀어막았다. 나를 알아본 아이가 눈을 끔뻑거렸다. 나는 밖으로 나가자고 눈짓했다. 아이가 알겠다는 듯 고개를 끄덕였다. 눈치가 빠른 아이였다. 웅은 한밤중, 자신의 눈앞에 내가 있다는 사실만으로 긴장했다. 주위를 살핀 후 슬그머니 몸을 일으켰다. 나는 앞서서 걸었다. 등 뒤에서 나를 따르는 아이의 기척이 느껴졌다.

움막 밖으로 나가자 안개가 일시에 몰려들었다. 사방이 희끄무레했다. 마치 눈 내리는 깊은 산중에 혼자 서 있는 듯했다. 갈 길이 아득하게 느껴졌다. 달빛도 별빛도 없는 안개비 속을 뚫고 가야 했다. 과연 성공할 수 있을까, 의구심이 일었다. 얕게 내뱉는 웅의 숨소리가 들렸다. 그제서야 나는 몇 사람의 운명을 가르는 새벽임을 깨달았다. 망설임은 일을 늦출 뿐이었다. 결단이 빠를수록 성공할 확률이 높았다. 나는 웅에게 말했다.

"말을 타고 정에게로 가서 배를 준비하라고 일러라."

웅의 얼굴이 환해졌다. 아이는 기대감에 찬 얼굴로 고개를 끄덕거렸다.

"미해공을 깨워 뒤따르겠다. 늦지 않게 준비시켜라."

내 말이 끝나기도 전에 아이가 마굿간을 향해 걸어갔다.

아이의 행동은 민첩했다. 그동안 수없이 훈련시키고 가르친 보람이 있어야 할 텐데. 녀석이라면 잘 해낼 것이다. 이 년 동안 고향으로 돌아갈 날만 기다리며 온갖 수모를 견딘 아이였다. 왜인 노비들 틈에서도, 어른들 틈에서도 그 누구보다 총명하고 눈치 빠르게 자신의 일을 묵묵히 해낸 아이였다.

한편으론 불안했다. 안개 낀 밤이었고, 비까지 쏟아지고 있었다. 예상하지 못한 상황이었다. 갑작스런 실행이었다. 아이가 성공할 수 있을까. 미해공의 운명을, 대물왕의 명을, 한낱 어린아이에게 맡길 수 있을까. 하지만 저 아이는 몸집만 아이일 뿐 아이가 아니었다. 뱃길에서 아버지를 잃고 가족의 생계를 위해 이곳에 온 아이였다. 한 집안의 어엿한 가장이었다.

나는 두 마리의 말을 끌고 미해공 처소로 향했다. 미해공은 닌토쿠왕이 마련해 준 후지와라궁 별채에 묵고 있었다. 별채에 마음대로 드나들 수 있는 사람은 닌토쿠왕과 나뿐이었다.

나는 별채 앞 나무기둥에 말을 묶었다. 주위를 살피며 가만가만 안으로 들어갔다. 이찌와 니산이 방문 앞을 지키고 있을지도 몰랐다. 그들은 사무라이인데 항상 미해공 옆에 붙어 있었다. 왜왕의 눈에 들기 위해 안달 난 위인들이라 같이 잠자는 법도 없었고, 같이 뒷간에 가는 법도 없었고, 같이 밥도 먹지 않았다. 교대로 움직였으며 늘 제자리를 지키고 있었다. 흐트러짐 없는 그들을 보면 마치 나무나 돌 같았다.

나는 나무 뒤에 몸을 숨겼다. 방문 앞을 살폈다. 처마 밑 횃불만 반짝거릴 뿐 인기척은 느껴지지 않았다. 하지만 안개 때문에 모든 것이 흐릿했다. 가까이 가봐야 했다. 걸음을 옮겼다. 불안감이 밀려들었다. 만약 이찌나 니산이 문 앞을 지키고 있다면……. 소매 안을 들췄다. 칼이 보였다. 내가 사람을 찌를 수 있을까. 나는 고개를 휘저었다. 나약함은 일을 그르칠 뿐이었다. 포구에서 기다리고 있을 정과 웅을 위해서라도 성공해야 했다. 이번 기회를 놓친다면, 일 년, 이 년, 아니 삼 년이 걸릴지도 몰랐다. 나는 칼을 만지작거리며 걸음을 옮겼다.

방문 앞에는 아무도 없었다. 옆방에서 코고는 소리가 빗소리를 뚫고 들려왔다. 간헐적인 잠꼬대까지. 그들은 깊은 잠에 빠졌음이 틀림없었다. 모든 일이 술술 잘 진행되고 있었다. 미해공을 모시고 포구에 가기만 하면 이 계획은 성공한 거나 다름없었다.

나는 재빨리 방 안으로 들어갔다. 미해공은 몸을 뒤척이다 나를 발견했다. 놀란 그가 잠시 멈칫했다. 나는 조용히, 그의 눈을 보며 그저 고개를 끄덕거렸다. 내 심중을 알아챈 미해공이 자리에서 일어났다. 서둘러 옷을 갈아입었다. 나눌 말도, 가져가야 할 짐도, 챙겨야 할 식솔도 없었다. 오직 필요한 건 미해공 뿐이었다.

미해공과 나는 말을 타고 포구를 향해 달렸다. 우리는 오랫동안 연습한 그대로, 안개 속에서도 햇빛 속에서 달리는 것처럼 포구를 향해, 포구를 향해서만 나아갔다. 길을 잃거나 헤매거나 하는 일은 없었다. 눈을 감고서도 포구 방향을 찾아낼 수 있었다. 수천 번 걷고 또 걷고, 달리고 또 달리고, 하루도 빠짐없이 다닌 길이었다.

주위는 적당히 시끄러웠다. 빗방울이 진흙땅을 튕기는 소리, 숲을 깨우는 소리, 말들의 숨소리와 말발굽소리. 그 모든 소리가 결의에 찬 것처럼 느껴졌다. 아니, 말들은 사뿐사뿐 가볍게 땅을 밀어냈다. 마치 달리고 있는 이 길이 젖은 땅이 아니라 뽀송뽀송한 잔디밭이라도 되는 듯. 미끄러지듯 달리면서도 나는 미해공과 함께 새벽의 안개 속을 달린다는 사실이 실감나지 않았다.

우리는 말을 아꼈다. 옷깃 스치는 소리와 채찍질소리만이 허공을 갈랐다. 말들의 숨소리와 뜨거운 입김만이 밤의 기운을 밀어냈다. 기온은 차가웠지만 공기는 뜨거웠다. 공기 사이로 나는 미해공의 마음을 느끼고 있었다. 한 걸음 한 걸음 내딛는 발자국이 희열로 들떠 있다는 것을. 그렇게 미해공은 어둠으로부터, 억압으로부터 멀어지고 있었다. 그리움과 가까워지고 있었다. 그만큼 나는 불안과 가까워지고 있었고 공포와 싸우는 중이었다.

포구에 도착했다. 정이 기다리고 있었다. 정은 배와 도주에 필요한 모든 물품을 준비시켜놓고 언제든 떠나기만을 기다리던 중이었다. 정의 표정에서 각오가 느껴졌다. 그 옆에 서 있던 웅이 나를 보고 환하게 웃었다. 내심 걱정하고 있었던 것 같았다. 나는 웅의 머리를 쓰다듬어 준 후 정에게 편지를 건넸다. 계림에 있는 아내에게 보내는 것이었다. 아마도 아내는 웅이와 그 아이의 어미와 누이들까지 잘 보살펴 줄 것이다. 정과 그의 식솔들도. 나는 정에게 말했다.

"미해공을 모시고 빨리 떠나시게."

정은 배에 올랐다. 미해공은 오르지 않았다. 같이 떠나자면서 내 손을 잡았다. 떠나고 싶었지만 남아 있어야 했다. 미해공이 안전하게 떠날 수 있도록 시간을 벌어야 했다. 미해공은 두고 갈 수 없다면서 고집을 부렸다. 정이 배 위에서 재촉했다. 미해공은 움직이지 않았다. 나 역시 꼼짝도 하지 않았다. 미해공이 한숨을 쉬었다. 그의 옷자락이 눈가를 훔쳤다. 그가 말했다.

"한 잔 나눕시다."

정이 재빨리 술과 잔을 가지고 나왔다. 나는 잔에 술을 부어 미해공에게 건넸다. 미해공은 단숨에 들이킨 후 내게 건넸다. 나 역시 단숨에 들이켰다. 정이 술잔을 받았다. 그 역시 단숨에 들이켰다.

"이제 가셔야 합니다."

정이 말했고 미해공은 애원하듯 나를 쳐다보았다. 내가 말했다.

"저를 보듯 제 가족을 돌봐 주십시오."

"걱정 말게."

미해공이 대답했다. 더 이상 지체할 수 없었다.

"얼른 모시고 가게."

나는 정에게 말한 후 뒤돌아섰다. 후지와라궁을 향해 걸어갔다. 등 뒤에서 발자국소리가 들렸다. 배에 오르는 듯했다. 몇 걸음 옮긴 후 뒤돌아보았다. 배 난간에 서 있는 미해공이 보였다. 그 옆에 있는 웅이도. 웅은 매우 침통한 표정으로 나를 보고 있었다. 왜 같이 떠나지 않는 건지 이해 되지 않는 모양이었다. 나는 손을 흔들었다.

닻이 펼쳐지고 배가 출발했다. 미해공은 보이지 않았다. 정과 웅이 손을 흔들 뿐이었다. 어쩌면 미해공은 어딘가에 숨어서 나를 지켜보고 있을지도 몰랐다. 끝끝내 같이 떠날 수 없는 나를 안타까워하면서. 나는 어쩐지 그의 마음을 알 것 같았다. 자신의 모습을 보일 수 없는, 보이고 싶어하지 않는 그의 마음을.

후지와라궁 별채에 도착했다. 그 사이 안개는 옅어졌고 빗소리는 사그라들었지만 더욱 구슬프게 들렸다. 그 소리가 내 안으로 스몄다. 갑작스레 외로움이 밀려왔다. 다가올 시간 속에 아무도 없었다. 위로의 말도 따뜻한 음식도. 말발굽소리조차 쓸쓸하고도 무거웠다. 마치 같은 자리를 맴도는 것처럼. 이대로 말을 돌려 아무도 나를 찾지 못하는 곳으로, 깊은 산 속으로 숨고 싶었다. 하지만 정신 차려야 했다. 아직 해야 할 일이 있었다. 되도록 오랜 시간 닌토쿠왕을 속여야 했다. 그가 사무라이를 이끌고 배를 쫓아가지 못하도록 시간을 벌어야 했다.

나는 별채를 쳐다보았다. 안개 속 별채는 여우의 모습이었다. 단촐한 두 개의 방은 여우의 눈처럼 검었고, 날렵하게 위로 올라간 지붕은 꼬리처럼 둥그스름했다. 여우 신이 기거하는 신사의 모습. 저

안으로 들어가면 여우 신이 나를 보호해 줄까. 무사할 수 있다면 여우 신이 아니라 두꺼비 신, 비둘기 신, 너구리 신까지 잡신이란 잡신은 모두 믿고 싶었다.

다행히 처소 앞에는 아무도 없었다. 나는 여우 신의 은혜를 기대하며, 신사로 들어가는 심정으로 처소 안으로 들어갔다. 이찌와 니산도 신사를 망치는 일 따위는 하지 못할 것이다. 나는 기도하는 심정으로 방문을 닫았다. 재빨리 미해공 옷으로 갈아입고 이불 속으로 들어갔다. 어쩐지 마음이 경건해졌다. 무사히 돌아와 편안한 잠자리를 제공 받았다는 사실만으로 여우의 정령이 나를 보호해주고 있는 듯 했다. 할 일을 해낸 것 같은 충일감이 몰려왔다. 까무룩, 잠이 들었다.

갑자기 몸에서 열이 났다. 식은땀이 온몸을 적셨다. 아득한 심해 속으로 자꾸만 몸이 가라앉는 것 같았다. 알 수 없는 말들이 몸 밖으로 뛰쳐나왔다. 비명이거나 암호이거나 하는 말들이. 나는 말들을 삼키느라 목이 메어왔다.

이튿날 아침, 이찌가 아침을 가지고 왔다. 나는 누워 있었다. 오한이 들어 일어날 수가 없었다. 아픈 시늉을 하려 했는데 정말로 몸이 아팠다. 나는 이불을 둘둘 말아 쓰고 미해공 음성을 흉내내며 말했다.

"두고 가게. 좀 더 자고 싶네."

내 목소리는 내 목소리가 아니었다. 목이 잠기고 변성되어 다른 사람의 음성 같았다. 혹시라도 이찌가 얼굴을 확인하면 어떡하나 걱정됐다. 내 우려와는 달리 이찌가 걱정스런 목소리로 말했다.

"많이 아프신가 보군요. 의원을 불러올까요?"

"좀 쉬면 괜찮을 걸세. 필요하면 그때 부탁하겠네."

내 말에 이찌가 대답했다.

"목소리가 상했네요. 점심에는 죽을 만들어 올리라 하지요. 그럼 쉬세요."

그가 물러갔다.

나는 음식을 먹기 시작했다. 목이 아파 음식을 넘기기 어려웠다. 몇 숟가락 뜬 후 숟가락을 멈추었다. 영 입맛이 돌지 않았다.

점심때가 되자 두려움이 밀려왔다. 내가 자리에서 일어나지 않는다면 이찌가 안색을 살피려 할 것이다. 어쩌면 의원을 데리고 올지도 몰랐다. 어찌해야 할까. 어떡해야 이 상황을 넘길 수 있을까. 묘안이 떠오르지 않았다. 고심하고 또 고심했다. 순간 좋은 생각이 떠올랐다. 그래, 나로 돌아가자. 박제상이 되는 거야. 아픈 미해공을 돌봐 주러 온 거지.

나는 이불 속에서 일어나 미해공 옷 중에서 내 옷과 가장 비슷한 옷으로 갈아입었다. 베개와 얇은 이불을 둘둘 말아 마치 미해공이 있는 것처럼 이불 속을 꾸몄다. 빈 그릇을 들고 방문 앞으로 갔다. 이찌와 니산이 없는 틈을 노려 빈 그릇을 내놓아야 했다. 그 시간에 내가 왔다고 우길 작정이었다. 하지만 밤도 아닌 낮 시간에 두 사람이 동시에 자리를 비우는 일은 없을지도 몰랐다.

나는 슬그머니 문밖을 살폈다. 그들이 보이지 않았다. 이상했다. 이렇게 쉬울 수 있다니. 그들은 어디로 간 것일까. 미해공이 아파서 움직일 수 없으니까 안심하고 자리를 비운 것일까. 아니면 뭔가 수상한 낌새를 눈치 채고 닌토쿠왕에게 알리러 간 것일까. 그게 아니라면, 이 방을 몰래 엿보고 있었던 것은 아닐까. 별별 생각들이 나를 괴롭혔다. 아니다, 아닐 것이다. 무엇인가를 알아챘다면 이렇게 조용할 수가 없다. 이렇게 평화로울 수가 없다. 무슨 일이 생길 것 같은 고요와 무슨 일이 생긴 후 만들어진 공기의 흐름은 다르다. 지금의 이 고요와 평화는 아직 아무런 일도 일어나지 않았다는 것을 증명해준다.

나는 빈 그릇을 문 앞에 살짝 밀어놓은 후 문을 닫았다. 문 앞에 자리 잡고 앉아 그들이 오기만을 기다렸다.

잠시 후 문을 노크하는 소리가 들렸다. 문을 열었다. 밥상을 들고 있던 니산이 깜짝 놀라 말했다.

"언제 이곳에 왔소?"

"좀 전에 왔소."

"본 기억이 없는데."

그가 머리를 긁적이며 말했다. 내가 대답했다.

"빗소리에 내가 오는 소리를 듣지 못했나 보오. 안개 때문에 내 모습을 보지 못했나 보오. 나 역시 니산을 보지 못했다오."

그가 바깥 풍경을 보며 고개를 갸웃거렸다. 그 사이 비는 간간히 흩뿌리는 중이었고, 안개는 사물을 구분할 정도로 옅어졌다. 하지만 비와 안개를 핑계 삼기에는 충분해 보였다. 정원 쪽에서 이찌가 다가오는 모습이 보였다. 니산이 이찌를 보며 말했다.

"어디 갔다 오는 거야?"

"뒷간에. 너는?"

"나는 별채를 한 바퀴 돌았지. 오는 길에 히치코를 만나 점심을 가지고 왔어. 누군가 오는 기척을 느끼지 못했는데, 이상해."

니산이 나를 쳐다보며 말했다. 이찌 역시 나를 바라보며 대답했다.

"뭐가 이상해. 기척 없이 올 수도 있지. 어쨌든 박공은 이곳에 있잖아."

"그렇기는 해."

니산은 미심쩍은 듯하면서도 인정하는 표정이었다. 이찌가 바짝 다가오더니 말했다.

"미해공은 좀 어떠시오? 의원을 불러야 되지 않겠소?"

내가 대답했다.

"옆에서 돌봐 주고 있으니 걱정 마시오."

"그래도 약은 먹어야 되지 않겠소?"

이찌는 걱정스런 낯빛이었다.

"식사를 하고도 차도가 없으면 내 그때 연락하리다."

나는 밥상을 들고 재빨리 문을 닫았다.

이찌와 니산이 방문 앞을 지키고 있는 모습이 얼핏 보였다. 저들은 정원의 나무처럼 움직임 없이 서 있을 것이다. 저들이 고요해서 불안했다. 저들이 믿어 줘서, 더 이상 질문하지 않아서 불길했다. 저들이 사실을 알아챈다면, 나는 감당할 수 있을까.

두 시진이 지났을까, 이찌가 문을 노크했다. 나는 문을 열었다. 그가 안을 기웃거리며 말했다.

"어찌하여 이토록 조용하오? 미해공은 말할 수 없을 정도로 아픈 거요?"

"괜찮소. 오늘 하루 푹 자고나면 나을 거요."

그가 이부자리 쪽을 힐긋거리며 말했다.

"아무래도 내가 상태를 봐야겠소. 저토록 꼼짝 않고 있으니."

나는 말리려 했지만 그만 그를 놓치고 말았다. 그는 이미 성큼성큼 이부자리 쪽으로 다가서는 중이었다. 그가 이불을 열어젖혔다. 깜짝 놀란 얼굴로 내게 말했다.

"미해공은 어디 갔소?"

"계림으로 떠난 지 오래 되었소"

"뭐?"

"계림으로 떠났다고 했소."

"니산, 니산."

이찌가 소리쳤다. 니산이 달려왔고 이찌가 밧줄로 내 손을 묶으며 말했다.

"어서 가서 왕께 고하게. 미해공이 탈출했다고."

니산이 밖으로 뛰쳐나갔다. 곧 말발굽소리가 다급하게 울려퍼졌다.

이찌가 나를 잡아끌었다. 그의 손에 이끌려 후지와라궁을 향해 걸었다. 그 사이 안개는 걷혔고 비도 내리지 않았다. 바다도 잠잠해졌을 것이고 미해공은 꽤 멀리 달아났을 것이다. 문제는 닌토쿠왕이었다. 과연 배를 띄우고 쫓아갈까. 쫓아간다 하더라도 잡지 못할 것이다. 그들은 도착할 때까지 노 젓기를 멈추지 않을 테니까. 고향으로 돌아갈 날만 기다리며 밤새워 노 젓는 연습을 한 그들이었다. 그 사이 손바닥은 물러 터졌고, 물집이 생겼으며, 그 위로 굳은 살이 배겨 단단해졌다. 결코 잡히는 일은 없을 것이다.

이찌가 내 귀에 대고 속삭였다.

"너는 이제 죽은 목숨이야. 닌토쿠왕이 네 목을 자를 거다."

나는 대답하지 않았다. 이찌가 중얼거렸다.

"딱 하루였는데, 니산과 함께 잠을 청한 것이 어제뿐이었는데."

그는 이 같은 일이 생긴 것이 못내 아쉬운 모양이었다. 내 옆구리를 푹 찌르며 말했다.

"너 때문에 나도 죽게 생겼구나. 내가 죽더라도 네 놈부터 죽이고 가겠다."

나는 하늘을 쳐다보았다. 산 너머, 구름 사이로 해가 넘어오려 했다.

"이제 곧 화창해지겠구나."

이찌가 나를 쏘아보며 말했다.

"너 죽을까 봐 불안하구나."

나는 괜히 헛웃음이 나왔다. 이찌 말이 옳은지도 몰랐다. 어쩌면 무서운 건지도. 나는 깊게 숨을 들이마셨다. 안개가 지나가고 소슬비가 그친 대기는 명랑했다. 그 명랑함 때문에 마음이 소용돌이쳤다. 더는 대기를, 하늘을, 풀벌레 소리를 듣지 못한다고 생각하니 세상 모든 사물이 그리움으로 다가왔다. 나는 혼잣말을 했다.

"아름답구나."

이찌가 고개를 절레절레 흔들었다.

재판대 위쪽에 닌토쿠왕이 앉아 있었다. 그 옆으로는 신하들이 쭉서 있었다. 왜왕은 화를 내지도 명을 내리지도 않았다. 그저 골똘히 무엇인가를 생각하는 듯했다. 신하들 역시 조용히 자리를 지켰는데 모두들 왜왕의 심중을 헤아리려 고심하는 듯 했다. 곁에 서 있던 호

위무사가 왜왕에게 귓속말을 하자 그제서야 그는 나를 힐끗 내려다보았다. 그의 표정은 평온했다. 그 어떤 악의나 분노도 깃들어 있지 않았다. 그를 마주보는 것만으로 감정이 복받쳤다. 그 마음이 무엇인지 몰라 나는 황망했다.

이찌가 황급히 나를 바닥에 엎드리게 했다. 자신도 내 옆에 엎드렸다. 나는 엎드린 채 왜왕의 처우만을 기다렸다. 평온해 보이는 표정 속에 무엇을 숨기고 있는지 몰라 불안했다. 흔들림 없이, 너무나 고요해서 일말의 기대가 뭉실뭉실 피어올랐다. 나를 살려 줄 것이라는 희망. 차라리 고문이라도 했으면, 아니, 말들이라도 오갔으면 싶었다.

곧 앞쪽이 소란스러워지더니 한 무리의 사람들이 들어왔다. 그들 중 한 사람이 말했다.

"포구를 이 잡듯 뒤졌는데 떠난 지 오래된 것 같습니다. 찾을 수 없었습니다. 미해공을 본 자도 없었습니다. 배를 띄울까요?"

닌토쿠왕이 말했다.

"그럴 필요 없다."

난토쿠왕이 내 쪽으로 고개를 돌렸다.

"박제상은 고개를 들어라. 너는 어찌하여 너의 나라 왕자를 몰래 보냈느냐?"

나는 왜왕을 마주보았다. 그의 표정은 복잡해 보였다. 화 난 것 같기도 했고 아닌 것 같기도 했다. 지극히 온화해 보이면서 동시에 분노를 삭이고 있는 것 같기도 했다. 나는 왜왕의 얼굴에서 그의 고민을 읽었다. 갈등을 읽었다.

왜왕은 어릴 때 몸이 병약했다. 그의 아버지인 미코토왕이 계림으로 의원을 요청했다. 대물왕은 의원과 같이 가라고 내게 명했다. 통역할 사람이 필요했고, 왜국의 정보를 입수할 사람도 필요했다. 대물왕은 왜국 언어에 능통하고 언변이 뛰어난 나를 적임자로 여겼다. 나는 어린 그의 친구이자 통역가였고, 이야기를 들려주는 이야기꾼이었다. 늘 궁 안에 갇혀 있었던 그는 내게서 정을 느꼈던 것 같다. 나는 고향이 그리울 때마다 그에게 계림과 고구려, 백제 이야기를 들려주었다. 그의 눈빛이 반짝, 빛났다. 그는 계림을 원했고 고구려를 원했으며 백제를 원했다.

회환이 몰려왔다. 내가 그에게 계림이야기를 해 주지 않았더라면 그가 계림으로 오지 않았을 것이다. 볼모로 미해공을 데려가지도 않았을 것이고, 백제의 수많은 도예공을 납치하는 일도 없었을 것이다. 대물왕이 나를 이곳으로 보낸 것도 왜왕과의 우정을 알기 때문이었다. 왜왕은 나를 믿을 만한 친구라 말했다. 어쩌면 미해공을 맘대로 만날 수 있게 해 준 것도 친구에 대한 배려인지도 몰랐다. 그것을 알고 있는 나는 마음이 아팠다. 친구로서 왜왕의 신의를 저버려서 안타까웠다. 하지만 나는 그의 친구는 될지언정 신하는 아니었다. 충언은 할 수 있지만 명을 따를 수는 없었다. 아니, 나는 그의 친구도 뭣도 아니었다. 그 모든 것은 연기였다. 아픈 그에게 접근해 이야기를 들려준 것도 환심을 사기 위해서였다. 나로 인해 시작된 일이었다. 내가 불씨였다. 마음이 쓰라렸지만 대답해야 했다. 망상을 심어준 것에 대한 책임을 져야 했다.

"나는 계림의 신하이지 왜국 신하가 아니오."

왜왕은 노했다.

"너는 어찌하여 이미 내 신하가 되었는데도 계림의 신하라고 우기느냐. 내가 너를 어여삐 여겨 거두어 주었는데도 나를 배신하다니, 좋다. 나는 관대하다. 네가 만일 왜국 신하라고 말한다면 살려 주겠다. 아내와 집을 구해 줄 것이며 노비와 땅까지 주겠다. 만약 거역한다면 화형을 면치 못하리라. 다시 한 번 말해 보거라. 너는 누구의 신하냐?"

왜왕 신하가 되겠다고 한 적이 없는데 어찌하여 왜왕은 내가 자신의 신하라고 우기는가? 질문하고 싶었다. 하지만 나는 침묵했다. 어쩌면 왜왕은 내가 아니라 나를 믿은 자신에게 화가 난 것인지도 모른다. 자신을 위해, 자신의 안목을 지키기 위해 기회 운운하는 것인지도 모른다. 왜왕이 큰 소리로 말했다.

"누구의 신하냐? 어서 말하라."

나는 말했다.

"계림의 개나 돼지가 될지언정 왜국 신하는 되지 않겠다. 계림의 형벌을 받을지언정 왜국의 상은 받지 않겠다."

왜왕은 격노했다.

"저 놈을 발가벗겨 발 가죽을 벗긴 후 죽여라."

그들은 내 옷을 벗겼다. 나를 강제로 눕히고 내 손발을 묶은 뒤 마치 생선살을 가르듯 칼로 내 발 가죽을 벗겼다. 순간 혀를 물고 죽고 싶었지만 나는 죽지 못했다. 발바닥이 타들어가는 아픔을 느끼면서도 불현듯 살고 싶었다. 비명이 터졌다. 소리는 아득했고 나는 정신을 잃었다.

물이 얼굴 위로 쏟아졌다. 나는 눈을 떴다. 이찌와 니산이 나를 일으켜 세웠다. 나는 그들 손에 이끌려 질질 끌려갔다. 양쪽에서 두 사람이 내 겨드랑이 밑으로 손을 집어넣었다. 그들은 갈대를 어슷 베어 끝이 날카로운 갈대 위로 나를 끌고 갔다. 그 위에 나를 올려놓고 걷게 했다. 몸이 휘청거렸다. 그들이 내 양 팔을 잡고 갈대 깊숙이 세웠다. 윽, 신음이 절로 나왔다. 내 귀에 대고 이찌가 속삭였다.

"내가 말했지. 네 놈을 죽여 주겠다고."

나도 모르게 신음이 새어나왔다. 으윽, 이찌의 웃음소리가 귓가를 울렸다. 몸이 휘우듬, 흔들렸다. 눕고 싶다. 이제 그만 쉬고 싶다. 몸이 뒤로 넘어갔다고 느낀 순간 두 사람이 나를 꼭 붙잡았다.

"그만, 박을 데려와라."

왜왕의 목소리가 들렸다. 이찌와 니산이 나를 끌고 왜왕 앞으로 갔다. 나는 바닥으로 고꾸라졌다. 왜왕이 나를 의자에 앉게 했다. 납작한 돌을 무릎 위에 올리라 했다. 한 장, 두 장, 세 장, 왜왕이 말했다.

"너는 어느 나라 신하냐?"

나는 대답하지 않았다. 네 장, 다섯 장. 돌의 무게가 느껴졌다. 살이 움푹 패었고 뼈가 으스라질 것 같았다. 입에서 거품이 나왔다. 피가 쏟아졌다. 왜왕이 쇠를 달구어 내 앞에 세워 놓고 다시 물었다.

"마지막으로 기회를 주겠다. 너는 어느 나라 신하냐."

나는 두려웠다. 빨갛게 달아오른 쇠도, 끝이 날카로운 갈대도, 피가 두둑 흘러내리는 칼날도. 동시에 이제 고통 속에서 해방 되겠구나 안도했다. 빨리 쇠에 꽂혀 매달리고 싶었다. 그러면서도 동시에 누군가가 기다려졌다. 내가 미해를 구했듯 누군가 나를 데리러 오지 않을까. 살아 있으면, 살아 있다면, 고향으로 돌아갈 수 있을까. 살고 싶었다. 간절하게 고향으로 돌아가고 싶었다. 아내와 아이들이 그리웠다. 웅이도 보고 싶었다. 정과 미해공도. 지금이라도 왜왕에게 살려달라고 빌어볼까? 내가 왜왕의 신하로 있었던 것은 미해를 구하기 위해서가 아니라 진정 왜왕의 신하로 있고 싶어서라고. 나는 이미 당신의 신하라고. 아, 이 헛된 생각을 어찌할까? 헛되다, 헛되다, 하면서도 살고 싶은 이 마음을 어찌할까. 하지만 나는 살기를 포기했다. 나는 대답했다.

"계림의 신하다."

왜왕이 나를 노려보았다. 그가 말했다.

"목도로 보내라. 화형에 처할 것이다. 너뿐만 아니라 네 고향과 네 집과 네 가솔들 역시 불에 타 죽을 것이다."

한 달이 지났는데도 나는 아직 살아 있다. 벗겨진 발 가죽은 조금씩 새살이 올라와 피부를 감싼다. 갈대로 피범벅 됐던 발바닥은 불에 달군 쇠로 지져 지혈했고, 발바닥에는 아주 커다란 붉은 점이 남아 있다. 돌덩이에 파였던 허벅지는 딱지가 앉았다. 쇠와 돌이 남긴 상흔, 치료의 흔적. 나는 아픔에 시달리면서도 무섭도록 개걸스럽게 음식을 탐한다. 말린 간고등어를 몰래 감추어 놓고 조금씩 꺼내 먹기도 하고, 소금에 절인 완두콩을 심심할 때마다 꺼내 먹는다.

환풍이 되지 않는 좁은 집은 악취가 코를 찌르고, 내 몸에서는 이들이 득실거린다. 이 와중에도 내 몸이 조금씩 회복되고 있다는 사실이 신기하다. 새살이 돋고 딱지가 앉는다는 사실이 기적 같다. 하지만 나는 잠을 자는 것이 두렵다. 매일 밤 악몽에 시달리기 때문이다. 빨간 화염 속으로 사라지는 집들과 고향 산천, 사람들의 울부짖음을 밤마다 듣는다. 아우성, 아수라장. 그 속에 아내와 아이들이 있다. 정과 그의 가족들과 웅이도 보인다. 불길이 나뿐만 아니라 내가 가진 모든 것을 삼키는 광경을 나는 속수무책으로 바라본다. 비명이 비명이 되지 못하고, 아픔이 아픔이 되지 못하고, 도망이 도망이 되지 못하는 이상한 꿈. 꿈에서 깨어나면 그때서야 선명해지는 아픔. 하지만 도망이 도망이 되지 못하고, 비명이 비명이 되지 못하고, 점점 더 먹을 것을 탐하는 이상한 현실.

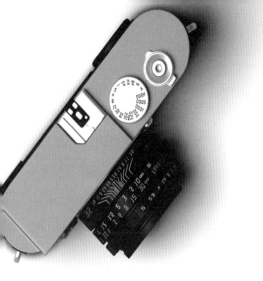

경계의 언칙

경계의 원칙

    내 눈은 오십 미터 표준렌즈다. 먼 대상물을 가까이 끌어당겨 볼 수도 없고 이미지를 확대하거나 축소할 수도 없다. 프레임에 담긴 쓸모없는 잡동사니를 의도적으로 제거해버릴 수도 없다. 하지만 어떤 각도가 편안함을 주는지, 어떤 피사체가 시선을 끌어당기는지 본능적으로 알 수 있다. 수많은 인파 속에서 의뢰인을 한눈에 구분해 낼 줄 알며 그들의 몸짓을 읽을 수도 있다.

    나는 의뢰인을 눈으로 찾는다. 그는 카페 테라스에 앉아 있다. 나는 초점거리를 설정해 의뢰인을 화면 중앙에 배치한다. 프레임 안으로 그가 들어온다. 그는 침울해 보인다. 앞에 앉은 약혼녀도 침울해 보인다. 결혼을 한 달 앞둔 남녀로는 보이지 않는다. 찻잔을 만지는 손길도, 가끔 훌쩍이는 모습도 곤혹스러워하는 빛이 역력하다. 마치 만나서는 안 될 사람을 실수로 만나 차 한 잔 마시고 헤어지려는 사람들 같다. 이래서는 제대로 된 사진이 나올 리 없다. 파파라치 스냅 사진이라고 해서 데이트 장면만을 무차별적으로 찍는 것은 아니기 때문이다.

파파라치 컷을 원한 건 남자였다. 식전 영상으로 상영할 건데 데이트 사진이 별로 없어서요. 스튜디오 사진은 너무 인위적이라. 남자는 영상에 사계절이 들어가야 된다고 했다. 주변 사람들이 자신과 약혼녀를 일 년 전부터 교제한 것으로 알고 있다면서. 여름을 담기 위해 워터파크로 겨울을 담기 위해 은악으로 갈 예정이었다. 아직 시월인데 은악에는 눈이 왔다고 했다.

뷰 파인더 속 표정은 피사체가 들려 주는 말과 같다. 저들은 아직 대화를 나눌 준비가 되어 있지 않다. 그 어떤 말도 하지 않겠다는 듯한 완강함이 느껴진다. 무언가 새로운 구성이 필요하다. 두 사람 사이로 빛이 새어들거나, 그림자가 기울어 서로에게 포개어지고, 대화를 나누는 듯한 느낌, 아쉬워하는 듯한 느낌을 만들어야 한다. 초대형 스크린을 채울 영상이라고 해서 웃는 얼굴만 나열할 필요는 없다. 아마도 의뢰인이 나를 찾은 건 일상을 담되 특별한 순간을 포착하고 싶었기 때문일 것이다. 식장을 찾는 사람들에게 그들의 이야기와 역사를 들려 주고 싶었기 때문일 것이다. 그것이 비록 연출이기는 하지만. 나는 줌인, 줌아웃을 반복한다. 왼쪽에 여백을 넣었다, 오른쪽에 여백을 넣었다를 반복한다. 카페 뒤 호수를 배경에 넣었다, 빼기를 반복한다.

나는 화각이 넓은 이십오 밀리미터 렌즈로 바꾼다. 조리개를 f/22로 설정한다. 프레임 안으로 너무 많은 것들이 무차별적으로 쏟아져 들어온다. 내 눈 앞에 있는 넝쿨과 의뢰인 뒤쪽에 있는 나무들까지 선명하게 보인다. 모든 것이 작고 멀지만 대신 선연하다. 테라스를 가득 채운 화병과 화병 안에 놓여 있는 작은 돌과 꽃, 나무껍질의 거칠고 퍼석한 질감까지 느껴진다. 그들 사이에 놓여 있는 흰 머그컵도 보인다. 머그에 새겨진 그림은 드럼이다. 음표도 몇 개 그려져 있다. 남자는 컵에 그려진 음표를 손으로 만진다. 어쩌면 남자는 재즈 바에서 섹스폰을 연주하는 광경을 보고 있는 중인지도 모르고, 여자는 야생화가 펼쳐진 들판을 바라보는 중인지도 모른다.

태양이 떨어지면서 호수 주변의 카페를 환하게 비춘다. 호수 사이를 가로지르는 철교에는 그늘이 진다. 그늘진 철교와 태양빛이 화려하게 비치는 카페를 배경으로 그들은 걷고 있다. 나는 멀리서 그들이 오기를 기다린다. 호수 속에 카페와 하늘이 투영돼 구불구불한 길을 잘라놓은 것 같다. 잘라놓은 길을 뚫고 그들이 온다. 형체와 질감은 모두 사라지고 그들의 실루엣만 보인다. 실루엣 둘이 멈춰 선다. 마주본다. 남자가 여자의 허리를 끌어당기자 여자의 고개가 뒤로 젖혀진다. 오늘도 어김없이 똑같은 패턴이다. 호숫가 카페, 일몰

직전의 산책, 입맞춤. 다르다면 은악과 워터파크가 끼어든다는 것 정도. 부득이하게 은악으로 가 일박을 하고 내일도 파파라치 스냅 사진을 찍어야 한다는 것.

　남자는 육 개월에 한 번씩, 규칙적으로 내게 사진을 의뢰했다. 매 번 상대는 다른 여자였고 이번이 여섯 번째였다. 그는 내 첫 고객이 기도 했다. 그를 통해 나는 캔디드 사진이 내게 잘 어울리는 작업일 지도 모른다는 생각을 하게 됐다. 그는 까다로운 고객이 아니었기 때문이다. 그는 사진 찍는 걸 간섭하지도 않았고 두 시간에 100장, 보정 20컷의 요구사항도 없었다. 찍은 사진을 모조리 보내 주면 거 래는 성사되었다. 사진은 즉시 파기한다는 조건과 상대 여자가 모르 게 촬영해 달라는 요구 상황이 붙었지만 그건 당연한 일이었다. 비 밀 보장, 완벽 파파라치 컷, 그것이 내가 다른 사진가와 구별되는 지 점이며 고객들이 나를 찾는 이유이기 때문이다.

　나는 SNS나 블로그를 통해서만 일을 의뢰 받았다. 연락은 문자나 이메일로만 했고 돈은 온라인으로만 입금 받았다. 미리 정해놓은 장 소에 가서 도착했음을 알리는 문자 한 통과 함께 일을 시작했고, 끝 났음을 알리는 문자 한 통과 함께 일을 끝냈다. 촬영하는 내내 들키 지 않기 위해 노력했지만 간혹 의뢰인들이 눈치 채는 경우도 있었 다. 하지만 그들은 대부분 모른 체하거나 상대 여자가 눈치 챌 수 없 도록 나를 도와 주었다. 상대가 알아채도 크게 문제되지 않았다. 그것은 특별한 데이트를 위한 이벤트이며 기념일 앨범을 제작하기 위한 촬영이라고 말하면 되기 때문이다. 대부분의 여자들은 자신이 생각했던 것보다 훨씬 예쁜 자신의 모습을 발견하고 기뻐했다. 마치 아름다움만 꺼내주면 그 어떤 도둑 촬영도 감당할 각오가 되어 있는 사람들처럼.

내 역할은 늘 여기까지였다. 카페에 앉아 차 마시는 것을 촬영하고 호숫가를 산책하는 것을 찍는 것. 그 뒤 의뢰인이 여자와 무엇을 했는지는 모른다. 어쩌면 레스토랑에 가서 밥을 먹고 모텔에 갔는지도 모른다. 아니면 라이브카페에서 음악을 듣고 집으로 갔는지도. 늘 같은 곳을 찾는 남자의 행동이 궁금해 미행하고 싶었던 적이 있었다. 그건 축구 경기장에서 선수들을 더 잘 보기 위해 쌍안경을 들이대는 것과 같다. 하지만 나는 쌍안경을 들이대지 않았다. 내가 고객과 계약한 것은 딱 거기까지였기 때문이었다.

나는 뷰 파인더를 거두지 않는다. 그들의 내밀한 순간들을 기록하고 싶다. 관계에 대한 발전의 궤적을 보여주는 순간들 말이다. 표정을 좀 더 세밀하게 살필 수 있다면. 나는 렌즈를 당긴다. 빛이 표정을 거둔다. 다른 각도에서 보면 표정을 볼 수 있을지도 모른다. 방향을 바꾼다.

휠체어 탄 여자가 보인다. 주위에 누군가 있을 법한데 아무도 없다. 여자는 철교 위에서 호수를 바라보다 몸을 돌린다. 휠체어 바퀴를 두 손으로 민다. 드르륵, 드르륵 바퀴 굴러가는 소리가 철로를 가득 메운다. 힘줄이 툭툭 불거진 건강한 팔 근육이 쉴새없이 오르락내리락한다. 그 뒤로 여자의 가쁜 숨소리가 들린다. 쇄골을 타고 흐르는 굵은 땀방울도 보인다. 마치 여자는 바퀴 굴리는 일을 하는 노동자 같다. 신호등 없는 철로 위에서 철로의 바퀴를 확인해야 하는 바퀴 검수자 같기도 하다. 일하는 자의 힘겨움, 살아내야 하는 자의 고단함이 느껴진다. 여자의 겨드랑이 아래로 점점 넓게 번지는 땀의 흔적. 아버지의 티셔츠가 생각난다.

아버지는 의류 상가의 지하, 전기실에서 근무했다. 그곳에서 아버지는 전구를 갈아 주거나 수도꼭지를 교체해 주거나 했다. 때로는 막힌 변기를 뚫어 주었고, 그것이 여의치 않을 때는 변기를 뜯어 재조립해 주기도 했다. 아버지에게서는 늘 땀냄새가 났고 옷이 축축했다. 상가 주인들은 땀으로 번진 아버지의 젖은 티셔츠를 보며 수군거렸다. 저 얼굴로 지하실에서 지내다니. 몸도 좋고 성격도 나무랄 데가 없는데 말이야. 인물이 아깝다니까. 그 얘기 들었어. 마누라 얘기, 장모 얘기.

나는 카메라 방향을 바꾼다. 누군가 나를 감시하고 있는 것 같다. 카메라가 미치지 않는 프레임 밖에서. 누구일까. 의뢰인일까. 아니면 휠체어 그녀일까. 나는 주변을 샅샅이 살핀다. 의뢰인도 휠체어 그녀도 아니다. 의뢰인은 호숫가에 앉아 있고, 휠체어 그녀는 잠시

쉬고 있다. 카페 안에서 누군가 나를 훔쳐보고 있는 것은 아닐까. 내가 볼 수 없는 곳에서. 느낄 수도 없는 곳에서. 엄마의 눈이 생각난다. 내 모든 것을 보려하는 눈. 내 모든 행동을 감시하고 있는 듯한 눈. 너는 엄마의 눈이야, 아버지 말이 들린다. 네가 보는 것을 보고 싶어, 엄마의 말도 들린다.

엄마가 어딘가에서 나를 지켜보고 있는지도 모른다. 그럴 리 없는데도 그런 것 같다. 골목길에서 택시에 치일 뻔했을 때도, 공원에서 아이들에게 둘러싸여 폭행당할 뻔했을 때도 어딘가에 숨어 있던 엄마가 지팡이를 휘두르며 나왔다. 엄마의 눈에서 벗어나야 한다. 나는 의뢰인에게 초점을 맞춘다. 인내심을 가지고 지켜보다 보면 눈길을 끌 만한 자연스런 행동을 포착할 수 있을지도 모른다. 최고의 패션은 멋진 옷이나 액세서리로 치장되는 것이 아니라 자연스런 행동과 표정에 있기 때문이다. 그 어떤 값비싼 옷도 표정을 따라가지 못한다. 그에게 어울리는 최고의 패션을 찾아 주고 싶다. 하지만 그는 약혼녀와 함께 자동차 안으로 들어간다. 아마도 은악으로 출발할 생각인 것 같다.

나는 망원 줌렌즈를 장착하고 은악을 프레임에 담는다. 산꼭대기에는 눈이 설핏 쌓여 있고 산중턱은 단풍을 품고 있다. 입구에는 떨어진 낙엽과 은행잎이 굴러다닌다. 산 깊숙한 곳 어딘가에서 계곡물이 흘러갈 것 같고, 그곳은 여름의 울창함을 숨기고 있을 것만 같다.

의뢰인과 여자는 케이블카 판매소 앞에 멈춰 서 있다. 나는 그들을 향해 카메라를 들이댄다. 표정이 사뭇 심각해서 셔터를 누를 수가 없다. 의견이 잘 안 맞는 모양이다. 갑자기 그들이 동시에 나를 쳐다본다. 의뢰인이 손짓한다. 내가 다가가자 그가 묻는다.

"케이블카가 좋을까요? 등산로가 좋을 까요? 사진 찍기 편한 곳으로 가고 싶은데요."

"등산로 쪽이 좋을 것 같아요."

내 말에 그가 알았다고 대답한다.

나는 앞서서 걷는다. 미리 좋은 자리를 선점하고 기다려야 한다. 그들이 프레임 안으로 들어오는 적절한 순간에 셔터를 눌러야 한다. 한참을 걷다 나는 멈춘다. 가지런히 늘어선 나무들이 시선을 잡아당긴다. 나무 위쪽에는 얼키설키 엮은 새둥지도 보인다. 나는 렌즈를 당긴다. 짚의 틈새로 움직이는 물체를 포착할 수 있을 것 같은데 아무것도 보이지 않는다. 틈이 있을 것 같지만 틈이 없다. 하나의 틈새를 지나면 그 안에 보이는 것은 또 다른 짚이고, 그 짚의 틈새를 지나면 또 다른 짚이 보일 뿐이다. 새둥지는 강풍도 피할 수 있을 정도로 안전하고 견고해 보인다.

아쉽다. 불가능을 가능으로 만들어 주는 것, 그것이 망원렌즈라 생각했다. 망원경을 통해 달 표면을 관찰할 수도 있고 불에 휩싸인 숲을 멀리서도 촬영할 수 있으며, 보이지 않는 풍경을 담을 수도 있다고 생각했다. 하지만 그것은 특정 장소, 특정 사람에게만 허락된 일인 것 같다. 낭패감이 든다. 나무들만이 무질서하게 눈으로 들어온다. 혼란스럽다. 나는 뷰 파인더 속으로 나무들을 가둔다. 카메라를 처음 만지던 날이 떠오른다.

여섯 살인가, 일곱 살인가 그 무렵이었다. 아버지가 일하는 전기실에 나 혼자 있었다. 전기실 앞에는 배관통과 가스 설비 시설들이 쭉 늘어서 있었다. 그것들은 때로 죽은 동물의 뼈처럼 기이한 형태로 얽혀 있었는데, 갑자기 동물들이 무리지어 이동하는 듯한 소리를 내며 내게 다가오곤 했다. 그때마다 나는 기침이 나왔다. 귀가 멍멍해졌으며 팔 다리를 움직일 수조차 없었다. 나는 애벌레처럼 꿈틀거리며 기둥 아래 틈 속으로 기어들어갔다. 그 틈에서 녹슨 카메라를 발견했다.

나는 카메라를 들고 네모난 구멍을 통해 시설들을 훔쳐보았다. 둥그런 파이프와 배관, 누군가 의도적으로 무질서하게 버려둔 것만 같은 시설물들. 구멍 안으로 들어온 그것들은 단순한 선과 면이 아니라 생명력이 깃든 사물로 보였다. 쇳가루가 묻어날 것 같은 배관은 노쇠하고 병든 노인의 피부 같았고, 한쪽 면만 빛이 닿아 반짝거리는 파이프는 어둠 속에서 빛나는 엄마의 눈 같았다. 이상하게도 마음이 편안해졌다. 더 이상 무섭지 않았다. 그게 무엇인지는 모르겠지만 배관 이전의 무엇, 파이프 이전의 무엇과 마주친 기분이었다.

재료의 본래 얼굴이 있다면 저런 얼굴일지도 모른다는 생각이 들기도 했다.

나무들 사이로 의뢰인과 여자가 보인다. 의뢰인이 앞서서 걸어오고 여자가 그 뒤를 따른다. 나는 의뢰인의 표정을 살핀다. 그의 얼굴에서 복잡한 감정이 읽혀진다. 계획대로 움직이는 자의 불안과 두려움, 책임감 같은. 그것이 무엇이든 간에 목표를 이루고 말겠다는 단호함도 엿보인다. 문득 그가 했던 말이 떠오른다. 다섯 번째 여자와의 촬영을 마친 후였다.

"이건 제 마음을 확인해 보려는 과정이에요. 사진 속 표정을 보면 제 마음이 읽혀지거든요. 올해는 결혼하고 싶어서요."

다섯 번째 여자와는 헤어진 걸까. 사진 속 표정에서 아무것도 확신할 수 없었던 것일까. 불과 이 개월 전인데. 다섯 번째 여자가 아닌 여섯 번째 여자와 결혼을 서두르는 이유는 무엇일까.

나는 여자를 살핀다. 여자의 표정은 덤덤하다. 그저 정해진 길을 따라 걸어가기만 하면 되는 사람처럼 앞만 보고 걷는다. 걸음을 옮기는 속도도 일정하다. 평균적인 키에 평균적인 외모, 평균적인 옷차림. 너무나 평범해 어디를 가든 어느 곳에서든 비슷한 사람을 무수히 발견할 수 있을 것만 같다.

어렸을 때 가지고 놀던 장난감 카메라가 생각난다. 비슷비슷한 동굴 사진만 오십 장 정도 들어 있던 카메라. 셔터를 누르면 다음 사진이 보이고, 또 누르면 다음 사진으로 넘어가던. 마지막 사진까지 다 보고나면 다시 처음 사진이 나오는, 똑같은 사진이 무수히 반복되던 카메라였다. 셔터를 누를 수는 있지만 찍을 수는 없는. 아마도 그때부터였던 것 같다. 새로운 사진을 찍고 싶다는 충동을 느꼈던 것이. 나만의 카메라로 나만의 사진을 찍고 싶다는 기대를 품었던 것이. 여자는 삶에 대한 기대도, 충동도 없는 것일까.

그들 모습을 몇 컷 담은 후 나는 앞서서 내려간다. 하산하는 모습을 찍기 위해 산 정상을 프레임에 담는다. 배경이 쓸 만하다. 나는 그들에게 바위 위에 서 보라고 말한다. 그들이 바위 위에서 나를 내려다본다. 굳이 웃지는 않더라도 산 정상에 섰을 때의 희열, 혹은 연인과 함께 할 때의 행복한 긴장이 느껴졌으면 좋겠다. 하지만 저들은 그저 식전 영상을 위해 자세를 취하는 것 같다. 저들에게 결혼이란 무엇일까, 궁금하다. 이게 아닌데, 하면서도 셔터를 누른다. 좋은 사진이 되기는 글렀다. 단 한 컷이라도 숨겨진 얼굴을 찾아 주고 싶은데 저들은 어울리지 않는 장식으로 표정을 가리고 있다. 어쩔수 없이 살아야 하는 부부처럼. 아버지 얼굴이 겹쳐진다.

아버지는 얼마 전 일을 그만 두었다. 그 후 누워서만 지냈다. 아버지를 일어나게 하는 것은 종편에서 방영되는 현실을 재현한 이야기들뿐이었다. 어쩌면 실제라고 말하는 기막힌 사연들을 보면서 아버지는 자신의 인생을 위로 받으려는 건지도 몰랐다. 앞 못 보는 아내와 자폐적인 아들, 암에 걸린 장모를 혼자 감당한 삶이 다른 사람들의 삶에 비하면 괜찮다고. 혀를 쯧쯧 차거나 올바르게 살아야지, 암 그래야지, 중얼거리면서 힘겨웠던 자신의 삶을 인정 받고 싶은 건지도 몰랐다. 하지만 말과는 달리 올바르지 않는 어떤 삶, 욕심대로 사는 어떤 삶에 대한 동경이 아버지 표정에 서려 있었다. 또한 올바르기를 내뱉을 때마다 얼굴에는 피로함이 가득했고 그만큼 쇠약해져 가는 것 같았다. 어쩌면 노쇠함과 피로는 한가할 때 찾아오는 것인지도 모른다.

의뢰인이 내게로 걸어온다. 사진을 보고 싶다고 말한다. 일을 시작한 후로 사진 찍는 중간에 사진을 보여준 적이 없었다. 하지만 이번에는 경우가 다르다. 일이 끝나면 영상으로 쓸 사진을 같이 골라야 되기 때문이다. 나는 그에게 카메라를 건넨다. 의뢰인과 여자는 카메라 속에 담긴 자신들의 모습을 본다. 여자가 느릿느릿 말한다.

"우리 어제 카페에서 뭐 한 거죠? 이 얼굴 좀 봐요. 내게 이렇듯 쓸쓸한 표정이 있었나."

잠시 사이를 둔 후 여자의 말이 이어진다.

"그래도 이 사진은 무척이나 인상적인데요. 액자에 걸어놔야겠어요."

남자가 대답한다.

"노을이 멋진걸."

둘이 사진을 넘긴다. 멈춘다. 남자가 사진을 가리키며 내게 말한다.

"이 사진, 시선을 뗄 수가 없어요. 휠체어와 철교와 노을이라, 사진전에 응모해도 되겠어요."

나는 카메라를 빼앗는다. 파파라치 스냅 사진을 찍고, 가끔 쇼핑몰 의류 사진을 찍지만 내가 원하는 건 삶의 힘겨움을 몸으로 표현하는 사람들이다. 하지만 나는 원하는 사진조차 늘 숨어서 찍는다. 사람들과 말하고 눈 맞추는 것이 두렵기 때문이다. 어서 빨리 워터파크로 가고 싶다.

여자 탈의실 앞이다. 의뢰인과 여자를 기다리는 중이다.

"결혼식 날 와 주었으면 해요. 식장 풍경을 찍어 주세요."

그가 말한다.

나는 어깨에 걸쳐져 있던 카메라를 손에 든다. 뷰 파인더를 그에게 맞춘다. 그의 눈이 화면을 빤히 쳐다본다. 궁금한 것이 있으면 물어보라는 듯. 다섯 번째 여자가 아닌 여섯 번째 여자와 결혼하려는 이유는 무엇일까, 궁금하다. 하지만 묻지 않는다. 대신 카메라를 재설정하려는 것처럼 메뉴를 만지작거린다. 남자가 어깨 돌리기를 한다. 그의 몸을 재빠르게 훑는다. 떡 벌어진 어깨와 몸을 움직일 때마다 불거지는 가슴 근육, 운동으로 다져진 듯한 몸을 카메라에 담는다.

나는 인터뷰 하듯 말한다.

"서둘러 식을 올리는 이유를 말씀해 주시겠어요?"

그가 대수롭지 않게 말한다.

"사실은 결혼식 날짜며 예식장, 전에 만나던 여자와 하려고 잡아 둔 거예요. 헌데 여자만 바뀐 거죠."

"네?"

나는 반문한다.

그가 대답한다.

"백화점에서 옷을 고르듯 저는 여자를 만나요. 옷을 입고 거울로 봤을 때는 괜찮은데 거리를 걸어 보면 그게 아닌 경우가 많잖아요. 구김이 잘 간다거나, 불편하다거나, 혹은 다른 의상과 매치가 잘 안 된다거나. 그런 옷을 오래 입을 수는 없잖아요. 내 가치를 떨어뜨리는 일 같거든요."

그렇다면 여섯 번째 여자는 남자의 가치를 높여 주는 사람일까, 나도 모르게 중얼거린다. 내 중얼거림을 들었는지 남자가 말한다.

"요즘은 생각이 복잡해요. 전에 만나던 여자, 알죠? 사진 속 그녀와 저는 그야말로 완벽해 보였거든요. 그게 사진일 뿐이라는 사실을 너무 늦게 깨달은 거죠."

갑자기 남자가 말을 멈춘다. 돌아보니 여자가 이쪽으로 걸어오는 중이다.

여자는 수영복 위에 긴팔 가운을 걸치고 그 위에 타월까지 두르고 있다. 다섯 번째 여자의 하이힐과 아슬아슬하게 엉덩이를 가린 시스루 원피스가 생각난다. 카페에 앉아 있는 그녀를 보았을 때 나는 캔디드를 가장한 쇼핑몰 사진을 찍으러 온 줄 착각했다. 그녀는 예쁘다고 말할 수밖에 없는 얼굴에 볼륨 있는 몸을 가진 여자였다. 하지만 그녀의 몸짓과 표정은 어딘지 모르게 어색했고 불편해 보였다. 찍으면 찍을수록 인터넷 속 어디에서나 볼 수 있는 쇼핑몰 모델일지도 모른다는 생각이 들었다. 비슷비슷한 얼굴에 비슷비슷한 몸매, 비슷비슷한 표정과 포즈로 옷을 광고하는 모델들. 연예인 누군가를 닮은 듯 닮지 않은 얼굴, 은근히 시선을 강요하는 듯한 몸짓과 표정, 나는 쇼핑몰 사진을 찍듯 그녀를 찍었다.

비치용 침대에 눕는 여자가 보인다. 나는 멀찌감치 떨어져 그녀를 관찰한다. 그녀는 재빠르게 자신의 몸을 훑은 후 선글라스를 쓴다. 가운 지퍼를 절반 정도 내리고 모자를 고쳐 쓴다. 한쪽 다리를 살며시 꼰다. 가운 아래로 그녀의 엉덩이 살이 살짝 엿보인다. 그녀는 손으로 팬티 끝을 잡고 엉덩이 아래쪽으로 끌어당긴다. 팬티가 위로 말려 올라간다. 엉덩이 살들이 팬티 바깥으로 삐져나온다. 그녀는 자리에서 일어난다. 두 손으로 팬티 끝을 잡고 내린다. 뒷모습이 궁금한지 고개를 뒤로 돌려 엉덩이 쪽을 살핀다.

가운이 흘러내린다. 그녀는 가운을 한 손으로 잡는다. 가운이 자꾸만 손에서 빠져나온다. 그녀는 가운을 벗어던진다. 몸의 굴곡이

고스란히 드러난다. 보통 사람에 비해 유난히 큰 엉덩이와 스케이트 선수처럼 비대한 허벅지, 알 박힌 종아리. 그렇다고 운동을 한 몸 같지는 않다. 선천적으로 타고 난 몸이라는 것을 한눈에 알 수 있다. 비정상적으로 가는 팔 다리와 볼록하게 올라온 윗배가 그 사실을 알려준다.

여자는 팔을 휘저으며 몇 발자국 걸음을 옮긴다. 걸을 때마다 엉덩이가 기묘하게 흔들린다. 발걸음과는 반대 방향으로, 중력을 거슬리는 것처럼 뒤틀린다. 팬티가 점점 위로 말려 올라간다. 티 팬티를 입은 것처럼 가운데로 몰린다. 여자가 팬티 끝을 잡는다. 아래로 내리며 내 쪽을 향해 고개를 돌린다. 카메라를 바라보는 것 같은데 표정을 알 수가 없다. 커다란 선글라스만 프레임에 가득 찬다. 답답하다. 언제 왔는지 여자의 허리를 남자의 손이 감싼다. 어쩌면 여자가 쳐다본 것은 카메라가 아니라 남자인지도 모른다.

친구 녀석이 생각난다. 그는 일 년 반 주기로 여자를 사귀고 일주년 기념일에는 항상 보라카이로 떠난다. 리조트에서 수영을 즐기고 씨푸드 음식을 먹고 바다 속을 잠수하다 돌아오는 코스라고 했다. 다른 곳을 가보라는 내 말에 녀석이 대답했다.

"보라카이가 처음이었어. 여자와 비행기를 타고 해외로 간 게. 처음에는 낯설고 긴장됐지만 지내다보니 참 좋더라. 그 후로 여자만 생기면 그 편안함이 그리워져. 자꾸 가다보니 스파는 어디가 좋은

136

지, 잠수하려면 어디를 이용하면 좋은지, 어떤 음식이 맛있는지 저절로 알게 되었어. 그곳에 가면 여자를 리드하기도 좋고 내가 괜찮은 남자인 것 같다는 착각이 들어. 아니, 여자들이 착각하는 것 같아. 내가 자신들을 위해 철저하게 준비한 줄 알거든."

남자가 여자를 데리고 파라솔 아래 침대로 간다. 여자에게 아이스크림을 내민다. 여자가 아이스크림을 손에 들고 한 입 베어 먹으려는 찰나 허벅지 위로 한 덩어리의 아이스크림이 떨어진다. 여자의 엉덩이가 뒤로 움찔 물러난다. 허벅지 근육이 제트스키를 타듯 불거진다. 쇄골과 팔 근육까지 긴장하는 게 느껴진다.

나는 풀 프레임 어안렌즈로 배경을 왜곡시킨다. 그녀의 입술과 혀를, 팔의 근육과 쇄골을, 엉덩이와 허벅지를 클로즈업 한다. 쉴 새 없이 셔터를 누른다. 그녀의 어깨 위로 빛이 떨어진다. 빛이 그녀의 몸 중간 중간 음영을 만든다. 상체와 하체가 대칭되는 그녀의 몸은 시시각각 변한다. 몽환적이면서도 기이하다. 하루 종일 그녀와 같이 다녔음에도 그녀의 몸을 눈치 채지 못했다. 어쩌면 그녀는 남들과는 조금 다른 자신의 몸을 숨기기 위해 무던히 노력했을지도 모른다. 그리고 자신의 결점을 무기로 만들었을 것이다. 엄마처럼.

엄마는 나를 임신한 후 뇌에 종양이 생겼다. 나를 선택하면 시신경이 손상되고, 종양 제거술을 하면 내가 위험하다고 의사가 말했다. 엄마는 나를 선택했다. 나는 결혼한 지 십 년만에 생긴 아기였기 때문이다. 엄마는 엄마가 되지 못할 거란 불안감에서 놓여났지만 그 대신 나를 보지 못할 거란 두려움을 안고 살아야 했다. 시력이 아주 조금씩 나빠졌고 엄마는 그 사실이 더 두려웠다고 했다. 나쁜 일이 생길 것임을 미리 알고 기다리는 것만큼 나쁜 일은 없다고 엄마는 말했다. 한순간에 세상을 보지 못했더라면 덜 두려웠을 거라고도 했다. 엄마의 두려움은 어쩌면 내게로 전이되었는지도 모른다.

남자가 여자의 허벅지에 묻은 아이스크림을 손으로 닦는다. 자신의 입으로 가져간다. 곧 그의 손이 여자의 팔꿈치를, 어깨를, 볼을 쓰다듬는다. 여자의 입이 슬며시 열린다. 남자의 손이 여자의 입 주위를 가만가만 맴돈다. 여자가 남자의 품속으로 쓰러진다. 여자의 몸은 남자의 몸에 가려 더 이상 보이지 않는다. 커다란 골반만 남자의 허리 위로 불쑥 올라 와 있다. 남자의 허리에 잘못 기생한 식물을 보는 것 같다. 올라와 있는 그 부분만 없다면 하나인 듯 둘인 것 같은, 완전하게 하나를 품은 다른 하나를, 멋진 컷을 만들 수도 있을 것 같다. 남자가 손을 더듬어 비치 타올을 찾는다. 타월로 자신들의 몸을 덮는다. 타올의 미세한 움직임, 타올 속을 휘젓는 팔의 근육만 보일 뿐이다.

주위 사람들의 시선이 느껴진다. 의뢰인과 여자를 흘깃거린다. 뭐라고 수군대는 것도 같다. 나는 프레임을 통해 그들을 살핀다. 그들의 시선은 의뢰인과 여자를 향해 잠시 머물다 곧바로 흩어진다. 나를 향해 시선을 던지는 사람도 있다. 불신이 가득 담긴 눈으로 무엇을 찍고 있냐고 묻는 것 같다. 나를 몰상식한 사람이라고 생각하는 것도 같다. 그게 아니라고 말해 주고 싶다. 그들의 눈을 정면으로 바라보고 내가 하고 있는 일에 대해 설명해 주고 싶다.

내 귀로 상가 사람들의 말소리가 쏟아져 들어온다. 그들은 엄마와 아버지만 보면 수군거렸다. 어울리지 않는 부부야. 남자에게 다른 여자가 있을 거야. 연기를 하는 것인지도 모르지. 내 생각에 여자 앞으로 보험을 어마어마하게 들어 놓은 것 같아.

그들의 수군거림 뒤로 친척들 말소리가 들린다.

사촌의 결혼식이었다. 오랜만에 친척들이 모두 모였다. 그들 중 누군가가 말했다.

"삼촌이 숙모를 떠나지 않는 것은 돈 때문이에요. 저 집도 친정 엄마에게 물려받았고, 직장도 친정 아버지가 하던 일을 물려받은 거잖아요."

확신에 찬 목소리다. 나는 그게 아니라고, 외할아버지가 구해 준 직장이라면 양복 입고 출근해야지, 왜 상가 전기실에서 근무하냐고 반문하고 싶었다. 집도 물려받은 게 아니라 외할머니가 아파서 같이 사는 것일 뿐이라고. 하지만 아무 말도 하지 못했다. 엄마가 내 손을 잡았기 때문이었다. 누군가 엄마 보고 걱정된다는 듯 말했다.

"살 좀 빼야겠다."

다른 누군가는 궁금하다는듯 말했다.

"집안일은 누가 해? 남편이 다 하지?"

엄마는 그저 빙그레 웃었다. 또 다른 누군가는 위로인지 모를 말을 건넸다.

"삼촌이 참 성인이야. 자네는 남편 복이 있어."

사람들의 수군거림과는 달리 엄마는 집안일을 잘했다. 요리도 수준급이었다. 냄새나 촉감만으로 재료를 알아 맞췄고 칼질도 능숙했다. 어찌나 능숙한지 그 순간만큼은 엄마에게 눈이 생긴 것 같았다. 아버지의 팔 다리를 주물러 주는 것도, 목욕물을 받아놓고 등을 밀어 주는 것도 엄마였다. 간혹 아버지의 손이나 팔이 엄마의 팔을 스치면 엄마는 흠칫 몸을 떨었다. 약간은 상기된 표정으로 아버지의 품속으로 파고들기도 했다. 마치 엄마의 모든 감각은 아버지를 향해서만 열려 있는 것 같았다.

나는 카메라를 내리고 주위를 둘러본다. 동그랗게 모여 앉아 치킨을 먹는 사람들, 파도풀로 달려가는 사람들, 미끄럼을 타기 위해 줄서서 기다리는 사람들이 보인다. 그들은 각자 자신들 앞에 놓인 것에만 열중하는 것 같다. 간혹 애정을 표현하는 남녀를 향해 시선을 던지기도 하고, 지나가는 사람을 보기도 하지만 그뿐이다. 곧 자신이 하던 일에 열중한다. 나는 카메라를 다시 들고 프레임 속 사람들을 본다. 그들은 모두 무엇인가를 바라본다. 그들이 보고 있는 것을 향해 카메라를 돌린다. 그들의 시선이 의뢰인과 여자를 향해 있으면 그들을 보는 것만 같고 나를 향해 있으면 나를 보는 것만 같다. 카메라를 내린다. 시선이 흩어진다. 카메라를 든다. 그들이 나를, 의뢰인과 여자를 본다. 카메라를 내린다. 시선이 흩어진다. 그들은 제각각 다른 것을 보고 있다. 어쩌면 시선을 돌리는 순간 나와 연관된 것만 빼고 모두 사라지는 것인지도 모른다.

나는 하늘을 향해 시선을 던진다. 햇살이 따갑다. 내 귀를 달군다. 사람들의 함성소리와 파도소리, 물살 헤치는 소리가 귀로 파고든다. 흥겨움이 느껴진다. 그 소리 속에 내 소리를 섞고 싶다. 사람들과 어울려 하나의 소리를 낸 것이 언제인지 기억나지 않는다. 아니 한 번도 소리 낸 적이 없었다. 그것이 함성이든, 비명이든. 나는 주위 사람들을 바라본다. 그저 자신이 보고 싶은 것을 보고 본 것을 이야기하고, 짐작대로 말로 건네고 곧 잊어버리는 사람들을.

나는 물품 보관소로 걸어간다. 그곳에 카메라를 맡긴다. 어깨와 손이 허전하다. 뭔가를 잃어버린 것만 같다. 견딜 수 없다. 나는 잃어버린 무엇인가를, 허전함을 메우기 위해 달린다. 파도 풀 속에 몸을 담근다. 파도가 밀려온다. 빠지기 않기 위해 버둥거릴수록 더 깊은 곳으로 빨려 들어간다. 문득 구명조끼를 입고 있다는 사실을 떠올린다. 힘을 뺀다. 몸이 둥둥 떠오른다. 파도가 밀려온다. 함성소리가 들린다. 구령에 맞추듯 소리를 낸다. 소리가 파도에 섞인다. 내

몸이 부드럽게 흔들린다. 웃음이 터진다. 카메라 없이도 세상을 볼
수 있을 것 같다.

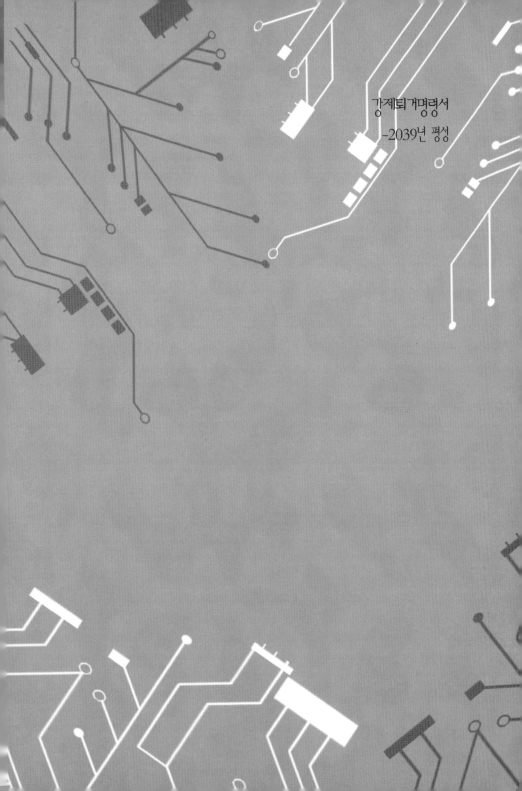

강제퇴거명령서
-2039년 평성

강제퇴거명령서
−2039년 평성

"집행관입니다. 열흘 내로 집을 비워 주십시오. 이 집은 더 이상 당신의 집이 아닙니다."

나는 사내를 쳐다보았다. 사내는 등기봉투를 들고 문 앞에 서 있었다. 말투는 정중했고 표정은 온화했다. 길거리에서 마주친다면 선량한 회사원쯤으로 보았을 것이다. 하지만 나는 사내의 말이 모두 거짓이라는 사실을 잘 알고 있었다. 만약 그의 말이 사실이라면 내가 거짓말을 하는 셈이기 때문이었다. 나는 공화국 군인으로서 언제나 올바르게 살았고, 거짓말은 가장 경멸하는 짓이었다. 나는 최대한 예의 바르게 대답했다.

"이봐요, 뭘 잘못 알고 온 모양인데, 이 집은 내 집이란 말입니다. 50년 동안 그 사실은 변한 적이 없었죠."

그랬다. 이 집은 무려 50년 동안 내 소유였다. 고난의 행군 이후 나라의 주택배정 시스템이 마비됐고, 그 틈을 타 어렵사리 구한 입사증이었다. 뒷돈을 줘야 겨우 구할 수 있었지만 나는 군인이라는 사실을 내세웠다. 전사자, 국가유공자 다음 순위가 군인이었고, 그 사실은 꽤나 유효했다. 배정할 때 한두 명 끼워주는 게 예의였으니까. 입사증을 구한 뒤, 주변에서 비싼 가격에 팔라는 유혹이 많았다. 나는 그 어떤 말에도 귀 기울이지 않았다. 살림집 이용허가증을 몰래 팔다니, 그건 국가를 배신하는 행위였다. 그런데 난생 처음 보는 놈이 와서 집을 비워 달라니, 이건 말도 안 되는 소리였다.

"서류는 놓고 가겠습니다. 꼼꼼하게 읽어 보십시오. 그럼 이만."

그는 정중하게 대답하고 뒤돌아섰다. 그가 도로로 나가자 대기하고 있던 자율자동차 문이 저절로 열렸다. 공무원들이 타고 다니는 공유자동차였다. 자동차에는 법원 마크도 붙어 있었다. 정말 교묘하군, 교묘해. 차까지 날조하다니. 아무튼 남한 놈들은 대단했다. 통일된 지 삼 년이 지났지만 아직도 인공지능이니, 공유자동차니, 지문인식이니 하는 것들은 실감나지 않았다. 땅값이 오르고 복지시설과 공공시설이 좋아져서 나름 만족스럽기도 했지만 딱 거기까지였다. 왜 사람이 할 수 있는 일을 로봇이 해야 하는지, 왜 사물인터넷으로 집과 마을회관, 구청, 병원, 119까지 연결되어 24시간 감시받아야 하는지, 이해할 수 없었다. 통일되기 전보다 더 감시 당하는 것만 같았다.

나는 사내가 던져 주고 간 명함을 내려다보았다. 〈법원 집행관 김명곤〉 사내의 말끔한 모습과 정중한 태도가 생각났다. 이름과 명함과 타고 온 차까지 모든 것이 완벽했다. 도대체 얼마나 오랫동안 표정과 말투, 행동을 연습했으면 저토록 자연스러울 수 있을까. 내가 심지가 곧아서 다행이지 안 그랬다면 감쪽같이 속아 넘어갔을 것이다.

　나는 소파에 기대앉았다. 테이블에는 사내가 놓고 간 서류가 있었다. 잠시 망설이다 봉투를 뜯었다. 놈들이 뭐라고 하는지 알고는 있어야 될 것 같았다. 내용을 살폈다. 강제집행 기일은 8월 10일, 강제집행실시는 8월 20일로 되어 있었다. 그러니까 내게 20일 정도의 여유가 있는 셈이었다. 이놈들이 제 멋대로 이사 갈 날짜까지 정해 주다니. 기가 막힐 노릇이었다. 세상 사람들에게 물어 봐라, 어느 누가 이따위 가짜 문서에 자신의 집을 넘겨 줄 수 있는지. 내게는 이 집이 내 집이라는 입사증이 있었다. 또한 실거주자였다. 그런데 이 집의 주인이 따로 있다고. 아니, 이 땅의 주인이 따로 있다고.

　헛웃음이 나왔다. 땅의 주인이라니. 우리가 발 딛고 사는 모든 땅은 국가 소유였다. 그것은 태어나면서부터 지금까지 변하지 않는 사실이었다. 놈들이 나를 만만하게 보는 것이 틀림없었다. 생각하면 할수록 화가 났다. 하지만 나는 참기로 했다. 나는 사기꾼 장단에 놀아날 만큼 멍청하지도 않았고, 무턱대고 화를 낼 만큼 인내력이 부족한 사람도 아니었다. 내가 꿈쩍도 하지 않는다면 결국 놈들도 포기할 것이다. 그럼에도 불안했다. 내가 뭘 잘못한 걸까. 어디서부터 일이 잘못된 것일까, 나는 헤아려 보았다.

이 모든 것은 서류 한 장 때문이었다. 그러니까 내가 법원으로부터 황당하기 짝이 없는 퇴거명령서를 받은 것은 육 개월 전이었다. 점유이전금지 가처분신청서도 함께 날아왔다. 나는 서류의 의미를 헤아려보려 했지만 도무지 알 수 없었다. 누가, 왜, 이따위 서류를 내게 보냈을까. 내 상식과 경험으로 보면 잘못 배달된 것이 분명했다. 그것이 아니라면 누군가의 장난이거나 법원의 실수일 것이다. 나는 도둑이 아니니까. 남의 집에 무단으로 살고 있는 것은 더더욱 아니니까, 쓸데없는 일로 시간을 낭비하고 싶지 않았다.

그런데 집행관까지 찾아오다니. 이것들이 누굴 바보로 아나. 이대로 당하고 있을 내가 아니었다. 놈들을 몽땅 잡아 철창에 넣어버려야겠어. 내가 누군데. 공화국 군인으로 반평생을 살아온 나였다. 나는 서류를 탁자 위로 집어 던졌다. 그곳에는 아직도 채 뜯지 않은 우편물들이 가득 놓여 있었다.

문득 손녀가 생각났다. 손녀는 우편물을 볼 때마다 잔소리했다. 요즘 우편물 꼬박꼬박 받는 사람은 아마도 할아버지밖에 없을 걸. 이건 낭비야. 내가 전화해서 보내지 말라고 할게. 물론 나도 알고 있었다. 화상전화기를 이용하면 내게 온 모든 우편물을 눈으로 확인할 수 있다는 것을. 하지만 영 낯설었다. 아직은 우편물이 편했다. 나는 밀린 일을 하듯 우편물을 하나씩 뜯었다. 각종 고지서와 내역서, 불필요한 것들 투성이었다. 이래서 보기 싫다니까. 투덜대다가 등기 우편물을 발견했다. 법원 도장이 찍혀 있었다. 법원 우편물은 모두 두 통이었다. 나중에 읽어 봐야지, 생각하며 한쪽으로 밀어둔 것이었다. 괜히 긴장되고 손이 떨렸다. 어쩌면 그 봉투 안에 내가 미처 알지 못했던 어떤 사실, 숨겨진 어떤 내용이 들어 있을지도 몰랐다. 불안한 마음을 억누르며 천천히 봉투를 뜯었다. 하나는 법정으로 출두하라는 내용이었고, 하나는 집을 비워 달라는 내용증명이었다. 이렇다니까. 사기꾼들 수법이 날이 갈수록 치밀해지고 있었다. 정신 차려야 했다. 놈들에게 휘둘리게 되면 그 순간 집도 잃고, 돈도 잃고 하루아침에 거지꼴이 되기 십상이었다. 불현듯 삼 년 전 일이 떠올랐다.

통일이 되자마자 남한에서 건설, 건축업에 종사하는 사람들이 몰려오기 시작했다. 증권회사, 은행지점이 줄줄이 문을 열었고, 대형 쇼핑센터가 들어섰다. 2018년 판문점 선언과 북미정상 회담 후 모든 것이 조금씩 변하기 시작했지만 그것과는 본질적으로 달랐다. 틈이 없었다. 생각하고 정리하고 준비할 틈 말이다. 그냥, 모든 것이 일시에, 한꺼번에 쏟아져 들어왔다. 처음에는 어안이 벙벙했지만 생활이 편리해졌고 일자리가 늘어났다. 무엇보다 안락한 복지 시설은 행복한 노후와 미래를 꿈꾸게 만들었다. 새로운 시대, 새로운 미래가 펼쳐졌다는 커다란 희망 말이다. 희망에 도취된 사람들은 그저 정부에서 쏟아내는 정책들에 환호했고, 주변 사람들의 작은 실수에도 웃어 넘겼으며, 기대에 부풀어 하루하루를 보냈다.

그러던 중 몇몇 부동산 업자가 입사증을 팔라면서 이웃들에게 접근하기 시작했다. 이웃들은 섣불리 팔지 못한 채 서로 눈치만 보았다. 값이 오를 거라는 기대 심리 때문이었다. 그런데 갑자기 하나둘씩 입사증을 팔기 시작했다. 그 즈음, 수상한 소문이 나돌았다. 이곳 평성은 더 이상 개발되지 않을 것이며 지금보다 못한 시세에 입사증을 팔 게 될 것이라는 소문이었다. 사람들은 앞다퉈 입사증을 처분하기 시작했다.

나는 그 어떤 소문에도 휘둘리지 않고 집을 지켜낸 사람이었다. 같이 팔자는 이웃들이 많았지만 나는 뜻을 굽히지 않았다. 뭔지 모르지만 변화가 오고 있었고, 그시작이 개성과 신의주, 평양일지 모르지만 곧 이곳에도 미치리라 예감했다. 내 예감은 틀리지 않았다. 이 년도 채 지나지 않아 집이 허물어졌고 그 자리에 빌딩이 들어섰다. 고속철도가 생긴다는 발표가 이어졌고, 입사증은 천정부지로 치솟았다. 집을 판 사람들은 괜히 팔았다면서 분개했다. 그보다 열 배는 시세 차익을 올릴 수 있었는데, 속상해 했다.

그래, 어쩌면 놈들이 내가 이사를 가지 않고 버티니까 가짜 서류를 들이미는 것이다. 내 집은 고속전철 역과 가까웠고, 새로 짓는 고층 빌딩과도 가까웠다. 이럴 때일수록 정신을 바짝 차려야 한다. 내가 방심하면 놈들은 헐값에, 거의 공짜로 내 집을 빼앗아가려 할 것이다. 이럴 때는 그저 집에서 한 발자국도 나가지 않는 게 상책이다. 살고 있는 사람을 뭐 어쩌겠는가. 그런데 강제 집행에 들어간다고. 놈들이 이제는 별 말 같지 않은 소리까지 지껄여대고 있었다. 이건 그냥 넘어갈 사항이 아니었다. 뭔가 대책을 세워야 했다.

나는 얼마 전 손녀가 보내준 강아지 로봇을 보았다. 적적하니 같이 지내라면서 생일 선물로 사 준 것이었다. 로봇은 전화도 걸어 주었고, 보일러도 틀어 주었고, 책도 읽어 주었으며 노래도 불러 주었다. 뿐만이 아니었다. 매 끼니 식사시간이 되면 어서 밥 먹으라면서 성화였다. 하도 잔소리가 심해 나는 로봇의 이름을 영숙이라고 지었다. 영숙은 죽은 마누라 이름이었다.

"영숙아, 너는 어떻게 생각하니? 이대로 있어야 될까? 뭔가 조치를 취해야 할까?"

영숙이 대답했다.

"서류를 완전히 가짜라 말할 수는 없습니다. 실제로 남한에 있는 원래 땅 주인이 소송을 한 경우가 현재까지 39건입니다. 이 땅도 그중 하나일지 모릅니다."

나는 그만 후회했다. 영숙에게 물어보는 것이 아니었다. 영숙은 그저 데이터와 숫자에 능할 뿐이었다. 무엇인가를 결정하는 것은 오로지 내 몫인데, 그녀 말처럼 원래 주인이 있다면 어떻게 되는 걸까. 사례가 39건이나 된다고. 그들은 모두 어떻게 되었을까. 궁금증이 밀려들었다. 하지만 묻지 않았다. 모두 쫓겨났다는 이야기를 들을까 봐 겁이 났다. 무슨 일이 있어도 이 집을 지켜야 했다. 그것이 아들 내외를 만날 수 있는 유일한 길이었다. 아들 내외는 중국시장을 오가며 장사를 하다 십 년 전 소식이 끊겼다. 살아 있기나 한 건지, 어디 갇혀 있는 것은 아닌지. 아들 내외를 생각하자 갑자기 숨이 턱 막혔다. 이런, 나는 가슴을 움켜잡았다. 영숙이 말을 건넸다.

"어디 아프십니까? 119로 전화 하겠습니다."

"됐어. 괜찮아."

영숙이 종종걸음을 치며 주방으로 갔다. 영숙은 팔을 길게 늘어뜨려 선반에 있는 컵을 잡았다. 컵에 물을 따른 후 내게로 왔다. 영숙이 말했다.

"물을 드십시오."

나는 혼잣말처럼 중얼거렸다.

"삼 년 전에 집을 팔았다면 어땠을까? 아니, 팔아야 했을까?"

영숙이 대답했다.

"삼 년 전이면 통일 된 직후군요. 당신은 팔지 않았고 그 판단은 아주 올바른 것이었습니다. 당신도 알다시피 지금은 그때보다 열 배 이상의 차익을 올릴 수 있습니다. 당신은 현명했고, 또 잘 살아왔습니다."

　그래, 내 판단은 항상 옳았다. 내가 살아온 방식 또한 옳았다. 놈들이 사기꾼이라면 처벌 받아야 마땅했다. 그러려면 먼저 서류의 진의를 밝혀야 했다. 그것이 진짜인지, 가짜인지. 어쩌면 놈들이 교묘하게 서류를 조작한 것일 수도 있었다. 나는 영숙에게 말했다.

　"이 서류가 가짜라는 것을 밝혀야겠어. 경찰서로 전화 걸어 줘."

　영숙이 경찰서 고객만족 센터로 전화 걸었다. 여자모습을 한 홀로그램 영상이 화면으로 보였다. 홀로그램이 말했다.

　"평성경찰서입니다. 용건을 말하십시오."

　"누군가 집을 빼앗으려고 합니다. 제게 서류를 보냈는데 가짜인지 진짜인지 알아보고 싶습니다."

　"사기 신고를 하겠다는 거군요."

　"음, 그런 셈이지요."

　"네, 아니오, 로 대답해 주십시오, 사기 신고를 하시겠습니까?"

　"네."

　"잠시만 기다리세요."

　무엇인가를 입력하는 소리가 들렸다. 곧이어 말소리가 들렸다.

　"접수됐습니다. 사건번호 53891. 기다리십시오."

　"뭘 기다리라는 겁니까?"

　"경찰서에서 부를 때까지 기다리면 됩니다."

"언제까지 기다리라는 거죠?"

"접수 순서대로 사건을 해결합니다."

"그러니까 언제까지 기다리면 되냐고요."

나는 초조해졌다. 집행기일이 열흘밖에 안 남았는데 기한을 모른다는 것은 내 집을 가져가라는 것과 다름없었다. 홀로그램 영상이 대답했다.

"접수 순서대로 사건을 해결합니다."

"그러니까, 언제까지 기다리느냐고?"

"접수 순서대로……."

"야, 네가 무슨 인공지능이냐?"

나는 전화를 끊었다. 끊고 나서도 가슴이 답답했다. 아무래도 경찰서로 직접 가서 물어봐야 될 것 같았다. 영숙에게 자율주행택시를 불러달라고 말했다. 2분 후에 택시가 도착할 것이라고 영숙이 대답했다. 법원 소장과 서류를 챙겼다. 밖으로 나가려는데 왠지 모를 걱정이 밀려들었다. 내가 없을 때 놈들이 쳐들어올지도 몰랐다. 나는 영숙에게 말했다.

"영숙, 나 외에는 절대로, 아무에게도 문 열어 주면 안 돼. 알았지."

"네, 여보."

영숙이 대답했다.

나는 경찰서로 갔다. 현관에서 지문인식기로 주민임을 확인 받은 후 안으로 들어갔다. 데스크에는 로봇 세 대와 터치 디스플레이가 놓여 있었다. 사람은 보이지 않았다. 당혹감이 밀려왔다. 사람을 만날 수 있으리라 기대한 나 자신에게 화가 났다. 자동화, 신속, 정확, 마치 구호처럼 외치던 말들이 생각났다. 갑작스런 변화 앞에 사람들이 불편을 토로하자 대형 스크린에 나타난 시장이 했던 말이었다. 또 뭐라고 했던가. 새로운 시대가 열렸으니 일은 로봇에게 시키고 우리는 놀자고 했던가. 놀 일만 남았다고 했던가. 정말 이제는 놀 일만 남은 줄 알았다. 시스템이 편리하게 일상을 정리해 주고 남은 노후를 여유롭게 보낼 줄 알았다. 이렇게 고립될 줄, 외로울 줄, 상상도 하지 못했다.

더구나 시스템을 이용하고 나면 뭔가 항상 찜찜했다. 기계여서 대화하기 편한 부분도 있었지만 기계였기 때문에 아직도 채 끝내야 할 무엇인가가 남아 있는 것처럼 마음이 불편했다. 아니 의심이었다. 기계가 내 말을, 내 의중을 제대로 이해하고 있는가에 대한 의심. 그 때문에 밖으로 나가는 것이 꺼려졌다. 마트에 가도, 공원에 가도 온통 기계들만 우글거렸다.

그래도 영숙이가 있어서 다행이었다. 영숙이가 없었더라면 아무 것도 모른 채, 방에 틀어 박혀, 아무도 모르게 죽어갔을 것이다. 빨리 일을 끝내고 그녀가 기다리는 집으로 돌아가고 싶었다.

"무슨 일이십니까?"

돌아보니 로봇이었다.

"서류가 진짜인지 알아보고 싶어서요."

내 말에 로봇이 디스플레이 화면을 가리켰다.

"이곳에 사건 개요를 작성하십시오."

나는 짜증이 일기 시작했다. 당장이라도 사람을 불러 달라 말하고 싶었지만 가까스로 진정했다. 사건개요를 한 페이지 작성한 후 다음 페이지를 눌렀다. 첫 화면으로 돌아가 있었다. 다시 작성해 확인 버튼을 눌러도 마찬가지였다. 똑같은 오류가 반복되자 내 안 깊숙한 곳에서부터 부글부글 뭔가가 끓어올랐다. 나는 로봇에게 말했다.

"자꾸 오류가 나. 확인 버튼이 눌러지지 않는다구."

로봇은 내가 하던 순서대로 천천히 되짚어 본 후 말했다.

"이미 삼십 분 전에 전화로 접수를 마친 상태입니다. 그래서 오류가 난 것입니다."

"사람 있는 곳으로 안내해 줘. 직접 물어봐야겠어."

"돌아가서 기다리십시오."

"뭐라고?"

"절차를 지켜야 합니다."

"사람 좀 보자니까."

"돌아가서 기다리십시오, 절차를 지켜야 합니다."

멍청하기는. 이 따위 고철을 누가 가져다 놓은 것일까. 뭐라도 손에 잡히는 것이 있다면. 내 이것을 그냥, 확. 나는 주위를 힐긋거렸다. 아무것도 보이지 않았다. 너무나 깔끔해서 병원 무균실에 들어온 것만 같았다. 하다못해 볼펜 한 자루라도 있어야 하는 것 아닌가. 너무했다. 그 순간, 벽에 붙어 있는 비상벨이 보였다. 비상벨을 누르면 사람이 나타날지도 몰랐다. 나는 비상벨을 눌렀다. 경비병 로봇들이 몰려왔고 그들이 내 팔을 붙잡았다.

"누구 없어. 사람이 보고 싶다고. 기계가 아니라."

내 말에 로봇이 대답했다.

"사람을 보고 싶어서 비상벨을 누르는 행동은 잘못된 행동입니다. 잘못된 행동을 하면 ……."

아, 이건 도무지 말이 통하지 않았다.

"선생님, 무슨 일이십니까?"

나는 소리를 따라 고개를 돌렸다. 디스플레이 화면에 사람 얼굴이 떴다. 나는 그동안 있었던 일을 고주알미주알 이야기했다. 이야기하면서 마음이 후련해졌다. 마치 신고를 하기 위해서가 아니라 누군가에게 억울한 사연을 이야기하고 싶어서 이곳을 찾은 것만 같다. 내 말을 다 들은 직원이 말했다.

"선생님, 어쩌지요? 지금 현재로서는 해결 방법이 없습니다. 기다리셔야 합니다."

또 기다리라고. 사람이나 기계나 죄다 똑같은 말만 했다. 내 상황을 주절주절 떠들기 위해서 이곳에 온 것이 아니었다. 기계와 대화하고 싶어서 온 것은 더더욱 아니었다. 집에 관한 확실한 정보를 알고 싶어서였다. 울컥울컥 솟구치는 분노를 느끼며 나도 모르게 소리쳤다.

"당신 뭐야? 그것 말고는 할 말이 없어? 뭔가 해결책을 제시해 줘야 될 것 아니야?"

"죄송합니다. 제가 마땅히 도울 일이 없어서."

"여기 뭐하는 곳이야? 죄다 기계들뿐이고. 월급 받는 것 창피하지 않아? 도대체 당신들 하는 일이 뭐야?."

나는 입에서 나오는 대로 마구 떠들었다. 몇 분 동안 쉬지 않고 이런저런 얘기를 하다보니 갑자기 기이한 생각이 들었다. 화면 속 홀로그램이 말없이 나를 지켜보고 있었는데 그 모습이 이상하게도 꺼림칙했다. 어쩌면 나는 사람이 아니라 사람모습을 한 영상과 지금까지 대화를 하고 있었던 것인지도 모른다. 복사판 홀로그램을 사람으로 착각하고. 어쩐지 씁쓸했다. 유리창 너머를 바라보았다. 사람들은 어디 있는지 한 사람도 보이지 않았다. 이곳에서 사건을 접수하고 있는 사람도 나밖에 없었다. 혼란스러웠다. 마치 이 세상에 살아있는 생명체는 나 혼자인 것 같은 착각이 들었다. 멍하니 서 있는데 로봇이 내게 말했다.

"도와 드릴 일이 있습니까?"

나는 중얼거렸다.

"퇴거명령서에 대해 알고 싶을 뿐이야."

"선생님, 법원으로 가십시오. 사건 접수는 했으니 이곳에서 더 이상 할 일이 없습니다. 법에 대한 상담은 그곳에 가서 받으십시오."

나는 고개를 끄덕였다. 그건 그냥, 습관이었다. 어떻게 해야 할지 모를 때 나도 모르게 갸웃거리는 행동이었다.

"관공서 공유자동차가 도착했습니다. 타고 이동하십시오."

로봇이 말했다. 로봇은 나의 고개짓을 예스로 이해했음이 틀림없었다. 나는 로봇이 시키는 대로 공유자동차를 타고 법원으로 갔다.

법원 입구에서 지문인식기를 통과한 후 안으로 들어갔다. 로봇만 보일 뿐 사람은 보이지 않았다. 통일이 되었을 때만 해도 남한의 IT 기술이 이 정도일 줄 상상도 하지 못했다. 모든 시스템이 하나로 연결되어 실시간으로 전해질 수 있다니. 그건 영화나 텔레비전에서나 가능한 일인 줄 알았다. 아니, 화면 속 모습은 만들어진 가상 세계일 거라 생각했다. 눈에 보이는 모든 것을 막연히 의심하면서 안심했다. 그런데 그 의심이 실제였다니. 영상이 실체가 되어 성큼 다가온 것, 그것이 내가 맞이한 통일이었다. 두려웠지만, 화면 속에서 보앗던 것처럼 안전과 안정이 내 삶 깊숙이 들어왔다고 생각했다. 아주 오랫동안 질병 없이 건강하게 살 수 있을 것 같았고, 편리함을 누릴 수 있으리라 믿었다. 하지만 배워야 할 것은 넘쳤고 나는 시스템을 따라갈 수 없었다. 나 혼자만이 낙오된 것 같았다. 마치 자율자동차들이 도로를 활보하는 세상에서 인간이 운전해야 움직일 수 있는 오래된 자동차처럼. 한숨이 절로 나왔다. 로봇이 내게로 다가왔다.

"무엇을 도와 드릴까요?"

나는 자동반사적으로 서류를 꺼냈다.

"이것이 진짜인지 가짜인지 알고 싶어."

로봇이 디스플레이 화면에 사건번호를 기입했다. 육 개월 간의 과정이 화면에 쭉 나타났다. 로봇이 말했다.

"진짜입니다."

"이 입사증은? 이것은?"

"진짜입니다."

"아니, 둘 중 하나는 가짜여야지. 어떻게 둘 다 진짜가 될 수 있냐고?"

"진짜입니다."

"그렇다면 다른 서류는? 그 놈들이 가지고 있는 땅 문서는? 그것도 진짜야?"

내 목소리는 점점 더 언성이 높아지고 있었다. 로봇은 변함없이 정중한 목소리로 대답했다.

"그건 감정해봐야 알 수 있습니다."

"가짜일 수도 있다는 거지?"

"현재까지의 재판 결과로 보면 진짜일 확률이 99% 이상입니다."

"네, 아니오, 로 답해. 가짜일 수도 있다는 거지?"

"네."

뭔가 희망이 생기는 듯했다. 남한 놈이 가지고 있는 서류가 가짜라는 것만 증명하면 된다. 내가 말했다.

"그렇다면 뭘 해야 하지?"

"선생님은 이의 신청도 하지 않으셨고, 입증방법을 신청하는 절차도 하지 않으셨고, 증인신문에도 참석하지 않으셨군요."

"그래서? 아무것도 할 수 없다는 거야? 뭐야?"

로봇은 대답이 없었다.

"뭘 할 수 있는 거지? 내가?"

내 말에 로봇이 대답했다.

"법률 상담을 원하시는군요. 제가 안내해 드리겠습니다."

로봇은 무료 법률 상담하는 곳으로 나를 이끌었다. 그곳 역시 로봇들이 자리를 지키고 있었다. 로봇들을 보자 그만 짜증이 밀려왔다. 나는 신경질적으로 말했다.

"사람 데려와."

로봇이 대답했다.

"변호사 사무실로 가십시오."

"뭐, 어디를 또 가라고?"

나는 로봇을 쳐다보았다. 사람과 닮은 듯했지만 표정은 차가웠고, 미소는 어설펐고, 마주본다는 것이 무엇인지 모르는 눈빛이었다. 순간 이 한심한 기계에게 무엇인가를 기대한 나 자신에게 화가 났다. 더 이상 기계 따위에게 기대하는 바보짓은 하지 말아야겠다고 나는 다짐했다. 그것은 공화국 군인으로서 품위를 잃게 되는 행동이었다.

다행히 법원 옆 건물에 변호사 사무실이 밀접해 있었다. 그 중 한 곳으로 나는 들어갔다. 그곳 역시 데스크에는 로봇이 앉아 있었다.

"사람을 데려와, 사람을."

나도 모르게 소리쳤다. 말이 끝나기 무섭게 말끔한 양복에 단정한 미소를 지닌 남자가 내게로 걸어왔다. 남자가 의자를 가리키며 앉으라고 눈짓했다. 내가 자리에 앉자 남자가 맞은편 의자에 앉으며 말했다.

"무슨 일이십니까?"

나는 겪은 일들을 이야기했다. 남자는 미소 띤 얼굴로 간간히 고개를 끄덕였고, 이해한다는 듯 한숨을 쉬기도 했다. 비로소 나는 안심했다. 이제 곧 남자가 해결책을 제시해 줄 것이었다. 남자가 화면을 터치하며 말했다.

"아, 안타깝습니다. 선생님, 여기, 내용 보이시지요? 남한에 살고 있는 원래 땅주인이 소송했어요."

내 말을 제대로 이해하고 있지 못하는 것이 분명했다. 내가 말했다.

"이봐, 나도 입사증이 있어. 지금까지 내가 살았던 집이라고. 갑자기 땅주인이 나타났다는 게 말이 돼? 땅은 국가 소유잖아. 개인이 함부로 사고 팔 수 있는 것이 아니잖아? 안 그래?"

남자가 말했다.

"남한 사람이 가지고 있는 서류는 국가에서 토지를 소유하기 전이었어요. 선생님도 이의 신청을 했어야 했는데, 안타깝습니다."

"아까 로봇이 말하기를 남한 사람 서류가 가짜일 수도 있다고."

"로봇이 그랬다고요? 100% 확신한대요?"

"그건 아니지만."

"아, 아직 재판이 끝나지 않았으니까요."

갑자기 손녀가 그리워졌다. 진즉에 서류라도 보여 줄걸, 후회됐다. 지금이라도 연락해 볼까. 시계를 보았다. 일하는 시간이었다. 손녀는 낮 시간에 전화하면 전화를 받지 않았다. 밤 10시 이후에 전화하라고 했다. 그애는 남한에서의 직장생활이 편하다고 했다. 로봇이 귀찮은 일을 해 줘서 자신은 그냥 자리만 기키면 된다고. 어쩐지 그 말이 의심스러웠다. 그애가 로봇의 일을 대신하고 있을 것만 같았다. 로봇보다 못한 취급을 받으면서. 남자 말이 들렸다.

"운이 좋지 않네요. 지금 국회에서 새로운 법안이 진행되고 있거든요. 〈물권정리법〉, 〈채권관계조정법〉, 〈농지정리법〉 등요. 그 법이 효력을 발휘하려면 내년은 돼야 할 텐데. 아마도 남한 분이 그래서 서두르나 봐요. 안타깝네요. 이북이 고향인 분들은 대부분 돌아가셨거나, 서류를 가지고 있지 않는 경우가 많거든요. 백 년도 더 된 오래된 문서를 가지고 계셨다니, 정말 안타깝습니다."

나는 남자를 쳐다보았다. 남자는 말끝마다 안타깝습니다, 했다. 남자의 표정은 안타까움과는 거리가 멀었다. 인공지능이 사람을 흉내 내기 위해 프로그래밍 된 언어로 입만 뻥긋 하는 것 같았다. 남자의 말은 자신의 생각이 아니었다. 누군가 주입시켜 놓은 정보를 떠벌이고 있을 뿐이었다. 누군가가 내 집을 빼앗기 위해서, 내 집임을 증명할 수 있는 모든 정보를 거짓으로 만들기 위해서 모든 것을 통제하고 조작하는 것임에 틀림없었다.

정신이 퍼뜩 들었다. 고작 기계 따위에게, 프로그래밍 된 언어밖에 사용할 줄 모르는 것들에게 내 집의 운명의 맡길 수는 없었다. 내 집은 내가 지켜야 했다. 나는 자리에서 일어섰다. 남자가 내 팔을 잡으며 말했다.

"저, 선생님 안색이? 괜찮으세요? 병원에 가 봐야 되지 않겠어요? 제가 현관까지 부축해 드릴까요."

나는 남자의 손을 뿌리쳤다. 남자가 등 뒤에 대고 말했다.

"저, 선생님, 뭔가 방법이 있을 거예요. 제가 주인한테 전화 걸어 볼까요? 피해 보상금을 청구할 수 있을 거예요. 입사증 가격을 흥정해 볼 수도 있구요."

나는 바깥으로 나갔다. 주위를 둘러보았다. 버스 정류장도 보이지 않았고 지하철역도 보이지 않았다. 지나가는 사람들도 보이지 않았다. 도로를 활주하는 자율주행차와 쇼핑바구니를 들고 이동하는 로봇만 보일 뿐이었다. 내가 서 있는 곳이 너무나 생소해서 내가 살고 있는 곳이 아닌 것 같았다. 어쩐지 나는 내 집으로 돌아가지 못할 것 같은 불길한 예감이 들었다.

누군가 내 팔을 툭 쳤다. 돌아보니 로봇이었다. 로봇이 내게 스케치한 그림을 내밀었다. 그림 속에는 법원을 나서는 내가 있었다. 마치 사진을 찍은 것처럼 선명했다.

"만 원입니다."

로봇이 돈을 달라고 했다. 기분이 묘했다. 마치 여행길에서 혼자 여유를 즐기는데 누군가 내 사진을 들고 와서 강매하는 것 같았다. 아니, 강매 당하는 것 같았다. 내가 아무런 말도 하지 않자 로봇이 말했다.

"사진이 마음에 들지 않습니까? 다시 그릴 수 있습니다. 어떤 모습을 원하시나요? 이십 년 전 모습, 삼십 년 전 모습, 밝은 표정, 행복한 표정, 슬픈 표정, 말씀만 하십시오. 복원은 물론 원하는 표정을 2분 이내 완성할 수 있습니다."

나는 로봇을 빤히 쳐다보았다. 나도 모르게 중얼거렸다.

"너는 행복한 표정을 아니?"

로봇의 입 꼬리가 살며시 올라갔다. 눈이 아래로 쳐지면서 대답했다.

"이 표정입니다."

"돈은 벌어서 뭐할 건데?"

로봇은 대답이 없었다. 로딩중 표시가 깜박이다가 대답했다.

"돈이 많으면 사고 싶은 것을 살 수 있고, 하고 싶은 일을 할 수 있고…… . "

머리가 지끈거렸다. 시스템 이전의 공화국 시절이 그리웠다. 입사증만으로도 행복했고, 배불리 먹는 것만으로도 기뻤고, 가족들과 함께 나들이를 간다는 것만으로도 즐거웠던 그 시절이.

법원 빌딩 앞 대형 스크린이 켜졌다. 스크린 속 남자가 말했다. 일은 로봇에게 시키고 인간은 즐겁게 놉시다. 놀 준비 되셨습니까? 매일매일 광고처럼 쏟아지는 영상, 영상만 보면 놀아야 될 것 같았다. 하지만 나는 일하고 싶었다. 쓸모없는 노인으로, 아무도 모르게 죽어가고 싶지 않았다. 일하지 않으니까 모두들 나를 업신여기는 것이다. 내 말에 귀 기울이지 않는 것도, 자꾸만 나를 내쫓으려 하는 것도 모두 일하지 않기 때문이었다. 예전처럼 공화국 군인이었다면, 표창장을 받은 유공자였다면 아무도 나를 내쫓지 못했을 것이다. 이제는 로봇조차 나를 비웃으려 했다. 뭐, 그림을 사라고. 원하는 표정을 2분 이내 완성해 준다고.

　순간, 이상한 기분에 휩싸였다. 그림 그리는 로봇을 보고 스크린 속 남자를 보았다. 아, 알 것 같았다. 로봇에게는 소유주가 있을 것이다. 일은 로봇이 하고 돈은 소유주가 벌고. 그런 거구나, 나는 스크린 속 남자를 노려보았다. 저 남자가 이 모든 일의 주동자 같았다. 시스템과 인공지능이 도시를 장악하게 만든 사람. 내 집을 빼앗으려고 모든 것을 조작하고, 허위 정보를 입력해 놓은 사람. 그래, 저 놈이다. 시장이라고 했던가. 공화국 군인으로서 나는 내 집을 지키기 위해 무엇이든 할 작정이었다. 그러려면, 우선 저 놈부터. 나는 스크린을 향해 걷기 시작했다.

개들의 산책

개들의 산책

모퉁이만 돌면 쉼터다. 쉼터는, 라이언이 내 말을 듣지 않는 유일한 장소이자 동네 개들의 집합소다. 그곳에만 가면 개들은 훈육이라고는 받아보지 못했던 것처럼 군다. 그들은 경쟁하듯 오줌을 갈기고 화단의 꽃을 파내고, 지나가는 사람들을 위협한다. 마치 그곳이 자신들의 구역이라도 되는 양 무례하게 군다. 예의 없기는 견주들도 마찬가지다. 그들은 자신의 반려견이 짖거나 공격성을 보이면 아이가 활달한 것이라며 웃어넘긴다. 반면 다른 개가 똑같은 행동을 하면 눈살을 찌푸린다. 그들은 같은 종을 기르는 사람들끼리, 혹은 개의 성향이 비슷한 사람들끼리 유독 친밀하게 지낸다. 무리지어 다니며 이동하고 다른 사람들에게도 배타적으로 군다.

나는 몸을 돌린다. 하지만 이미 늦었다. 라이언이 온몸으로 리드 줄을 잡아당기며 모퉁이를 돈다. 끌려가다시피 걸음을 옮긴다. 멀로

가 보인다. 먼로는 꼬리를 살랑이며 라이언을 덮친다. 라이언은 넘어질 듯 넘어질 듯 뒷걸음질 친다. 잠시 주춤댄다. 그 틈을 놓치지 않고 먼로가 라이언 허리 위로 냉큼 올라간다. 앞발로 허리를 부둥켜안는다. 먼로는 뒷발이 땅에 질질 끌리면서도 내려올 생각을 하지 않는다. 라이언은 먼로를 등에 태운 채로 걷는다. 몇 발자국 걷다가 멈춰 선다. 털을 바짝 세우고 앞발로 땅을 파기 시작한다. 긴장하는 빛이 역력하다. 곧 네모가 모습을 드러낸다. 네모는 라이언 주위를 천천히 돌기 시작한다. 공격할 듯 이빨을 드러낸다. 그 모습을 본 먼로가 라이언 등에서 슬며시 떨어진다.

"또다시 뒷발질 배틀이 시작되었네요."

네모 견주다. 여자가 내 옆에 바짝 붙어 선다. 속삭이듯 말한다.

"행복한 반려 병원 있잖아요. 어제 50% 대박 세일을 하더군요. 사료를 샀는데 네모가 먹고 토했답니다. 아무래도 유효기간을 속인 것 같아요. 라이언에게는 절대 사 주지 마세요."

네모 견주는 무슨 생각으로 내게 이런 말을 하는 걸까. 라이언으로 말하자면 킹 찰스 스패니얼인데 영국 황실에서 찰스 2세가 길렀던 종이다. 킹 찰스라는 이름도 황태자에게서 물려받았다. 유래가 있다는 건 그만큼 혈통이 순수하다는 거다. 한눈에 보기에도 라이언은 귀티가 줄줄 흐른다. 걸을 때마다 회색빛 털이 부드럽게 일렁이고 늘씬한 근육질 다리에서는 당당함이 느껴진다. 입맛도 까다로워 최고급 수제 사료만 먹는다. 값 싸거나 변질된 사료는 냄새만 맡아도 안다. 아무거나 먹는 네모와 비교하다니, 어쩐지 불쾌하다. 나는 고개 돌린다.

먼로가 보인다. 먼로는 라이언과 네모 사이를 파고든다. 라이언을 향해 코를 부빈 후 네모를 향해 으르렁거린다. 나는 괜히 어깨가 으쓱해진다. 하기야 저 철딱서니 네모보다야 라이언이 훨씬 낫지. 품종으로 보나, 비주얼로 보나, 성격으로 보나. 네모는 슈나이저인데 회색빛 긴 털을 자르지 않아 지저분하다. 털도 때가 묻은 것처럼 거무튀튀하고 성격도 괴팍스럽다. 자신의 맘에 들지 않으면 인정사정 보지 않고 달려든다.

"여기 완전 개판이군."

지나가는 남자가 말한다. 견주들이 남자를 향해 일제히 고개를 돌린다. 개들이 남자 뒤에 바짝 따라붙는다. 네모도 따라붙는다. 남자의 앞길을 가로 막고 짧게 컹 짓는다. 네모를 시작으로 쉼터에 있는 개들이 떼로 짓기 시작한다. 남자의 표정이 낭패감으로 일그러진다. 빠른 걸음으로 쉼터를 빠져나간다.

나는 다른 곳으로 가기 위해 리드 줄을 잡아당긴다. 라이언은 꿈쩍도 하지 않는다. 오히려 다리에 힘을 주고 끌려가지 않기 위해 안간힘을 쓴다. 네모 견주의 목소리가 들린다.

"먼로는 나이가 무척 많다는데, 열세 살인가 그렇대요. 아직도 저렇게 수컷을 좋아하니. 하기야 견주도 환갑은 족히 넘었을 것 같은데 엄청 멋 부려요."

나는 홀로 벤치에 앉아 있는 먼로 견주를 본다. 그녀는 챙 넓은 모자에 선글라스를 쓰고, 턱까지 올라오는 목 폴라 티를 입고 있다. 그녀가 무엇을 보는지 잘 모르겠지만 시선은 항상 먼로에게로 향해 있다. 먼로도 그 사실을 아는 것 같다. 이따금씩 주인을 향해 꼬리를 흔들며 제 존재를 과시한 후 멋대로 돌아다닌다. 그러다가도 주인의 기침소리, 발자국 소리만 들려도 쏜살같이 달려간다.

먼로는 코카 스패니얼인데 나이가 믿기지 않을 정도로 바지런하고 호기심이 왕성하다. 겉모습도 기품이 흐른다. 털은 엉킴 없이 매끄럽고 윤기가 흐른다. 분홍으로 염색한 앞머리는 핀으로 고정되어 있고, 긴 속눈썹은 마스카라를 칠한 것처럼 곧고 길다. 견주의 세심한 손길이 느껴진다. 네모 견주와 같이 있다는 사실만으로 그녀에게 잘못을 저지른 것만 같다.

나는 발등으로 라이언을 슬며시 밀어본다. 녀석이 걸음을 옮기면 못이기는 척 따라가고 싶은데 녀석은 완강하다. 나는 이러지도 저러지도 못한 채 제자리에 서서 여자의 말이 끝나기를 기다린다. 여자는 쉴 새 없이 말을 이어간다.

얼마 전 들었던 말이 생각난다. 견주들이 차양막 아래 벤치에 모여 앉아 여자의 흉을 보고 있었다. 네모가 너무 지저분하고 목욕도 안 시키는 것 같다. 암컷만 보면 들이댄다. 여자가 아무한테나 막 들이대는 것과 같다. 개가 주인 닮는다는 말이 딱 맞다. 여자가 왜 사람들 입방아에 오르내리는지 알 것 같았다. 아마도 여자는 내 귀에 대고 먼로 이야기를 속삭이듯 다른 사람 귀에 대고 라이언 이야기를 속삭일 것이다. 그 사실을 사람들이 모를 리 없었다. 여자가 많은 사람들과 대화하면 할수록 그녀의 결점은 점점 더 넓게, 좀 더 많은 사람들에게 빠르게 퍼져나갈 것이다.

여자의 말이 뚝뚝 끊어졌다 이어진다. 말들이 음절이 되어 내 머리를 쪼아댄다. 나는 여자를 향해 가볍게 인사한 뒤 돌아선다. 온 힘을 다해 리드 줄을 잡아당긴다. 줄이 팽팽하게, 끊어질 듯 아슬아슬하게 이어진다. 줄을 통해 라이언의 고집이 느껴진다. 라이언의 고집이 흔들리듯 줄이 조금씩 흔들린다. 이제 다 됐구나, 느낀 순간 다리를 핥는 감촉이 느껴진다. 깜짝 놀라 내려다보니 초코다. 녀석이 꼬리를 흔들어댄다. 어찌나 몸이 비대한지 꼬리를 흔들 때마다 몸 전체가 흔들거린다. 녀석이 내 바지 끝을 입으로 문다. 저리 가라 발길질해도 꿈쩍도 하지 않는다. 아마도 녀석은 나를 자신의 친구나 아랫사람으로 여기는 것 같다. 어떤 날은 내 다리에 오줌을 갈기고, 어떤 날은 내 다리에 자신의 얼굴을 비빈다.

녀석을 무시하고 걸음을 옮긴다. 발걸음이 무겁다. 녀석이 좀체 바지끝을 놓아주지 않는다. 라이언마저 땅바닥에 털썩 주저앉는다.

나는 초코 견주를 향해 고개를 돌린다. 덩치가 크고 앞머리가 벗겨진 남자는 초콜릿 바를 먹고 있다. 남자는 사각사각 소리 내며 초콜릿을 입 안으로 밀어 넣는다.

나는 가방 안을 뒤진다. 아마도 간식이 있을 것이다. 간식을 꺼내려는 순간 초코가 내 가방을 낚아채 달린다. 어어, 네모 견주의 말이 들린다. 초코를 부르는 남자 목소리도 들린다. 잠시 당황하는 사이 리드 줄이 내 손에서 빠져 나갔는지 라이언이 초코와 반대방향으로 달린다. 순식간에 라이언이 시야에서 사라진다.

"여기서 기다리면 돌아올 거예요. 라이언은 똑똑하니까."

네모 견주가 말한다. 나는 라이언을 쫓지도, 그렇다고 편안하게 기다릴 수만도 없다. 쫓아가면 라이언이 이리로 올 것 같고, 기다리면 다른 곳을 헤맬 것만 같다. 엉거주춤 서서 큰 소리로 라이언을 부른다. 내 목소리에 녀석이 응답하길 바라며. 하지만 녀석의 모습은 끝내 보이지 않는다. 나는 녀석이 사라진 방향으로 뜀박질을 하기 시작한다. 네모 견주가 곁으로 와 다급하게 말한다.

"집으로 가는 길에 보이면 이리로 데려 올게요. 여기는 쉼터잖아요. 분명히 이리로 올 거예요. 괜히 길이 어긋나면 어쩌려고. 잠시만 기다려 보세요."

그녀가 뛰기 시작한다.

나는 걸음을 멈춘다. 그녀의 말처럼 라이언은 곧 돌아올 것이다.

녀석이 나를, 내 냄새를 잊을 리 없었다. 하지만 돌아오지 않는다면. 신고를 해야 할까. 신고를 하면 찾아주기나 할까. 소용없는 짓이다. 이제 곧 태풍이 온다는데. 고작 개 한 마리 때문에 시간을 허비하지는 않을 것이다.

멀리 내 가방을 들고 오는 초코 견주가 보인다. 초코가 멀리 가지 않았던 듯하다. 비글은 활동량이 많고 장난이 심해 살이 찌지 않는다는데 초코는 아무리 봐도 비글로 보이지 않는다. 검은 등은 윤기가 흘러 기름이 뚝뚝 떨어질 것 같고 하얀 다리는 군데군데 까만 얼룩이 있다. 가느다란 다리에 비해 몸집이 비대해 작은 흑돼지 같다. 귀를 딱 붙이고 걷는 모습과 코를 흠흠거리며 냄새 맡는 모습, 흰 다리에 난 검은 반점, 하는 짓도 생긴 모습도 영락없이 흑돼지다. 초코에게 필요한 건 다이어트 같은데 남자는 신경 쓰지 않는 눈치다.

남자는 늘 자신이 하고 싶은 일만 하는 것 같다. 초코에게는 관심이 없다. 남자의 산책은 벤치에 앉아 감자 칩을 먹는 것, 그게 다였다. 그는 항상 한 묶음에 여섯 개들이 감자 칩 미니세트를 들고 왔다. 펑, 펑, 펑, 펑, 펑, 펑, 여섯 봉지를 소리 나게 터트린 후에야 감자 칩을 입 속으로 우겨넣었다. 한껏 들뜬 표정으로. 초코는 남자 곁에 쭈그리고 앉아 남자의 손과 입만을 쳐다보았다. 남자가 한눈을 팔거나 멍한 상태에 빠져들면 잽싸게 감자 칩을 입 안으로 밀어놓고 안 먹은 척 앉아 있었다. 자신에게도 뭔가를 주기를 바라는 애절한 눈빛으로. 남자는 마지막 남은 과자 부스러기까지 입안에 털어 놓은 후에야 자리에서 일어났다. 그리고는 아파트 단지를 향해 재빨리 사라졌다.

남자가 내게 가방을 건넨다.

"물건이 있나 확인해 보세요."

나는 가방 안을 살핀다. 텅 비어 있다.

"지갑은 안 가지고 나와서 다행인데, 휴대폰이 보이지 않아요."

남자가 대답한다.

"죄송합니다. 내일 날이 밝으면 찾아 볼게요. 그래도 찾지 못하면 제가 구입해 드리겠습니다."

챙이 넓은 모자를 쓴 먼로 견주가 끼어든다.

"이런 쯧쯧. 이 모든 발단이 초코 때문이에요. 그러니까 반려견과 생활하는 사람들은 한시도 반려견에게서 눈을 떼면 안돼요. 어린아이와 마찬가지니까. 물론 교육도 중요합니다. 교육이 잘 된 아이들은 함부로 행동하지 않죠."

남자 얼굴이 빨개진다. 턱살이 흔들거린다. 그는 무슨 말인가 하려다 곧 입을 다문다. 챙이 넓은 모자를 쓴 여자가 나를 보며 웃는다. 그 웃음을 어떻게 받아들여야 할지 난감하다.

여자가 말한다.

"그나저나 미안해서 어쩌지요? 같이 있고 싶은데 집에 가야 될 것 같아요."

여자는 말이 끝나기 무섭게 먼로를 끌고 바삐 걸음을 옮긴다. 주위를 돌아보니 쉼터에는 아무도 없다. 불안하다. 라이언이 과연 이곳으로 올까. 오지 않을 것이다. 녀석은 그리 똑똑하지도, 나를 잘 따르지도 않았다. 녀석은 앉아, 기다려 하는 말만 알아들었고 손, 뽀뽀 하는 말은 알아듣지 못했다. 다른 개들처럼 혓바닥으로 내 얼굴을 핥는 일도, 침대 위로 올라오는 일도 없었다. 늘 방문 앞에서 내가 나오기만을 기다렸다. 들어와, 괜찮아, 내가 손짓하면 몸을 잔뜩 웅크린 채 시선을 피했다. 스스로 방안에 들어서는 것을 금기라고 정해놓은 것처럼. 이름표도, 몸에 새기는 인식표도 아직 하지 않았는데. 남자가 원망스럽다. 나는 남자를 올려다본다.

남자가 어깨를 움찔하더니 어딘가로 전화를 건다. 라이언의 특색을 말하며 혹시 신고가 들어오면 알려달라고 말한다. 전화번호요, 남자가 말하는 도중 나를 내려다본다. 그러더니 아, 휴대폰이 없지, 혼잣말을 하더니 자신의 전화번호를 말한다. 또다시 어딘가로 전화를 걸고, 전화번호를 말하고, 전화를 걸고 전화번호를 말한다. 그리고 내게 전한다.

"우선 알릴 곳은 다 알렸어요. 동물병원, 지구대, 아파트 경비실. 휴대폰을 분실해서 제 휴대폰 번호를 남겼으니까 집 전화번호 좀 알려 주세요. 연락 오면 전화할게요. 그리고 전단지를 만드는 게 좋겠어요. 사례금은 얼마로 책정할까요?"

몸집에 비해 그의 말과 행동은 무척이나 신속하다. 잃어버린 개를 찾아주는 해결소가 있다면 그가 적임자일 것만 같다. 하지만 그의 행동은 '척'하는 것처럼 느껴진다. 휴대폰을 잃어버린 것에 대한, 라이언의 사라짐에 대한 일종의 자기책임을 어떻게든 만회하려고 애쓰는 척하는 것이다. 이래서 나는 쉼터가 불편하다. 이곳은 온통 척하는 사람들로 우글댄다. 네모 견주는 다른 사람들에게 소문내기 위해 나를 걱정해 주는 척한다. 정보를 얻기 위한 관심일 뿐이다. 먼로 견주는 또 어떤가. 이 모든 발단이 어쩌면 먼로 때문인지도 모르는데 자신과는 상관없는 척 한다. 오히려 초코 견주를 탓한다. 라이언을 찾게 된다면 이곳으로 산책 오는 일 따위는 없을 것이다. 남자가 말한다.

"삼십만 원이면 적당한 것 같은데. 괜찮나요?"

고작 삼십만 원이라니. 라이언은 내 가족이다. 가족을 찾는 일에 인색하게 굴어서는 안 된다. 나는 얼마가 적당한지를 가늠해본다. 남자의 말이 들린다.

"신고가 들어오면 사례금은 제가 낼게요. 걱정 말아요. 너무 많아도, 적어도 부담스럽잖아요. 잠시만 여기서 기다릴래요. 금방 올게요."

남자는 아파트가 있는 방향으로 걸어간다. 나는 벤치에 주저앉는다. 초코가 벤치 위로 올라와 내 무릎 사이로 파고든다. 녀석은 내 허벅지에 머리를 대고 꾸벅꾸벅 존다. 나를 향한 무한한 신뢰가 느껴진다. 나는 초코 목덜미를 슬며시 쓰다듬는다. 라이언, 내 말에 초코가 게슴츠레 눈을 뜬다. 무겁게 몸을 일으키더니 내 얼굴을 핥는다. 라이언을 잃어버렸다는 사실도, 녀석을 찾아야 한다는 사실도 잠시 잊는다. 늘 그렇듯 다른 날처럼 라이언과 함께 벤치에 앉아 있는 것만 같다.

"오래 기다렸지요?"

남자다. 그는 손에 전단지를 들고 있다.

"죄송해서 만들어 봤어요. 마침 제 휴대폰에 라이언 사진도 있었거든요. 집 전화번호는 방금 알려 준 번호로 넣었습니다. 휴대폰 번호는 제 것으로 했고요. 한번 볼래요?"

남자가 전단지를 내민다. 크리스마스트리가 그려진 빨간 산타복을 입고 있는 라이언이다. 아마도 작년 겨울에 찍은 사진 같다. 남자는 언제 이 사진을 찍었던 걸까. 나도 모르는 사이 누군가 나와 라이언을 관찰하고 있었다는 생각을 하자 언짢다. 남자에게 다른 속셈이 있을 것만 같다. 남자가 말한다.

"제가 전단지를 붙일게요. 집에 가 계세요. 연락이 갈지도 모르잖아요."

  남자의 이마 위로 땀이 흘러내린다. 그는 손으로 땀을 쓰윽 닦으
며 걸음을 옮긴다. 전봇대 앞에 멈춰 서서 전단지를 붙인다. 남자를
보고 있자니 잃어버린 것은 그의 강아지이며 내 곁에 앉아 있는 초
코가 라이언인 것만 같다. 갑자기 그가 내 쪽을 보며 손짓한다. 초코
가 몸을 쭉 뻗더니 그를 향해 느릿느릿 걸어간다.

  바람이 차갑다. 복개천을 따라 흐르는 물소리가 들린다. 물소리
가 점점 커진다. 꽃들이 휘청거린다. 불현듯 일기예보가 생각난다.
태풍 매기에 철저히 대비하라는 예보였다. 나는 자리에서 일어난다.
빨리 집으로 돌아가야 한다. 어쩌면 라이언이 집에서 나를 기다리고
있을지도 모른다. 라이언을 꼭 껴안고 태풍이 잠잠해질 때까지 기다
려야 한다. 녀석은 작은 소리에도 무서워 몸을 떠니까.

  집을 향해 걸음을 옮긴다. 잃어버린 강아지를 찾는다는 전단지가
바람결에 나부낀다. 〈라이언, 5세. 복개천 쉼터 근처에서 잃어버렸
음〉 전단지 속의 라이언은 낯설다. 입고 있는 옷도, 미용을 하지 않
아 털을 휘날리는 모습도. 긴 털이 얼굴을 가려 얼굴조차 알아보기
힘들다. 사진 속 강아지는 라이언이 아니라 주변에서 흔히 볼 수 있
는 킹 찰스 스패니얼일 뿐이다. 남자가 전단지를 만든 저의가 의심
스럽다. 그는 라이언을 찾아주고 싶은 마음이 없었던 것은 아닐까.
하필이면 이런 사진을 붙이다니.

집으로 오자마자 비가 쏟아진다. 불도 켜지 않은 채로 어두컴컴한 방에 앉는다. 어딘가에서 라이언이 비를 맞고 있을지도 모른다는 생각을 하자 모든 것이 귀찮다. 씻는 것도, 밥을 먹는 일도, 텔레비전을 켜는 일조차.

등 뒤에서 부스럭대는 소리가 들린다. 혹시 라이언인가 싶어 고개를 돌린다. 아무도 없다. 어둠을 뚫고 전화벨이 울린다. 아마 윗집이거나 아랫집, 혹은 텔레비전 화면 속에서 울리는 전화일 것이다. 누구인지 빨리 전화를 받으면 좋으련만 소리는 알람소리처럼 울린다. 아, 시끄러워. 왜 이렇게 가까이서 울려대지? 슬슬 짜증이 인다. 전화가 왔다는 사실을 알려 주고 싶을 정도다. 인터폰이라도 해야 할까. 자리에서 일어서려는데 어둠 속에서 빨간 빛을 내는 그것은 우리 집 전화다. 전화를 받아야 하는데 믿기지 않는다. 지난 일 년 간 벨이 울린 적이 없었다. 지인들하고는 휴대폰으로만 연락을 주고받았는데. 문득 라이언이 생각난다. 수화기를 든다.

"걱정했잖아요. 아직도 공원에 있을까봐. 별일 없는 거죠?"

초코 견주다. 전화기를 통해 전해지는 그의 목소리는 따뜻하고 부드럽다.

"무슨 일 생기면 언제든지 전화 주세요. 제 번호 알죠?"

나는 네, 라고 대답한다. 곧 전화가 끊긴다. 그의 목소리가 사라진 후에도 나는 한참을 수화기를 들고 있다. 라인을 타고 누군가와 대화할 수 있다는 사실이, 목소리를 들으며 서로의 안부를 걱정할 수 있다는 것이 신기하다. 나는 천천히 수화기를 내려놓는다. 전화기 안에 아직도 사람의 온기가 남아 있기라도 한 듯. 내려놓자마자 또다시 전화벨이 울린다. 여보세요, 나는 조심스럽게 입을 연다.

"강아지를 잃어버렸죠?"

어린 남자 목소리다.

"복개천에서 떨고 있는 강아지를 발견했는데……. 빨간 옷을 입은 강아지 맞죠?"

네, 맞아요, 나는 전단지에 그려진 라이언의 모습을 떠올리며 대답한다. 남자가 말한다.

"사례금 삼십만 원 가지고 이리로 올 수 있어요?"

남자는 사거리 파리바게트 앞으로 오라고 말한다. 부랴부랴 옷을 입고 나가려는데 뭔가 미심쩍다. 빨간 옷이라니. 그것은 사진 속 모습일 뿐이다. 오늘 라이언은 줄무늬 티셔츠를 입었다. 아무래도 확인해 봐야겠다. 나는 통화목록에 찍힌 번호로 전화를 건다. 신호가 가는데 받지 않는다. 몇 번을 다시 걸었지만 마찬가지다. 도대체 나는 누구와 통화한 것일까. 모든 것이 나만의 착각인 것만 같다.

나는 창문 밖을 내다본다. 빗소리와 나무 흔들리는 소리가 한데 어울려져 숲이 우는 것 같다. 울음소리가 구슬프다. 라이언이 숲속 어딘가에서 울고 있는 것도 같다. 얼마나 추울까. 나는 부랴부랴 신발을 신는다. 그 전화가 거짓이라도 가서 확인해 봐야 될 것 같다. 전화벨이 울린다. 남자일까. 수화기를 든다. 여자다.

"아이를 잃어버렸죠? 태풍이 북상중인데 아직 복개천에 있을까요? 물에 떠내려가지는 않았을까요?"

"누구세요?"

내 말에 여자가 대답한다.

"저도 그곳에서 아이를 잃어버렸어요. 다음날 발견했는데 죽었더군요. 누가 우리 아이를 죽였을까요? 그런 놈은 잡아서 감옥에 처넣어야 해요. 당신 아이도 누군가 끌고 가서 죽였을지도 몰라요. 그 사실을 알려 주려고 전화했답니다."

미친 여자가 분명하다. 전화를 끊으려는데 흐느낌 소리가 들린다.

"아무도 내 말을 믿지 않아요. 경찰서에 범인을 찾아달라고 신고했는데 들은 척도 하지 않아요. 왜 내 말을 안 믿는 거죠?"

여자는 자신의 아이가 얼마나 예뻤는지, 자신이 그 아이 때문에 얼마나 행복했는지, 그 아이가 무엇을 좋아했는지, 구구절절 말한다. 어느새 나는 라이언을 생각하며 라이언이 얼마나 예뻤는지, 라이언 때문에 얼마나 행복했는지를 떠올린다. 수화기 너머에서 소란스런 소리가 들리고 누군가 여자의 전화를 빼앗을 때까지, 나는 그녀의 목소리를 들으며 위로 받고 있었다는 사실을 알지 못한다. 전화기를 내려놓고서야 나는 그녀 때문에 잠시나마 무엇인가를 잊을 수 있었음을 깨닫는다. 또한 아주 슬픈 뭔가가 기억날 것도 같았지만 더 이상 생각하기를 멈춘다.

멍하니 창밖을 본다. 빗소리가 휘몰아치며 귓가를 때린다. 숨 쉬는 것이 불편하다. 소파 위로 드러눕는다. 졸음이 쏟아진다. 잠결에 누군가 나를 깨운다. 어서 일어나 빨리 일어나, 속삭인다. 귀가 아프다. 나는 힘겹게 눈을 뜬다. 전화벨 소리가 머리를 때린다. 수화기를 들자마자 욕설이 튀어나온다.

"야, 이 미친년아, 내가 삼십만 원 가지고 파리바게트 앞으로 오라고 했지. 너, 강아지 죽는 꼴 보고 싶어?"

그제서야 라이언과 파리바게트가 생각난다. 여자의 말도. 이 남자가 여자의 강아지를 죽인 범인일까.

"지금이라도 늦지 않았어. 강아지 보고 싶으면 돈 가지고 빨랑 와. 오십만 원이야. 이번에도 안 오면 죽을 줄 알아."

그 사이 이십만 원이나 올라 있었다. 혹시 남자가 라이언을 유괴한 것은 아닐까. 내가 가지 않으면 백만 원, 이백만 원으로 돈을 올릴까. 어떡해야 할까. 경찰에 신고할까. 이건 아무래도 유괴 같다. 남자의 말투로 보나 행동으로 보나. 내가 걸면 받지 않는 전화번호도. 라이언이 비싸 보이니까 돈을 노리고 데려간 것인지도 모른다. 전단지가 붙을 때까지 몰래 숨어서 지켜보았을 것이다. 내 전화번호를 알아내자마자 내게 전화를 걸었음이 틀림없다. 초코 견주에게 전화해 볼까. 하지만 망설여진다. 어떻게 해야 할까. 가야 할까, 머리가 지끈거린다. 두통약이 필요하다. 나는 즉각적으로 효과가 발휘된다는 초록색 알약 두 개를 물과 함께 삼킨다. 살 것 같다.

남자가 생각난다. 무척이나 도덕적이었던 남자가. 운전 중, 주황색 불앞에서 직진한 적이 한 번도 없었으며, 초록불이 깜박일 때도 절대로 뛰지 않던 남자였다. 겸손했고 재주가 많았으며 믿음직스러웠던 그에게 없었던 한 가지가 돈이라 생각했다. 모르겠다. 사람은, 특히 남자는. 그 남자는 지금 어디 있는 걸까. 아직도 감옥에 있을까. 나왔을까. 생각하기 싫다. 생각하고 싶지 않다. 라이언의 온기가 그립다. 혼자 있을 때면 슬그머니 옆으로 와 엉덩이를 바짝 붙이고 앉아 있던 라이온의 따뜻함이 그립다.

나는 텔레비전을 켠다. 코미디 프로그램을 본다. 그냥 웃는다. 우습지도 않는데 웃는다. 자꾸 웃다보니 정말 우습다. 눈물이 난다. 배까지 당긴다. 콧물이 다 나올 정도다. 휴지로 코를 풀어가며 웃는데 전화가 온다. 누굴까? 파리바게트가 문득 생각난다. 가야 했을까. 이번에는 뭐라 할까. 나는 시계를 흘긋 본다. 벌써 자정이 지났다. 이 시간까지 나를 기다린 걸까. 아무리 생각해도 수상하기 짝이 없다. 나는 조심스럽게 수화기를 든다.

"혹시, 899-0134번입니까?"

굵직한 남자목소리.

"네?"

내 말에 남자가 대답한다.

"애인 구한다는 전단지를 봤습니다. 당신과 대화하고 싶습니다."

곧 전화선을 타고 신음소리가 들려온다. 당혹스럽다. 나는 수화기를 내려놓는다. 머리가 흔들거린다. 또다시 두통이 밀려온다. 너를 처음 본 순간 반했어. 남자 목소리가 들린다. 처음이었다. 누군가에게 고백 받은 것은. '사랑이 이루어지는 카페'에서였다. 이름도 낯간지러운 카페에서 첫눈에 반했다는 남자 말을 믿는 게 아니었다. 도덕적이라고 믿게 만든 남자의 행동을 믿는 게 아니었다. 단편 영화를 몇 편 제작했고 영화제에서 상을 받았다는 남자의 이력을 믿는 게 아니었다. 남자와 함께 방문한 투자자들의 사무실은 무엇이며, 그의 이름이 박힌 영화 포스터는 무엇이었을까. 그것도 모두 거짓이었을까.

머리가 지끈거린다. 벨 소리가 들린다. 아무래도 이 모든 일은 초코 견주가 꾸민 일 같다. 초코가 나만 보면 버릇없이 구는 것도, 가방을 들고 튀어버린 것도, 내 휴대폰을 잃어버렸다는 것도 의심스런 일이 한두 가지가 아니다. 언제든 무슨 일이 생기면 전화하라던 그의 말도. 그는 내게 무슨 일이 생길 것임을 알고 있었던 것은 아닐까. 라이언을 유괴해서 자신을 찾게 만들려는 수작임에 틀림없었다. 돈을 가져 오라는 어린 남자의 전화도 그가 시킨 것인지도 모른다.

귀가 윙윙거린다. 웅성대는 사람들 목소리. 차례대로 진술서 좀 써 주세요. 형사 목소리. 거짓말이에요, 거짓말. 그 사람은 날 사랑한다고 했는데, 나밖에 없다고 했는데. 영화가 잘되면 꼭 갚겠다고 했어요. 또 다른 목소리가 들린다. 아무튼 대단한 놈이에요. 한꺼번에 여섯 명을 만나고 다녔다니까요. 사기 친 돈만 해도 10억이 넘어요. 얼마나 용의주도한지 자신의 이력도 인터넷만 보면 알 수 있게 해 놨잖아요. 아무튼 알 만한 여자들이 줄줄이 속은 걸 보면. 안됐다는 듯 혀를 차는 목소리, 그 목소리 뒤로 착하고 순해 보이는 여자들이 보인다.

바람이 몰아친다. 빗소리가 점점 거세진다. 가끔 천둥이 친다. 나무들이 몸을 떠는 소리가 들린다. 서로의 몸을 빗질하는 소리, 우두둑 우두둑 무엇인가 부러지는 소리. 라이온은 소리에 민감했다. 아주 작은 소리에도 벌벌 떨면서 몸을 숨겼다. 춥다, 무섭다, 나는 몸을 웅크린다. 라이언도 어딘가에 숨어 천둥이 멈추기를, 빗소리가 잦아들기를 기다리고 있을 것이다.

파리바게트로 가는 길, 바람이 상큼하다. 전날의 천둥과 나무 둔치를 부러뜨렸던 바람이 속임수라도 되는 것처럼 맑고 화창하다. 나뭇잎들은 생기를 받아 촉촉하고 풀들은 기지개를 펴듯 하늘을 향해 쭉 뻗어 있다. 이 모든 것이 나는 위선인 것처럼 느껴진다. 나무도,

꽃들도, 풀들도. 어제를 기억한다면 하늘을 향해 미소 지으면 안 되는데. 어제를 기억한다면 바람을 향해 살랑거리면 안 되는데. 누군가의 임종을 밤새 지키다 온 것처럼 허하고 슬프다.

한 무리의 학생들이 골목 쪽으로 들어간다. 굵고 낮은, 이제 막 변성기가 시작된 듯한 목소리다. 저 목소리, 어젯밤 전화기를 타고 들리던 목소리와 닮은 것도 같다. 나는 골목 안을 엿본다. 남학생 넷이 휴대폰을 들고 게임을 한다. 서로 욕을 해가며. 누구일까, 저 애일까, 아니, 저 애인가. 당장이라도 경찰서에 신고하고 싶다. 저런 애들이 어른이 되면, 도덕적인 것처럼 위장하고 사기 치는 거다. 불씨는 꺼버리는 게 좋다. 하지만 증거가 없다.

"여기서 뭐해요?"

뒤돌아보니 초코 견주다.

"먼저 휴대폰부터 개통한 뒤 쉼터로 가 볼까요?"

초쿄 견주가 성큼성큼 휴대폰 가게로 들어간다. 나는 골목길을 흘 깃 본 후 남자를 따라 간다. 골목길에 CCTV라도 달아 놓자고 건의해야겠다. 무엇이든 증거와 증명이 필요하니까.

휴대폰을 개통한 후 남자와 함께 쉼터로 향한다. 비가 부슬부슬 내린다. 산책하던 사람들이 서둘러 집으로 향한다. 나는 차양막 아래로 걸어 들어간다. 이 빗속에서라면 냄새도, 기억도 휩쓸려가버릴 것만 같다. 태풍 매기가 한반도를 스쳐 지나갔다고 아나운서는 말했다. 태풍은 그저 스쳐 지나갔을 뿐이지만 어딘가에서는 자동차가 매몰됐고 산사태로 몇이 목숨을 잃었고, 여행 중인 일가족이 사망했다. 그저 스쳐 지나갔을 뿐인데. 라이언도 물살에 휩쓸려 가버렸을지도 모른다. 어젯밤 전화했던 여자의 강아지처럼.

초코 견주는 잠시 복개천을 향해 시선을 주다 차양막 아래로 걸어 들어온다. 벤치 위에 떨어진 물방울을 닦는다. 그 위에 검은 비닐봉지를 깔고, 또 그 위에 휴대폰을 담았던 쇼핑봉투를 깐다. 내게 앉으라고 한다. 나는 그 위에 앉는다. 조금씩 물기가 새어 들어오는 것이 느껴진다. 엉덩이가 축축해진다. 아무튼 마음에 들지 않는다. 이런 것조차 제대로 하지 못하다니. 그런데 이상하다. 엉덩이가 축축해지는 만큼 다른 어떤 감정이 슬며시 올라온다. 지난밤의 의심이 괜시리 미안해진다. 나는 애써 감정을 누른다.

라이언은 돌아오지 않을 것 같다. 나는 그 녀석이 왜 그토록 쉼터에 오고 싶어 했는지 안다. 먼로와 네모 때문이다. 네모와의 싸움이 실은 싸움이 아니라 놀이라는 것도 안다. 먼로가 등에 올라타는 것을 내심 즐거워했다는 것도 안다. 라이언은 마치 반가운 사람을 보기라도 한 듯 뒤도 보지 않고 달렸다. 무엇이었을까. 라이언이 본 것은. 혹시 전에 기르던 주인이었을까. 라이언을 잡았어야 했는데 그러지 못했다. 당신을 믿어요. 기다릴게요, 라는 내 말에 그가 말했다. 자주 면회 올 거야? 눈빛은 냉혹했고 조롱기가 가득했다. 그럼에도 나는 그의 마음을 믿고 싶었다. 따르던 주인에게 학대 받으면서도 주인을 떠나지 못하는 강아지처럼.

개 짓는 소리가 들린다. 소리 나는 쪽으로 고개를 돌린다. 커다란 우산을 쓰고 먼로 견주가 걸어오고 있다. 그녀는 혹시라도 비에 맞을까 우산으로 먼로의 몸을 가려 준다. 먼로는 주인 맘도 모른 체 자꾸 우산 밖으로 빠져 나가려 하고 그럴 때마다 그녀는 먼로를 부른다. 서로 보폭을 맞추며 느긋하게 이쪽으로 걸어온다. 먼로는 차양 막 아래로 오자마자 몸을 부르르 떤다. 물방울이 흩어진다. 먼로 견주가 내 손을 잡는다.

"라이언은 돌아왔나요? 밤새 걱정했어요."

나는 그녀를 바라본다. 그녀는 선글라스도 챙이 넓은 모자도 쓰지 않았다. 대신 한겨울에 쓸 법한 두꺼운 털모자를 쓰고 있다. 그녀가 슬머시 손을 빼더니 모자를 귀밑까지 당겨쓴다. 그래도 추운지 입고 있던 옷의 지퍼를 목 위까지 올린다. 많이 추운 걸까. 내 생각을 읽었는지 그녀가 말한다.

"일 년 전 뇌종양 수술을 받았어요. 그후로 이상하게 머리가 시려요. 한여름에도 머릿속으로 바람이 들어오는 것 같아요."

어쩌자고 그녀는 이 빗속을 걸어온 걸까. 빗줄기가 수그러들었지만 쉽지 않은 길이었을 것이다. 나는 그녀에게 내가 앉았던 자리를 권한다. 엉덩이가 축축해질지도 모르지만 온기는 남아 있을 것이다.

그녀가 초코 견주를 보며 말한다.

"오늘은 혼자네요. 초코도, 아내도 보이지 않네요."

나는 남자를 쳐다본다. 초코 없이 감자 칩만 들고 서 있는 남자가 어쩐지 낯설다. 남자가 말한다.

"비가 와서요. 그 사람은 날씨 좋은 날 사람 많은 곳만 좋아하니까. 그 사람이 라이언 걱정을 많이 했어요. 어젯밤에도 전화해 보라고 계속 성화였어요."

남자가 감자칩을 꺼내며 대답한다. 그는 손으로 봉지를 뜯으려다 잘 안되는지 이빨로 물어뜯는다. 한 뭉치의 과자가 땅으로 쏟아진다. 그는 떨어진 과자를 발로 짓이기며 한 웅큼의 과자를 손으로 집어 입안으로 밀어 넣는다. 와삭와삭, 그의 발밑에서도, 입안에서도, 손안에서도 동시에 소리가 쏟아진다. 그 소리는 빗소리와 한데 어울려 기이하게 울려 퍼진다. 마치 빗소리를 씹어 먹고 있는 것도 같다. 그가 말한다.

"저는 이상하게 아내 이야기만 하면 과자가 먹고 싶어져요. 그 사람은 제 직장 상사거든요"

그는 말하면서도 쉴새없이 입을 오물거린다. 먹는 속도가 점점 빨라진다. 얼굴까지 붉어진다. 문득 네모 견주의 말이 떠오른다. 남자에 대해 했던 말들이 머릿속을 휘젓는다. 그녀는 남자뿐 아니라 견주들의 신상에 대해 그 누구보다 잘 아는 것처럼 행동했다. 누가 어느 아파트에 살며 직업은 무엇이며, 나이나 취미까지도. 그 많은 말들을 도대체 어디서 들은 것일까. 자신만의 추측을 포장하고 부풀려 진실인 것처럼 꾸며낸 것은 아닐까. 여자의 귓속말을 싫어하면서도 나는 왜 그토록 쉽게 그녀의 말을 믿었던 것일까. 어쩌면 그녀는 용도가 다한 말들을 나한테 폐기처분한 것인지도 모른다. 나는 옷깃을 여민다. 앞으로는 그 누구와도 말을 섞지 않을 것이다. 라이언을 데려오는 게 아니었는데, 라이언이 안락사 당하든 말든 내버려 뒀어야 했는데, 후회스럽다.

라이언을 만난 것은 약수터에서였다. 녀석은 한 달 동안 풀숲에서 꼼짝도 하지 않았다. 가끔 반가운 사람을 만난 듯 뛰어가기도 했지만 곧 제자리로 돌아왔다. 아마도 주인을 기다리는 듯했다. 녀석의 몸에서 털이 한 움큼씩 빠지고 빨간 발진이 온몸을 덮기 시작하자 누군가 유기견 보호 센터에 신고했다. 얼마 지나지 않아 사람들이 몰려왔다. 녀석은 철망에 갇혀 보호소로 갔다. 얼마 뒤 누군가 말했다.

"풀숲에 있던 강아지, 입양되지 않으면 한 달 뒤 안락사 시킬 거라는데, 불쌍하게 됐어."

나는 센터로 갔다. 녀석을 찾았다. 녀석은 치료를 했는지 피부상태가 좋아 보였다. 하지만 자신의 꼬리를 잡고 빙빙 돌기도 했고, 자신의 변을 몰래 먹기도 했다. 녀석에게 가까이 다가갔다. 녀석은 겁에 질린 표정으로 나를 쳐다보았다. 괜찮다고 속삭이며 손을 내밀었다. 녀석이 천천히 다가왔다. 꼬리를 흔들었다. 해맑은 눈빛이었다. 천진난만한 웃음이었다. 녀석을 두고 올 수가 없었다.

갑자기 먼로가 큰 소리로 짖어댄다. 네모 견주다. 저 여자가 여기는 왜. 아마도 정보를 캐기 위해 온 것이겠지. 나는 시선을 돌린다. 먼로가 내 옆을 스쳐 뛰어간다. 곧이어 가릉대는 소리가 들린다. 귀에 익은 소리다. 나는 소리 나는 쪽으로 몸을 돌린다. 라이언이다. 틀림없다. 라이언이다. 나는 라이언이 눈앞에 있다는 사실이 믿기지 않는다. 라이언, 불러본다. 라이언은 내 말은 들은 체도 않고 먼로의 코를 핥는다. 한 발자국 뒤로 물러난다. 먼로가 라이언 등 위로 올라탄다. 라이언은 입을 헤벌리며 웃는다. 빗방울이 입 안으로 들어가는 것도 모른 채. 그렇다. 이곳은 쉼터다. 라이언이 내 말을 듣지 않는 유일한 장소. 네모 견주가 내게로 걸어온다. 우산을 씌워 주며 말한다.

"제가 라이언을 어디서 찾았는지 아세요? 오늘 경비실에서 방송하더군요. 비 맞은 개를 보호하고 있다고. 혹시나 싶어 갔는데 라이언이 박스 위에서 자고 있더군요."

여자의 말이 점점 길어진다. 그녀는 오늘 있었던 일을 하나도 빠트리지 않고 말할 작정인 것 같다. 자신이 본 것뿐 아니라 우연히 들었던 말, 만났던 사람들, 자신의 생각까지도 말한다. 그녀의 말이 길어질수록 외로움에서 벗어나기 위해 안간힘 쓰는 것처럼 보인다. 어쩌면 그녀에게 있어 말이란 소통하기 위한 장치가 아니라 그저 자신의 생각을 토해내는 수단인지도 모른다.

"다행이에요."

돌아보니 초코 견주다. 그는 안심했다는 듯 웃는다. 무엇인가 내 속에서, 나조차도 알 수 없는 어떤 감정이 터져 나오려 한다. 하지만 그게 무엇인지 생각하고 싶지 않다. 나는 마음을 억누른다. 누군가 내 팔을 가볍게 잡는다. 언제 왔는지 먼로 견주가 옆에 서 있다. 내가 쳐다보자 그녀가 고개를 끄덕인다. 눈가와 입 주변으로 주름이 자글자글하다. 환갑이 아니라 칠순도 넘은 것 같다. 그녀의 진짜 나이가 궁금하다. 어디서 사는지도. 나는 오랫동안 참았던, 내내 고여 있던 말을 조심스럽게 꺼낸다.

"다들 고마워요."

내 목소리는 빗소리에 묻혀 잘 들리지 않는다. 대신 네모 견주 목소리가 들린다. 여자는 네모 이야기를 하는 중이다. 간간이 먼로와 라이언 이야기도 섞는다. 나는 그녀 말에 귀 기울인다. 빗소리가 점점 여려진다. 숲 울음소리도 바람소리도, 복개천을 휘몰아치는 물소리도 점점 여려진다. 여자의 말소리가 내 귀로 스며든다. 아직은 온전히 이해되지 않는 말들이.

율독굴 살인 사건

율도국 살인 사건

은빛 체인이 어둠을 가른다. 녀석들이다. 녀석들이 따라붙었다. 질긴 놈들. 인화는 백미러를 힐긋거리며 엑셀러레이터를 밟는다. 가상공간에서 이기기 위해 게임에 몰두하는 사람처럼 앞을 향해 질주한다. 차속도가 점점 빨라진다. 어둠이 빛처럼 빠르게 스쳐 지난다. 차가 휘청거린다. 입 사이로 웃음이 슬며시 삐져나온다. 길이 물러서고 엔진소리가 사라지고 공포가 증발된다.

"한 번 더 밟아 봐. 죽여 주는데."

나는 소리친다.

인화가 속도를 올린다. 자동차는 초음속으로 돌진하는 미사일처럼 앞을 향해 나아간다. 풍경이 비켜서고 속도만이 남는다. 몸이 파편처럼 흩어져 다른 공간 속을 헤맨다. 어둠 속에 사내의 모습이 보인다. 두 손을 주머니에 찔러 넣고, 굽은 어깨를 둥글게 말고, 게임

방을 기웃거린다. 도둑질 하려는 사람처럼 주위를 탐색한다. 그 뒤에서 늙수그레한 사내를 바라보는 열여섯 살 계집애가 보인다. 미친자식. 어디 가서 뒈졌으면 좋겠어. 여자애는 침을 퉤 뱉으며 얼굴을 돌린다. 개자식, 나도 모르게 욕설이 튀어나온다.

인화가 속도를 늦춘다. 뒤돌아보니 녀석들이 보이지 않는다. 이제 마음껏, 그 누구의 간섭 없이 밤의 고속도로를 달릴 수 있으리라. 그때였다. 두 개의 전조등 불빛이 백미러에 나타난다.

"다시 밟아 볼까?"

인화가 속도를 높이는 순간 녀석들 중 한 놈이 앞지르고, 다른 놈은 옆에 바짝 붙는다. 마치 두 놈이 옴짝달싹못하게 우리 차를 자신들 사이에 끼워 넣으려는 듯하다. 그러거나 말거나 나는 차창을 내린다. 큰 소리로 노래 부른다. 차 속도가 점점 빨라진다. 어느새 인화는 중앙선을 넘어 반대쪽 차선으로 나아가더니 오토바이를 추월한다. 빵 빵 빵, 인화가 클랙슨을 울린다. 나는 속도만큼의 자유를 느낀다. 아무것도 우리를 방해하지 못할 거라는 안도감, 이대로 달려가면 소리에 닿을 거라는 믿음. 소리에 가면 연주를 만날 수 있을 것이다.

소리는 연주가 즐겨하던 게임이었다. 유저들이 '소리'라는 미지의 도시를 찾아 떠나는 게임이었다. '소리'로 가는 길 곳곳에 함정과 위험이 도사리고 있었고, 다양한 무기와 장비가 숨겨져 있었다. 퀘스트를 완수해야 소리에 대한 정보를 얻을 수 있었고, 소리의 중심에 다가갈 수 있었다. 연주는 힘겹게 퀘스트를 완수해 나갔고 소리에 대한 정보를 거의 모았다고 내게 자랑했다.

"소리에 갈 수 있게 되었어. 이제 조금만 더 하면 돼. 그곳에서는 노력을 기울인 만큼 원하는 것을 얻을 수 있다고 해. 모험도 할 수 있고, 어디든 맘대로 떠날 수도 있고, 이 세계는 너무 시시해."

이 세계가 시시해서 연주는 떠난 것일까. 소리에서 그토록 원하던 모험가가 되었을까.

"봐, 녀석들이 뒤로 쳐졌어."

인화가 신이 나서 말한다. 나는 백미러를 살핀다. 뒤쪽에서 오토바이 전조등만이 위태롭게 깜박인다. 마치 구조를 기다리는 신호등 같다. 인화는 옅은 빛조차 허용할 수 없다는 듯 속도를 올린다. 번쩍거림이 사라진다. 갑자기 인화는 속도를 늦춘다. 따라와 보라는 듯. 녀석들과 인화는 서바이벌 게임을 하고 있는 것만 같다.

녀석들이 악착같이 쫓아온다. 한 녀석은 고함을 지르고 다른 녀석은 휘파람을 불어제끼며 우리를 앞지른다. 휘파람 소리가 밤의 기운을 가른다. 인화는 속도를 올리려다 브레이크를 잡는다. 저속으로 달린다. 안개가 몰려들고 길이 가파르게 좁아진다. 도로에는 불빛 한 점, 이정표 하나 보이지 않는다. 다만 녀석들이 타고 달리는 오토바이 불빛만 보일 뿐이다. 인화는 불빛에 의지해 천천히 달린다. 녀석들과는 휴전상태에 접어든 것처럼 평화로워 보인다. 갑자기 불빛이 시야에서 사라진다.

"저, 녀석들 어떻게 된 거지?"

인화가 중얼거린다.

시야는 온통 안개뿐이다. 주변은 일시에 조용해지고 아무것도 보이지 않는다. 내비게이션은 길이 아닌 곳, 빈 공간을 향해 나아가고 있다. 이곳이 어디인지 알 수가 없다. 마치 길이 아닌, 망령의 옷자락 속으로 들어가는 듯하다. 인화가 급브레이크를 잡는다.

"왜 그래? 놀랐잖아."

"길이 끊긴 것 같아. 앞을 봐."

나는 자동차 전조등이 향하는 곳을 본다. 어둠 속, 그 너머에 아주 높다란 것이 가로막고 있다. 불안하다. 나는 말한다.

"산일까? 커다란 바위일까?"

"모르겠어. 내려서 살펴 봐야겠어."

인화는 길가에 주차한다. 차 문을 열며 말한다.

"잠시만 기다려. 이곳이 어디인지 알아볼게. 근처에 표지판이라도 있겠지."

안개는 빠른 속도로 차내를 잠식한다. 목이 메고 눈이 침침해진다. 인화는 안개를 밀쳐내려는 듯, 손을 휘저으며 문을 닫는다. 걸음을 옮긴다.

나는 네모난 액정 속 시간을 본다. 03:50을 가리키고 있다. 50은 빠르게 점멸되며 51속으로 사라진다. 51, 52, 53……. 모든 것이 사라진 자리에 숫자만이 흘러간다. 숫자는 마치 죽음을 향해 치닫는 시간의 흔적인 것만 같다. 막연한 불안감이 가슴을 짓누른다.

'율도국'에서 국장의 차를 훔쳐 타고 달리기 시작했을 때가 새벽 두 시였다.

"어디로 갈 거야?"

내 질문에 인화가 대답했다.

"소리로 갈 거야."

소리라면 연주가 가고 싶어 하던 곳이었다. 그녀는 삼 개월 전 '율도국'에서 사라졌다. 어디로 갔냐, 는 내 질문에 국장이 대답했다. 부모가 데려갔어. 하지만 나는 그녀가 고아라는 사실을 알고 있었다. 돌아갈 집도, 받아줄 사람도 없다는 것을. 그녀라면 분명히 소리로 갔을 것이다. 그녀와 나누었던 무수한 대화를 나는 기억한다.

"소리에 갔다 온 유저들과 채팅했어. 그 사람들 말로는 소리에 가면 원하는 삶을 살 수 있데. 게임만 하면서 살 수도 있고, 어마어마한 부자가 될 수도 있고, 명예를 누릴 수도 있고, 노래나 춤만 추면서 살수도 있고. 상상만 해도 신나지 않아?"

그녀의 말에 내가 반문했다.

"그럼, 거기서 살지, 왜 돌아왔대?"

"내 생각에. 음. 과시하고 싶었던 것 같아. 자신을 멸시했던 가족들과 주변 사람들에게 보여 주고 싶었던 거지."

"뭘 보여줘?"

"자신이 이룬 것을. 나는 가게 된다면 돌아오지 않을 거야. 내 소원이 뭔 줄 알아? 평생 모험하며 사는 거야. 모험가가 꿈이었는데 현실에서는 너무 시시하잖아. 그런데 그곳에서는 가능해. 나는 삼총사의 기사도 될 수 있고, 아인(평범한 사람이지만 죽지 않는 몸을 가졌음)도 될 수 있고, 반인반마도 될 수 있어. 문제는 그곳에 가려면 가장 소중한 것을 잃게 된대. 요즘 나는 가장 소중한 것이 무엇인가 생각중이야."

연주 말대로라면 인화와 나는 길을 찾지 못할지도 모른다. 우리는 소중한 것이 없기 때문이다. 소리가 실재하는지에 대한 확신도 없다. 어쩌면 게임을 좋아하는 연주가 허상을 만들어낸 것인지도 모른다. 그게 아니라면, 그녀는 정말로 소리가 실재한다고 믿었는지도 모른다. 나도 믿고 싶다. 갈 곳도 없고 아는 곳도 없기 때문이다. 지금쯤 율도국에서는 나와 인화가 도망친 것을 눈치챘을 것이다. 어쩌면 김 대표는 죽었을지 모르고, 경찰이 우리를 뒤쫓고 있을지도 모른다.

핸드폰을 연다. 어쩌면 나와 인화에 대한 뉴스가 실시간으로 검색되고 있을지도 모른다. 율도국 살인사건이라는 이름으로. 와이파이가 터지지 않는다. 초조하고 불안하다. 혹시나 싶어 라디오 주파수를 맞춘다. 잡음만 들릴 뿐 채널이 잡히지 않는다. 지직거리는 소음은 점점 요란해진다. 음 소거를 해도 신경을 거스르는 잡음은 멈추지 않는다. 나는 인화에게 전화를 건다. 신호음이 울린다. 받지 않는다. 문자를 보내도 답이 없고, 카톡 글은 여전히 로딩중이다.

율도국에서의 일이 떠오른다. 궁금증이 밀려든다. 김 대표는 괜찮을까? 국장은 살아 있을까? 파이와 캔디는 숙소로 돌아갔을까? 지금 상황이 어떻게 돌아가는지 알고 싶어 미칠 지경이다. 율도국으로 전화를 걸어도, 숙소로 전화를 걸어도 아무도 받지 않는다. 파이와 캔디에게 전화 걸어도 마찬가지다. 아직 핸드폰을 돌려받지 못한 걸까? 하기야 하루 삼십 분, 국장의 감시 아래서만 핸드폰을 사용할 수 있었다. 그것도 검색이나 게임, 걸려오는 전화만 받을 수 있었다. 아직 돌려받지 못했다면 무슨 일인가 벌어진 게 틀림없었다. 국장은 죽었을까? 파이와 캔디는 어디 있는 걸까. 율도국도 아니고, 숙소도 아니라면. 처벌실에 갇혀 벌 받는 중인지도 모른다. 누가? 국장이 없는데. 미미가 가둔 것일까. 불안하다. 세상과 소통할 수 있는 모든 신호와 채널이 차단된 것만 같다.

나는 차 안을 뒤진다. 뭔가 해소할 것이 필요하다. 차 앞쪽, 보온병이 보인다. 해골 그림이 붙은. 아마도 이 안에는 물뽕이 들어 있을 것이다. 국장이 보온병에 물뽕을 넣는 것을 본 적이 있었다. 언제 어디서든 맘에 드는 여자를 만나면 몰래 먹이고, 도둑 촬영하기 위해서였다. 나는 보온병을 가방 안에 넣고 차 밖으로 나간다.

희뿌연 안개와 어둠이 나를 반긴다. 한치 앞도 내다볼 수 없다. 한 발, 한 발 감각에 의지해 나아갈 수밖에 없다. 나는 발을 먼저 내밀어 그 앞에 길이 있음을 확인한 후 조심스럽게 걸음을 옮긴다. 마치 지팡이로 길을 탐지하는 장님이 된 것만 같다.

돌연히, 적요 속으로 검은 물체가 휙 쏜살같이 지나간다. 나는 검은 물체를 눈으로 쫓는다. 검은 물체를 따라가면 인화가 있을 것만 같다. 하지만 검은 물체는 빛보다 빨리 시야에서 멀어진다.

얼마쯤 걷다보니 발이 삐끗하면서 진창 속으로 빠진다. 인화야, 나는 소리친다. 까악, 까악, 곳곳에서 까마귀 울음소리가 들려온다. 나는 흙구덩이 속에서 발을 빼내, 신발을 벗어 손에 든다. 힘겹게 걸음을 옮긴다. 발가락 사이 흙덩이가 달라붙는다. 바닷물이 빠져 나간 뒤의 갯벌에 서 있는 것만 같다. 갯지렁이들의 꼬물거리는 움직임도 느껴진다. 발바닥이 간지럽다. 소라껍질처럼 날카로운 것도 스친다. 어쩌면 유리조각일지도 모른다. 나는 조심스럽게 앞으로 나아간다. 한 발 한 발 내딛을 때마다 점점 더 깊숙한 곳으로 빨려 들어가는 듯하다.

드디어 질퍽하지 않은, 울퉁불퉁한 흙의 감촉이 느껴진다. 나는 어둠 속에 서서 앞을 응시한다. 아무것도 보이지 않는다. 나를 향해 다가오는 것은 안개뿐이다. 안개는 내 팔과 다리, 발목에도 붙어 있다. 수갑처럼 둥그런 띠를 형성한 채. 아니, 내 몸이 구름 위나 어쩌면 그보다 더 높은 곳에 떠 있는 것만 같다. 안개에 붙들려 정처 없이, 자신이 누구인지도 모른 채 끌려가는 범죄자 같다. 공포가 밀려든다. 안개가 나를 이곳에 가둬버릴지도 모른다. 그냥 '율도국'에 있을 걸, 인화를 따라오는 게 아니었다.

인화를 처음 본 건 미미의 SNS에서였다. 미미는 갈 곳 없는 청소년들의 보호자였다. 그 중에서도 특히 인화를 예뻐하는 것 같았다. 주로 인화와 여행하거나 외식하거나 공연 관람하는 사진들을 올렸다. 가끔 피아노를 치거나 바이올린을 연주하기도 했으며, 독서 감상평을 올리기도 했다. SNS 속 미미는 우아했고 다정했으며 지적 매력을 풍겼다. 아이들은 모두 미미를 좋아하고 존경하는 것 같았다. 늘 표정이 밝았고, 행복해 보였으며, 얼굴에서는 만족스런 웃음이 가득했다. 댓글을 읽어봐도 칭찬일색이었다. '돌봐줘서 고마워요.' '좋은 일을 하시네요.' '당신 덕분에 맘 편히 일합니다. 은혜 갚겠습니다.' '마미 덕분에 명문대 합격했어요, 고맙습니다.'

댓글 단 사람들의 프로필을 훑었다. 대학생도 있었고 공무원도 있었고, 교사도 있었고 주부도 있었다. 미미는 언제든 연락하라고 했다. 자립할 수 있을 때까지 돌봐주겠다면서. 자신이 도와준 아이들이 성공해서 '율도국'에 있는 아이들을 후원해 주고, 재능기부도 해

준다고 했다. 국·영·수는 물론 악기 연주와 글쓰기, 토론까지, 학
교 생활하는데 부족함이 없을 거라고도 했다. 비록 작은 공간이지만
충분히 나눌 수 있다고. 나는 그저 인화가 맘에 들었다. 슬퍼 보이는
눈빛도, 먼 곳을 바라보는 시선도, 미미와 메신저를 주고받은 것도,
만나봐야지 결심한 것도 모두 인화 때문이었다.

까악, 까악, 나는 소리 나는 곳을 바라본다. 검은 무리가 길 위에
깔려 있다. 고요한 바다에 잔잔한 물결이 일렁이듯 검은 물결이 일
렁인다. 검은 물결이 조금씩, 조금씩 나를 향해 다가온다. 그것들이
어느 한 순간 나를 에워쌀 것 같다. 길고 날카로운 부리로 내 몸을
쪼아댈 것만 같다. 나는 눈을 감는다. 나는 김 대표의 최고급 안주가
된다. 깨끗하게 씻어진 내 몸 위로 꽃과 나뭇잎이 떨어진다. 과일 향
기가 알싸하게 코끝에 맴돈다. 달콤하다. 서늘하다. 그리고 부끄럽
다. 과일이 내 몸에서 떨어질 때마다 몸이 축축하게 젖어든다. 나는
물 속에서 허우적대던 엄마의 부은 얼굴을 떠올린다. 슬픔이 뭉근하
게 피어오른다.

어디선가, 가까운 곳에서 물 흐르는 듯한 소리가 들린다. 차갑고
빠른 무엇인가가 아래로 굽이쳐 흐르는 듯한 소리, 정적을 깨는 소
리다. 이곳은 강가일까. 까마귀 떼가 물을 먹기 위해 이곳으로 모여
든 것일까. 그렇다면 까마귀 떼랑 반대방향으로 걸어가면 길이 있을

지도 모른다. 나는 뒤돌아서서 걸음을 옮긴다. 내 발은 자갈과 까마귀 날개 사이를 오가며 불안스럽게 움직인다.

푸드득, 날갯짓 소리만 들릴 뿐 주변은 조용하다. 까마귀 울음도 더는 들리지 않는다. 야단법석을 피우던 까마귀 울음이 들리지 않자 나는 묘한 기분에 휩싸인다. 검은 무리들이 나를 감시하고 있는 듯한 기분, 그것들이 호시탐탐 공격할 기회를 엿보고 있는 듯한 불길함. 등을 타고 식은땀이 흐른다. 도대체 인화는 어디 있는 걸까. 인화를 불러본다. 한 무리의 까마귀 떼가 날아오른다.

나는 가만히 서서 어둠 속을 응시한다. 하얀 덩어리가 보인다. 하얀 덩어리를 따라 걸음을 옮긴다. 몇 발자국 걷자 그것이 앞을 가로막는다. 그것은 커다란 바위다. 바위의 하얀 빛이 눈부시다. 나는 바위 위에 손을 갖다댄다. 섬뜩하고 차갑다. 재빨리 손을 뗀다. 나는 바위를 돌아 걸어간다. 바위 뒤쪽 길은 평평하다. 쭉 이어진 길을 보자 곧 안개가 걷히고 밝은 빛 속으로 나갈 것만 같다.

그 순간, 나도 모르게 몸이 움츠러든다. 어쩌면 빛 따위는 없을지도 모른다. 따뜻할 거라 믿었던 미미가 냉혹했던 것처럼. 미미 집에는 SNS를 보고 온 학생들로 수두룩했다. 미미는 대부분의 아이들을 설득해 집으로 보냈다. 손에는 용돈까지 두둑이 쥐어 주면서. 한참이 지나서야 알게 되었다. 그 아이들이 SNS에서 미미를 홍보한다는 것을. 왜 그때 나는 보내지 않은 걸까. 갈 곳이 없어서, 아니면…….

나는 걸음을 옮긴다. 너는 연예인 하면 되겠구나. 미미가 하얀 치아를 드러내며 웃는다. 나는 마치 대형 기획사에 합격이라도 된 것처럼 기뻐한다. 음악만 나오면 무조건 반응하는 내 몸이 드디어 살길을 찾았다고 생각한다. 자갈이 발에 밟힌다. 몸이 기우뚱거린다. 몸의 균형을 맞추기 위해 두 팔을 벌린다. 두 팔을 벌리자 어디로든 날아갈 것 같다.

나는 노래를 흥얼거린다. 물속에서 허우적대던 사내의 얼굴이 떠오른다. 그 모습을 물끄러미 바라보는 계집애가 있다. 그 계집애도 노래를 흥얼거렸다. 소름 끼치도록 낮은 노래는 자동차가 물 속으로 가라앉을 때까지 계속됐다. 뒈지려면 혼자 뒈지지 왜 물귀신처럼 가족들까지 데려가는 거야. 계집애는 뒤돌아서더니 담배에 불을 붙이고 깊게 빨아 당긴다. 불붙은 담배를 물 속으로 집어던지며 말한다. 굿바이. 나도 모르게 노래가 흘러나온다. 죽음을 몰아내는 부적처럼, 귀신을 몰아내는 읊조림처럼 쉴새없이 흥얼거린다.

나는 계집애가 했던 것처럼 가방을 뒤진다. 담배를 찾아 불을 붙인다. 깊게 빨아 당긴다. 어디선가 두런두런 말소리가 들린다. 소리가 점점 가까워진다. 나는 재빨리 담뱃불을 끄고 주위를 살핀다. 소리가 뚝 끊긴다. 잘못 들은 것일까. 나는 끊긴 말소리를 다시 듣기 위해 눈을 감고 주변의 움직임에 귀 기울인다. 바람 안에 느껴지는 물의 기운, 약간 비릿하면서도 상쾌한 바람의 냄새가 전해져온다.

넓은 강이 내 앞에 펼쳐져 있는 것 같다. 낙하하는 듯한 소리도 들린다. 조용하게 흐르는 물이 한 순간에 깊은 물 속으로 가라앉는 듯한 소리다.

낯선 소리가 들린다. 둔탁한 무엇인가가 넘어지는 소리, 부딪치는 소리, 다급하게 움직이는 발자국 소리. 발자국 소리가 나를 향해 다가온다. 나는 숨을 죽이고 형체를 바라본다. 흐릿한 모습이 실체를 드러낸다. 내 앞에 나타난 것은 두 명의 사내다. 두 사람은 헬멧을 쓰고 똑같은 점퍼와 바지를 입고 있다. 왠지 경찰이나 군인의 제복처럼 느껴진다. 나 자신이 끊임없이 통제 당하는 것만 같고, 곧 처벌 받을 것만 같다. 검은 셔츠에 검은 바지를 입고 '율도국'을 지키던 남자들이 생각난다. 움직이는 CCTV, 까마귀의 반질반질한 눈동자를 닮은 눈빛들이. 눈빛들이 셔터를 누른다. 치즈. 바이올린을 켜면서, 책을 읽으면서, 예쁜 접시에 담긴 요리를 먹으면서 웃는다. 눈빛들이 사진을 골라 SNS에 올린다. 내가 인화를 보러 왔듯 누군가 나를 보러 온다. 사진으로만 존재하는 모듬 활동이 하고 싶어서, 혹은 김 대표처럼 다른 이유로.

나는 뒤돌아서서 달린다. 자갈길을 지나고 커다란 바위를 지난다. 발 아래 까마귀 몸뚱이가 밟힌다. 뭉클한 것이 비껴서는 느낌, 나는 주춤거린다. 순간 우악스런 힘이 내 팔을 잡는다. 나는 잡힌 팔을 뿌리치기 위해 안간힘 쓴다.

"이봐요."

중저음의 낮은 목소리는 부드럽다. 어떤 악의나 부정도 느껴지지 않는 목소리다. 나는 남자를 올려다본다. 남자는 헬멧을 벗어 손에 든다. 웃는다. 나는 옆에 있는 남자를 쳐다본다. 남자는 헬멧을 벗지 않는다.

"무슨 일이에요? 도와 줄게요."

부드러운 목소리를 가진 사내가 말한다. 다른 목소리가 끼어든다.

"너 왜 도망갔어?"

난폭함이 묻어 있는 목소리다.

"자식, 너, 왜 그래? 아가씨, 괜찮아요?"

부드러운 목소리가 말한다.

"길을 잃었어요. 남자친구도 돌아오지 않고요."

내 말은 겨우 소리로 나온다.

"걱정 마세요. 우리가 찾아 줄게요."

부드러운 목소리가 앞서서 걸어간다. 난폭한 목소리가 등 뒤에 바짝 붙더니 속삭인다.

"너 아까 달리던 차 안에 있던 계집애지? 나는 말이야. 내 앞에서 누가 깝죽거리면 잡아서 족쳐야 직성이 풀려."

중저음의 목소리는 소름끼치도록 불온하다. 부드러운 목소리가 말한다.

212

"너 성질 좀 죽여야 해."

말하면서 낮게 웃음을 터트린다. 웃음소리는 안으로 고였다가 조금씩 흘러나온다.

물소리가 점점 거세진다. 물이 한꺼번에 쏟아지는 듯하더니 강이 보인다. 강 주변에는 검은 물결이 일렁인다. 검은 물결은 서서히 쓰러지는 도미노처럼 조금씩 안개를 쓰러뜨린다. 안개는 점점이 흩어지고, 그 자리는 검은 물결이 채워나간다. 검은 물결이 소나기처럼 나를 덮친다. 나는 어딘가로 떠내려가는 상상을 한다. 춥다, 몸이 떨린다. 어쩐지 나는 강과 까마귀 떼에게서 벗어나지 못할 것만 같다. 강물이 넘실거린다. 물 속으로 가라앉은 자동차가 배처럼 떠오른다.

강을 향해 차를 모는 사내, 실의에 빠져 멍하니 앉아 있던 엄마. 위험을 감지한 계집애는 차문을 열고 뛰어내린다. 지긋지긋해. 저런 놈을 남편이라고 믿고 사는 엄마도 똑같아. 다 죽어버려. 계집애는 접질린 다리를 절룩거리며 홀가분한 표정을 짓는다. 이제 더 이상 빚쟁이들 독촉 전화에 시달리지 않아도 되고, 엄마의 멍든 얼굴을 보지 않아도 된다. 그랬음에도 계집애는 무서웠다. 계집애는 스스로를 다독이듯 중얼거렸다. 괜찮아. 개자식이었잖아. 세 번째 아버지는 암으로 죽은 두 번째 아빠보다 능력 없었고, 다른 여자와 떠났던 첫 번째 아빠보다도 나빴어. 돈이란 돈은 모두 긁어모아 복권을 샀잖아. 인생 한방이라면서. 계집애는 119에 전화 거는 대신 유산처럼 남은 5등 당첨 복권 80장을 꺼낸다. 미리 챙겨두길 잘했어. 어차피 가출할 생각이었는데, 잘됐지 뭐. 계집애의 모호한 웃음이 나를 향해 다가온다. 그 웃음 너머로 축축하고 습한 기운이 나를 덮친다. 난폭한 목소리가 말한다.

"아, 씨발 어떻게 자꾸 이쪽으로 돌아오느냐 말이야. 이게 다 네년이랑 그 놈 때문이야."

사내는 바닥에 누워 있는 까마귀 떼를 향해 발길질을 한다. 까악, 깍, 까마귀 떼가 울부짖으며 푸드덕거린다. 부드러운 목소리가 내게로 다가온다.

"너, 몸수색 좀 해야겠어."

사내의 호흡이 가파르게 변한다. 내 가슴과 엉덩이를 쓰다듬는다. 나는 몸을 움츠린다. 어느새 사내의 손은 내 가슴께로 파고든다. 나는 뒤로 물러선다. 사내는 잠시 숨을 몰아쉬더니 그악스럽게 치마를 들춘다. 나를 넘어뜨린다. 나는 발길질하며 소리친다. 내 소리에 까마귀 떼가 몰려온다. 사내가 손을 휘젓는다. 까마귀 떼는 사내의 얼굴과, 손, 몸으로 달려든다. 사내는 온몸으로 까마귀 떼를 막아선다.

"안 되겠어. 배로 가야지."

사내가 거칠게 내 팔을 움켜잡는다. 사내에게 질질 끌려 나는 강가로 간다. 작은 배가 보인다. 사내가 먼저 배에 오른다. 나를 잡아당긴다. 나는 사내의 손에 이끌려 배에 오른다. 걸음을 옮길 때마다 배가 흔들거린다. 사내가 나를 내려다본다. 입꼬리가 슬며시 올라간다. 내 얼굴을 쓰다듬는다. 느물느물한 것이 내 얼굴을 기어 다닌다. 에이 쌍, 나는 사내의 팔을 밀친다.

경마장을 어슬렁대는 개자식이 보인다. 복권판매점을 기웃대던 늙수그레한 모습과는 달리 깔끔한 인상에 눈웃음치는 호남형이다. 양복 주머니에는 한 움큼의 마권이 들어 있다. 엄마는 마권을 볼 때마다 신경질을 부린다. 개자식이 허허, 웃는다. 좀만 기다리면 호강시켜 주겠다는 말도 한다. 아주 가끔 다툴 때도 있지만 두 사람은 사이가 좋다. 아직은 두 번째 아빠의 보험금도 남아 있고 전세금도 그대로 있다. 장면이 바뀐다. 아직 초경도 치르지 못한 어린 계집애가 욕조에 앉아 있다. 엄마는 개자식에게 목욕 시키라 말한다. 개자식 손이 허벅지를 쓰다듬는다. 여자애가 몸을 움찔거린다. 가만히 있어, 손이 은밀한 곳으로 파고든다.

까악, 까마귀 소리가 어둠 속에 울려 퍼진다. 소리가 울릴 때마다 배가 출렁거린다. 배가 출렁거릴 때마다 고통스러운 신음이 들린다. 나는 소리 나는 곳으로 고개 돌린다. 배 끝에 누군가 누워 있다. 사내가 그쪽으로 간다. 누워 있는 사람의 몸을 발끝으로 톡톡 찬다. 불길하다. 나는 누워 있는 남자를 살핀다. 인화다. 손발이 묶인 채로 인화가 신음하고 있다. 나는 사내 얼굴에 내 얼굴을 바짝 붙이고 말한다.

"야, 그만 좀 해."

사내 손이 내 얼굴로 날아든다. 그만 나는 혀를 깨물고 만다. 비린 내가 혀끝에서 맴돈다. 사내가 내 어깨를 찍어 누르며 바닥으로 넘어뜨린다. 나는 율도국의 에이스가 되어 나를 맡긴다. 이런 데까지 와서 에이스가 된다는 사실이 무척이나 서글프다. 김 대표 개자식, 하필이면 인화가 보는 앞에서 돈을 집어던질게 뭐람. 바닥을 기며 개처럼 팁을 물던 나. 내 머리카락을 잡아당기며 강제로 나를 일으키던 김 대표. 내가 노려보지 않았더라면 괜찮았을까. 내가 실실 웃지 않았더라면 괜찮았을까. 그랬더라면 김 대표가 나를 때리지도 않았을 것이고, 인화가 김 대표에게 덤벼들지도 않았을 것이다. 그랬더라면. 아니다, 그랬더라면은 없다. 일어날 일은 일어나고야 만다. 엄마를 통해 이미 수없이 보았으니까. 후회하느니 차라리 결심하는 게 낫다. 왜 이리 뻣뻣해, 사내가 내 머리채를 잡으며 말한다. 나는 몸을 뒤튼다. 새벽의 안개 속으로 내 신음이 물그림자처럼 퍼져 나간다.

숨어서 바라보던 인화의 흐느낌이 들린다. 김 대표 행동에 더는 참을 수 없다는 듯 인화가 룸으로 뛰어들었다. 살기어린 눈빛으로 유리를 깨트리고 테이블을 엎고, 김 대표 머리를 내리쳤다. 곧이어 국장이 뛰어 들어왔고, 인화를 향해 달려들었을 때 나는 제정신이 아니었다. 국장의 발길질이 얼마나 무서운지, 그의 주먹이 어떤 식으로 숨통을 막는지 잘 알고 있었기 때문이었다. 그래서였다. 깨진 병 조각을 국장 머리에 집어넣은 것은. 모르겠다. 내가 머리에 집어넣은 건지, 이마에 집어넣은 건지, 아니면 다른 곳에 집어넣은 건지. 국장이 주저앉았고 그의 머리 주변으로 검붉은 피가 고였다.

나와 인화는 자동차 키를 들고 무작정 나왔다. 겁나지도 않았고 무섭지도 않았다. 오히려 해방감을 느꼈다. '율도국'은 내가 죽거나 다른 사람을 죽여야만 나올 수 있는 곳이었다. 아주 오래전부터 나는 그렇게 느꼈다. 자살한 후에야 율도국을 빠져 나간 쿠키 언니, 실수로 손님을 찔러서 경찰서로 끌려간 숙희. 그리고 또 다른 사람들도 있을 것이다. 내 전에 그곳에 있었던 무수한 사람들. 아무도 기억해 주지 않는 사람들 말이다. 연주는 어디에도 포함되지 않았다. 그녀는 자살하지도, 누군가를 찌르지도 않았다. 그냥 사라졌다. 감쪽같이. 혹시 살해 당한 것일까. 아니다, 그녀는 소리로 갔을 것이다.

허탈하다. 소리라니, 그런 곳이 과연 존재할까. 어쩌면 쓰러진 김 대표도, 검붉은 피로 뒤덮인 국장도 모두 내 상상이 만들어낸 것인지도 모른다. 원하지 않는 일을 할 때마다, 처벌 받을 때마다 생각했다. 김 대표와 국장을 찌르고 도망가는 상상. 하지만 상상은 더 나아가지를 못했다. 네온사인이 즐비한 거리로 나가면 나는 길을 잃었다. 율도국보다도 국장보다도 거리가 더 무서웠다. 가짜 아빠들이 우글거리는 곳, 제복을 입고 군인이나 형사처럼 구는 놈들이 우글거리는 곳. 지금 내 앞에도 두 놈이나 있다.

입 사이로 웃음이 비시시 새어나온다. 부드러운 목소리를 가진, 그러나 전혀 온순하지 않은 사내가 일어선다. 내 얼굴을 톡톡 때리더니 뒤돌아선다. 나는 인화 곁으로 다가간다. 팔에 묶인 줄을 풀려고 시도한다. 어찌나 단단하게 묶었는지 잘 풀리지 않는다.

"야, 빨리 들어가 봐."

부드러운 목소리가 말한다.

"글쎄, 난 별로."

난폭한 목소리가 대답한다. 두 사내는 실랑이를 주고받는 듯 언성이 점점 거칠어진다. 나는 그들의 말을 듣기 위해, 그들의 다음 행동을 짐작하기 위해 소리에 귀 기울인다. 하지만 음성만 웅웅거릴 뿐 정확한 내용은 들리지 않는다.

잠시 후 난폭한 목소리가 배로 올라온다. 올라오자마자 습관처럼 인화를 발로 툭 걷어찬다. 사내는 지퍼를 내리고 내 입을 가리킨다. 나는 고개 돌린다. 사내는 내 머리를 거세게 잡아 자신에게로 돌린다. 심장의 고동이 빨라지고 호흡이 거칠어진다. 인화와 미미의 뒤얽힌 몸과 신음이 귓가를 맴돈다. 모든 사람이 떠난 빈 룸에서 미미는 미친 듯 몸을 비틀었고, 인화는 안으로 삭이는 듯한 울음을 울었다. 음울하고 낮은 비명 같은 소리였다. 국장은 그 모든 것을 촬영하고 있었다. 연주가 말했다.

"국장이 우리를 촬영해서 영상을 어딘가에 파나 봐. 어떡하니? 우리 인생은 끝장이야."

이미 알고 있었으면서도 나는 당황했다. 자신의 아내까지 촬영하다니.

난폭한 목소리의 사내가 담뱃불을 붙인다. 한 모금 길게 빨아들이더니 배를 향해 집어 던진다. 배에서 내린다. 사내들 말소리가 들린다. 이제 어디로 가지. 글쎄, 오늘은 안개 때문에 길을 찾을 수가 없어. 아, 나는 빨리 오토바이 타고 질주하고 싶어. 바람을 가르면서 무조건 앞을 향해 펑… 펑이고 나발이고, 근데, 쟤들은 괜찮을까? 야, 신경 꺼. 누구 말인지 모를 소리가 울려 퍼진다.

인화가 몸을 움찔거린다. 나는 그의 손발을 풀어 준 다음 옆에 눕는다. 그의 몸이 조금씩 따뜻해진다. 그가 힘겹게 몸을 돌려 나를 바라본다. 입을 뗀다.

"소… 리… 로 가야… 하는데… 미… 안… 해."

나는 인화를 꼭 안는다.

연주 말이 사실이라면, 소리가 존재한다면, 소리는 이곳과 멀지 않는 곳에 있을 것이다. 연주가 말했다.

"동쪽으로 차를 타고 두 시간 정도 가면 월영강이 있어. 그 강을 건너면 소리를 믿는 사람들 눈에만 보이는 산이 있는데. 그 산 너머 붉은 꽃이 만발한 들판이 바로 소리야."

유저들이 게임만 할 수 있는 곳, 다양한 모험과 도전이 기다리고 있는 곳, 자신이 원하는 인생을 고를 수 있는 곳. 그곳이 소리였다. 내 인생을 고를 수 있다면 나는 어떤 인생을 골라야 할까. 이상하다. 고르고 싶은 인생이 없다. 다만 내가 살아온 것과 반대되는 삶을 살고 싶다. 내 엄마가 내 엄마가 아니었으면 좋겠고, 세 명의 아빠들이 내 아빠가 아니었으면 좋겠고, 국장과 미미를 만나지 않았으면 좋겠다. 그 정도면 충분했다.

"괜찮아, 내가 데려다 줄게."

나는 보온병을 꺼낸다.

"이거 마셔."

인화가 해골마크를 보더니 머뭇댄다. 나는 별거 아니라는 듯 어깨를 으쓱한 후 들이킨다. 인화에게 다시 내민다. 인화도 들이킨다. 그가 몸을 부르르 떨며 내 손을 잡는다. 그에게서 낙엽 타는 냄새가 난다. 불이 서서히 낙엽을 태우면서 시나브로 올라오는 향이다. 그 뒤로 송진향이 피어오른다. 나는 눈을 감고 인화의 얼굴을 어루만진다. 향을 깊게 음미한다. 누군가가 솔잎을 태우는 듯 매캐한 솔잎향이 코를 찌른다. 나는 숨을 들이킨다. 갑자기 숨이 턱 막히고 손끝이 뜨거워진다. 따뜻한 기운이 몰려든다. 나는 눈을 뜬다. 어느새 배는 끈적이는 진으로 가득 차 있다. 연기가 주변으로 퍼져 나간다. 나는 자리에서 일어나 인화를 내려다본다. 그의 뒤쪽에서 불길이 올라온다. 그의 몸이 붉은 기운에 휩싸인다. 안개가 쓰러지고 까마귀가 일제히 푸드득거린다. 카악, 칵, 요란하게 울어 제낀다. 절제를 잃어버린 무질서한 소리다.

나는 주춤거리며 뒤로 물러선다. 몇 걸음만 걸어가면 배 밖인데 발걸음이 떨어지지 않는다. 다가갈 수도, 도망갈 수도 없다. 인화 주변은 온통 붉은 기운으로 가득하다. 불길이 나까지 집어삼킬 것만 같다. 인화가 무어라 말한다. 말하면서 어딘가를 바라본다. 허공을 향해 손짓한다. 나는 그의 손이 가리키는 곳을 쳐다본다. 불빛 속에 표지판이 보인다. 표지판 화살표는 강 건너편을 향해 있고, '소리'라고 쓰여 있다. 그러니까 우리는 연주가 말한 월영강에 있는 것이다.

"같이 가자."

인화가 말한다.

나는 그에게 손을 뻗는다. 닿지 않는다. 산소가 모두 증발된 듯 가슴이 답답하다. 숨조차 쉴 수 없다. 나는 바닥으로 쓰러진다. 까마귀 날갯짓 소리가 들린다. 그들이 떼로 몰려온다. 마치 검은 구름이 몰려오는 듯하다. 검은 구름이 길게 이어진다. 배를 감싼다. 그 뒤로 아득하게 펼쳐진 검은 길이 보인다. 동굴 같다. 동굴이 점점 좁아진다. 나를 에워싼다. 뜨겁다. 졸음이 쏟아진다. 펑, 폭죽 터지는 소리가 들린다. 주변으로 불꽃이 튀어 오른다. 눈앞에 붉은 꽃이 만발한 들판이 펼쳐진다. 꽃들 사이로 표지판이 선명하다. 소리에 오신 것을 환영합니다.

갑자기 기분이 좋아진다. 술에 취한 듯, 음악에 취한 듯 춤 추고 싶어진다. 나는 덩실덩실 노래 부르며 춤 춘다. 인화도 노래 부른다. 그의 팔 다리가 폭죽과 음악과 하나가 된다. 신들린 듯 춤 춘다. 폭죽이 세상을 밝히고 까마귀 떼가 화음을 넣는다. 멋진 세상, 아름다운 풍경, 나는 오래된 꿈을 찾았다. 나는 춤 추는 사람이 되고 싶었다. 어떤 음악과도 조화를 이룰 수 있는. 어떤 풍경에도 녹아내릴 수 있는.

흡창의 우울

흡충의 우울

　유리는 사십 분째 씨엠립 공항 출국게이트 앞에 서 있었다. 마중 오겠다던 남편은 소식이 없었다. 비행기 표를 끊었어, 곧 당신을 만나러 갈 거야. 그녀의 말에 남편은 침묵했다. 그녀는 수화기 너머, 침묵의 행간을 이해하기 위해 가만히 귀를 기울였다. 체념 섞인 한숨소리가 들려왔다. 그녀는 남편의 숨소리에 맞추어 숨을 쉬며, 자신의 가슴을 가만가만 두드렸다. 두드림 소리에 응답하듯 어두컴컴하고 비밀스러운 목소리로 남편이 알았어, 했다. 하마터면 그녀는 울 뻔했다. 남편의 목소리가 변함없어서. 깊이를 알 수 없는 슬픔이 느껴져서.

　남편을 생각하면 그녀는 가슴 아팠다. 뼈대만 남은 책장이 보였고, 갈기갈기 찢겨진 책들의 잔해와 녹고 있는 향초와 흰 국화꽃들이 보였다. 슬픔으로 몸을 가누지 못하는 남편이 그 틈에 서 있었다. 그녀는 남편을 위로해 주고 싶었다. 언어 속을 서성이고 더듬거리면서 위로의 말을 찾으려 했지만 끝내 찾지 못했다. 그 와중에도 남편은 덤덤하게, 완벽하고 깔끔하게 장례를 치러냈다. 그녀는 그 모든 것을 그저 망연히 바라보기만 했다. 자신과는 상관없는 일인 것처럼.

한참을 망설이다 그녀는 남편에게 전화를 걸었다. 신호음이 길게 이어지다 툭 끊겼다. 놀란 그녀가 다시 전화를 걸었을 때 남편의 휴대폰은 꺼져 있었다. 그녀는 초조해졌다. 이 년만의 만남이었다. 그의 말을, 그의 행동을 다른 사람 도움 없이 알아채고 싶었는데, 어떻게 해야 할지 막막했다.

"혹시, 최유리 씨 되십니까?"

그녀는 고개를 들었다. 검게 그을린 피부에 비쩍 마른 남자가 웃고 있었다. 남자가 자신을 소개했다.

"이곳에 머무는 동안 가이드를 맡게 된 김입니다. 미스터 리가 부탁해서요."

그녀는 남자를 올려다보았다. 자신은 남편을 기다렸지 가이드를 원한 것이 아니었다. 남자가 말했다.

"이정하 씨를 기다리고 있죠? 그는 휴가 중이에요."

그녀는 멍해졌다. 어쩐지 모욕 받은 느낌이었다. 아니, 남편이 사라진 이 년 내내 줄곧 모욕 당한 것 같았다. 하지만 그녀는 내색하지 않았다. 처음 보는 사람 앞에서, 그것도 남편이 보낸 사람 앞에서 자신의 감정을 들키고 싶지 않았다.

"이쪽으로 오세요."

김이 그녀의 캐리어를 끌고 앞서 걸었다. 게이트를 나가자마자 사륜 구동 SUV가 보였다. 김은 SUV에 그녀의 캐리어를 싣고 운전석에 앉았다. 그녀는 옆자리에 앉아 창밖을 내다보았다. 모래 섞인 바람이 몰아쳤다. 바람이 지나는 자리마다 흙먼지가 일었다. 시야가 흐려졌다.

그녀는 가방에서 신문을 꺼내 읽기 시작했다. 경남 하동에서 여인의 미라가 발견되었다는 기사가 눈에 들어왔다. 미라는 조선시대 사대부 여인으로 추정되는데, 임신 중이었다. 대변에서는 폐흡충 알 수천 개가 발견되었다. 법의학연구소에서는 여인의 사망 원인을 출산이 아닌 폐흡충증으로 인한 감염으로 보고 있었다. 아마도 여인이 게나 민물 가재를 먹었을 것이라 추측했다. 폐디스토마는 민물가재나 우렁, 게 등을 날 것으로 먹었을 때 체내에 들어오기 때문이었다. 마치 CSI의 사건기록을 보고 있는 듯했다. 360년 동안 묻혀 있던 여인의 죽음에 대한 비밀이 벗겨지는 순간이었다. 무엇보다 그녀는 아직까지 흡충이 여인의 폐와 변에 남아 있었다는 사실이 소름끼쳤다.

유리는 김이 예약해 준 호텔 룸으로 와 짐을 풀었다. 사람들의 노랫소리와 웃음소리가 들려왔다. 그녀는 발코니로 향했다. 아래쪽을 내려다보니 수영장이 훤히 들여다보였다. 자정이 가까운 시간인데 도 꽤 많은 사람들이 수영을 하거나, 썬체어에 누워 있었다. 그녀는 사람들의 모습을 오랫동안 내려다보았다. 단순히 본다는 것, 아무 생각 없이 보기만 한다는 것은 의미 파악을 하지 않고 읽는 글과 비 슷했다.

그녀는 고개를 돌렸다. 테이블 위에 적힌 글자가 보였다. Only 220V. You cannot use it on 110V. 그녀는 무엇인가 생각난 듯 캐리어 를 끌고 왔다. 지퍼를 열고 가방 안에 있던 드라이어를 꺼냈다. 드 라이어를 플러그에 꽂았다. 바람의 세기를 조절하면서 찬바람, 더운 바람, 번갈아 틀다가 자신의 얼굴에 갖다댔다. 코와 입 안으로 한꺼 번에 바람이 밀려들었다. 그녀는 물 속에 빠진 사람처럼 두 팔을 허 우적대며 숨을 몰아쉬었다.

남편은 가끔 드라이어로 그녀의 머리를 말려 주었다. 리노의 털도 말려 주었고 그녀의 젖은 몸도 말려 주었다. 리노와 남편과 자신은 꽤 잘 살았던 것 같은데. 어디서부터 잘못된 것일까. 친구들이 떠올 랐다. 정희는 어느 날 문득 가쁜 숨을 몰아쉬는 남편의 숨소리가 싫 어 다른 남자를 만났고, 미숙은 자신을 무시하는 듯한 남편의 말투 가 싫어 이혼을 결심했다. 사소하지만 참을 수 없는 버릇이나 습관, 그것이 사람을 지치게 만든다고 했다. 혹시 내가 모르던 어떤 습관이 남편을 지치게 만든 걸까. 그래서 이 년 동안 연락이 없는 걸까. 남편을 만나 물어봐야 했다. 무엇 때문에 떠났는지, 왜 돌아오지 않는지.

그녀는 남편을 찾기 위해 소모한 시간들을 떠올렸다. 연락이 끊긴 지 한 달쯤 되었을까. 그녀는 시댁을 찾아갔다. 시댁 어른들은 그녀를 야멸차게 몰아세웠다. 모든 원인이 그녀라면서. 그녀는 원인이 무엇인지 몰라 답답했다. 원인을 알아야 변명할 텐데, 그녀는 변명할 이유조차 알지 못했다. 남편의 회사를 찾아갔다. 사표 낸 지 한 달이 지났다고 했다. 친구들과 선후배를 찾아갔다. 모르겠다는 답변뿐이었다.

남편을 발견한 건 보름 전이었다. 습관처럼 들어간 남편친구의 페이스북에 사진이 올라와 있었다. '씨엠립에서 정하와' 댓글을 확인했다. '캄보디아에서 가이드 한다며', '한국어 학원 한다는 이야기도 들었어.' 그날부터 그녀는 캄보디아 여행사와 한국어 학원에 일일이 전화 걸었다. 그 중 한곳에서 남편이 일한다는 것을 알 수 있었다.

간신히 찾았는데 휴가중이라니, 답답했다. 날씨마저 덥고 습했다. 바람도 끈적끈적했다. 창문 틈으로 모래가 들어오는 듯 했고, 자신의 몸에도 모래 알갱이가 들러붙는 것 같았다. 팔뚝 위로 까끌까끌한 것이 만져졌다. 그녀는 가방을 뒤져 수영복을 찾았다. 수영복을 입고 수영장으로 내려갔다.

물의 온도는 적당했다. 그녀는 뒤로 누워 천천히 수영을 했다. 밤하늘을 올려다보니 별이 보였다. 그렇게 한참을 보고 있자니 별이 고양이 눈 같았다. 움직임 없이 응시하던 리노의 말간 눈빛. 졸고 있는 리노의 발을 잡고 깰 때까지 지켜보던 남편의 그윽한 시선. 남편은 내일도 전화를 받지 않을까.

그녀는 물에서 나와 벤치에 앉았다. 주위를 둘러보았다. 근처에 남편이 있을 것만 같았다. 하지만 남편은 보이지 않았다. 춤추는 남녀와 맥주를 마시며 대화하는 사람들이 보일 뿐이었다. 그녀는 칵테일을 주문했다. 한 모금 마시자 입안이 싸했다. 음료도 술도 아닌 청량한 알콜 맛이었다. 그녀는 왠지 모르게 슬퍼졌다. 자신이 상상했던 장면은 이런 것이 아니었다. 남편을 만나 그 동안의 삶에 대해 말하고 싶었다. 혼자 남겨진 자신이 스스로를 책망하느라 밤을 새웠고, 수면제가 없으면 잠들 수 없을 정도로 피폐해졌다는 사실을 알리고 싶었다. 또한 갑자기 사라진 남편의 행동이 얼마나 폭력적인지를 알려 주고 싶었다. 끊임없이 말들이 쏟아지는데 말할 대상이 없었다. 그녀는 위스키를 주문했다. 한 잔 두 잔 들이키자 어딘가에서 고양이 울음소리가 들려왔다. 귀를 막아도, 다른 생각을 해도 소용 없었다.

그 순간, 그녀 눈에 영문 잡지가 보였다. 플로피디스크 모양의 초콜릿광고가 실려 있는 초콜릿 매거진이었다. 그녀는 잡지를 들고 책장을 넘겼다. 초콜릿 단말기와 초콜릿 키보드, 칩과 바이트도 모두 초콜릿으로 만들어진 컴퓨터가 실려 있었다. 입안에 군침이 돌았다. chocolate. 그녀는 먹고 싶다, 먹고 싶다, 중얼거리며 주변을 둘러보았다. 사람들은 춤을 추거나 술을 마실 뿐, 다른 사람에게는 관심 없었다. 그녀는 빠른 손놀림으로 초콜릿 컴퓨터가 그려진 페이지를 뜯었다. 잡지를 구겨 입에 넣었다. 달콤한 액체에 몸을 담근 듯 정신이 아뜩해졌다. 비어 있던 마음이 가득 차는 것 같았고, 좀 진정되는 것도 같았다. 내일은 볼 수 있을 거야, 그럴 거야. 남편은 책임감이 강한 사람이니까. 그녀는 스스로를 다독였다.

다음날 아침 유리는 늦은 시간까지 침대에 누워 있었다. 문득 지난밤의 일이 떠올랐다. 그녀는 짜증이 일기 시작했다. 도대체 남편은 왜 연락하지 않는 걸까. 그녀는 방안을 서성거렸다. 전화벨이 울렸다. 혹시, 남편? 그녀는 재빨리 수화기를 들었다. 김이었다. 프런트에서 기다리겠다고 했다. 그녀는 옷을 갈아입고 프런트로 내려갔다.

김은 소파에 앉아 영문 잡지를 읽고 있었다. 그녀가 다가가자 자리에서 일어났다. 김이 말했다.

"오늘은 앙코르 톰과 바이욘 사원을 거쳐 프놈바켕을 갈 예정이에요. 캄보디아에서 가장 아름다운 노을을 볼 수 있거든요."

그녀는 풍경 따위를 보느라 시간을 낭비하고 싶지 않았다. 남편과 만나느냐 만나지 못하느냐, 하는 문제만이 중요했다. 남편이 전화를 받지 않는다면 직접 찾아가는 수밖에 없었다. 그녀가 말했다.

"저는 남편이 일하는 곳을 가보고 싶어요. 한국어 학원과 가이드 회사 말이에요. 관광이 목적이 아니거든요."

김이 답답하다는 듯 한숨 쉬었다.

"미스터 리는 만날 수 없을 거예요. 그는 지금 이곳에 없어요. 아마 당신이 비행기를 타고 돌아갈 때쯤이면 올 지도."

"그걸 당신이 어떻게 알죠? 그이가 있는 곳을 알고 있는 거죠? 그이는 지금 어디 있어요?"

쏟아지는질문에 김이 더듬거리며 대답했다.

"미스터 리와 저는…… 회사에서 인사만 하는 사이예요. 자세한 건 몰라요. 다만 그가 여행을 갈 거라고, 열흘쯤 걸릴 거라고 말했거든요."

유리는 단호하게 대답했다.

"제 눈으로 확인해야 해요. 그가 일하는 곳이 어디죠?"

김이 차를 몰고 번화가 쪽으로 들어갔다. 길가에는 오토바이를 타고 달리는 사람들로 분주했다. 수레가 달린 자전거를 타고 시내를 오가는 사람들도 보였다. 유리는 길가에 늘어선 간판들을 보았다. 영어와 크메르어와 숫자가 뒤섞인 문자들은 가구에 새긴 장식처럼 아름다웠다. 장식 너머 가게에 진열된 물건들을 살폈다. 글자가 보였다. 그녀는 진열해 놓은 자전거를 보며 '자전거' 란 글자를 상상했고, 진열대에 놓인 빵을 보며 한국어의 '빵' 이란 글자를 떠올렸다. '빵'이란 글자가 정말 먹음직스럽게 생겼다는 생각이 들었고, 그림 문자처럼 보이는 글자 중에 가장 맛있어 보이는 글자를 골라 '빵'이라 읽어 보았다. 정말 빵 같았다.

간판들 사이 한글이 보였다. 남편이 일하고 있는 곳과 가까워진 듯했다. 유리는 가방 안에서 파우치를 꺼냈다. 립글로즈를 입술 위에 덧바르고 콤팩트로 얼굴을 두드리고, 머리빗으로 머리를 빗질했다. 헝클어진 머리는 빗질이 잘 되지 않았다. 아침에 급히 나온 것이 문제였다. 머리를 손질했어야 했는데. 그녀는 길게 늘어진 자신의 머리카락을 내려다보았다. 윤기 없는 머리카락은 푸석거렸고, 손만 대면 끝이 뚝뚝 갈라졌다. 그러고보니 이 년 동안 미용실을 단 한 차례도 가지 않았다. 남편은 단발을 좋아했는데. 그녀는 머리를 자르기 전에는 남편을 만나지 못할 것 같았다. 그녀가 말했다.

"미용실로 가 줄래요?"

김이 조심스럽게 대답했다.

"저기 시장이 보이죠? 제가 알고 있는 미용실이 있는데 그리로 한번 가 볼래요? 아니면 고급 미용실로 갈까요?"

"무조건 가까운 데로 가 주세요."

김이 시장 앞에 차를 세웠다.

유리는 차에서 내려 과일 노점상 앞에서 머뭇거렸다. 시큼한 과일 향이 코끝을 스쳤다. 그녀는 가판대 위에 놓인 과일들을 내려다보았다. 빨간색 바나나부터 뱀의 껍질처럼 생긴 살락, 붉은 가시로 뒤덮여 있는 람부탄까지. 색색의 과일들은 경이로웠다. 그녀는 저도 모르게 망고스틴을 집어 들었다. 단단해 보이는 갈색 껍질 속에는 어떤 맛이 숨어 있을지 궁금했다. 그녀는 힘을 주어 껍질을 깠다. 마늘처럼 겹겹이 몸을 붙이고 있는 작은 과육이 드러났다. 그녀는 과육을 입안에 밀어 넣었다. 달콤하면서도 상큼한 맛이 전해졌다. 그제야 그녀는 자신이 다른 나라에 와 있음을, 낯선 도시의 시장 한복판에 서 있음을 실감했다. 이국의 향이나 맛이 존재한다면 과일에서부터 시작될 것이라는 생각이 문득 들었다. 옆에 서 있던 김이 상인과 흥정하더니 돈을 주고 과일을 받았다.

유리는 김을 따라 걸음을 옮겼다. 막다른 곳에 다다랐을 즈음, 김이 간판도 없는 작은 미용실 안으로 불쑥 들어갔다. 그곳의 바닥은 시멘트로 대충 덧대어 울퉁불퉁했다. 벽에는 시계나 달력, 헤어모델의 사진조차 붙어 있지 않았다. 단지 한쪽 벽면에 거울 두 개가 걸려 있었고 거울 앞으로 의자 두 개가 놓여 있을 뿐이었다. 마치 임시로 만든 미용실 같았다. 미용사는 김과 서로 잘 아는지 눈웃음을 주고받았다. 김이 말했다.

"불쌍한 애예요. 소녀 가장이죠. 우연히 알게 됐는데 제가 좀 도와 주고 있어요."

미용사는 졸고 있는 여자의 머리를 매만지면서 유리를 향해 가볍게 인사했다. 아직 소녀티가 가시지 않은 여자였다. 유리는 웃음으로 답한 후 소파에 앉았다. 그녀는 잡지나 헤어 팜플렛이 있나 살펴보았지만 보이지 않았다. 문 입구로 시선을 돌렸다. 문 입구에 쓰인 글자들 중 짐작 가능한 글자는 cut과 250이란 숫자뿐이었다. 머리 손질이 끝났는지 졸고 있던 여자가 눈을 떴다. 여자는 김을 보자 반가운 듯 말했다.

"어머, 웬일이세요?"

김은 유리를 가리키며 대답했다.

"손님을 모시고 왔어요. 미용실에 가고 싶다고 해서."

"아."

여자는 짧게 대답한 후 거울 너머로 유리를 살폈다. 유리도 여자를 보았다. 여자는 소매 없는 흰 원피스에 구슬이 촘촘히 박힌 샌들을 신고 선명한 붉은 립스틱을 칠했는데, 어쩐지 그곳 분위기와 어울리지 않았다. 여자가 김과 눈짓을 주고받았다. 둘만의 은밀한 기운이 감돌았다. 김이 유리를 보며 말했다.

"옆집에 사는 미스 신이예요. 같은 교민이라 친하게 지내요. 가끔 음식도 나눠 먹고. 미스 신은 보석가게에서 일하죠. 보석에 관심 있으시면 오후에 들러볼까요? 싸게 살 수 있을 거예요."

유리는 미스 신을 자세하게 살폈다. 눈가에 자잘한 주름이 보였다. 미스, 라는 호칭이 어울리지 않는 여자였다. 미스 신이 선글라스를 쓰면서 말했다.

"오후에 봐요."

김이 한 손으로 슬며시 미스 신의 허리를 감았다 놓았다. 미스 신의 표정은 알 수 없었지만 김은 뭔가를 기대하는 표정이었다. 미용사는 두 사람의 행동을 주의 깊게 살펴보다 창밖으로 시선을 던졌다. 쓸쓸한 표정이었다. 미스 신이 부산스럽게 돈을 계산하고 그럼, 먼저 갈게요, 인사했다. 유리는 머릿속이 혼란스러웠다.

김은 언제부터 이곳에 살고 있었을까. 결혼 했을까. 아내와 아이는? 저 어린 미용사가 애인일까. 아니면 미스 신이? 남편도 김처럼 어린 여자아이를 돌봐주고 있는 걸까. 가끔 옆집에 사는 보석가게 여자와 고기도 구워 먹고, 그러는 걸까. 외로우면 섹스도 하면서. 혹시 저 여자와 김은 남편에 대해서 뭔가를 알고 있는 것은 아닐까. 그래, 어쩐지 나를 보는 눈이 좀 이상했어. 다들 나를 속이고 있는 거야.

유리는 자리에서 벌떡 일어섰다. 가게 문을 열고 밖으로 나갔다. 헐떡거리며 뒤쫓아 온 김이 그녀의 팔을 잡았다.

"지금 뭐하자는 거예요? 머리 자르고 싶다면서요."

그녀는 김을 향해 말했다.

"빨리 남편의 직장에 가고 싶어요."

남편이 일하고 있는 어학원은 프랑스풍 건물들 사이 별 특색 없이 서 있었다. 한때 캄보디아가 프랑스 식민지였던 탓인지 유럽풍의 아기자기한 카페와 식당들이 눈에 띄었다.

유리는 건물 안으로 들어갔다. 건물 내부는 밖에서 보았던 것과는 달리 기다란 복도와 교실들이 늘어 서 있는 단순한 구조였다. 복도를 지나 사무실처럼 보이는 곳으로 들어갔다. 프론트에 있는 직원에게 남편의 소식을 물었다. 그의 대답 중에 holiday trip, 이란 말이 선명하게 들렸다.

유리는 망연히 창밖을 내다보았다. 남편은 마치 과거의 한 순간에 존재했다 사라진 기억 속에서만 존재하는 인물 같았다. 김이 그녀의 팔을 잡았다. 그녀는 걸음을 옮겼고 차에 올랐다. 자리에 앉았다. 스쳐 지나가는 간판과 건물들을 보았다. 아무것도 눈에 들어오지 않았다. 지나가는 사람들도 하나의 덩어리로만 보였다. 모든 것들이 어긋나 보였고 두리뭉실했으며 선명한 것은 아무것도 없었다.

진동음이 느껴졌다. 그녀는 허겁지겁 휴대폰을 꺼냈다. 하지만 자신의 휴대폰은 아무런 움직임이 없었다. 그럼에도 덜덜거리는 진동음은 끊이지 않았다. 그녀는 진동음을 찾아 고개를 두리번거렸다.

김의 휴대폰이었다. 그녀는 신경질적으로 말했다.

"왜 전화를 받지 않죠?"

"곧 끊길 거예요."

김이 무덤덤하게 대답했다. 하지만 진동음은 멈추지 않았다.

유리는 김의 휴대폰을 향해 손을 뻗었다. 휴대폰을 잡으려는 순간 김이 자신의 휴대폰을 들었다. 전화기 너머에서 여자아이의 아빠야? 하는 목소리가 들렸다. 김은, 알았어, 알았다니까, 알았어. 라는 말만 되풀이했다. 아이가, 잠시만 기다려봐, 엄마 바꾸어줄게. 했다. 김은 아이 엄마의 말을 순순히 듣고 있다가 대답했다. 상황이 안 좋아, 올해만 지나면 갈 거야. 그래 딱 일 년. 일 년이면 돼.

유리는 김을 찬찬히 살폈다. 곱슬머리에 깡마른 몸은 고집스러워 보였고, 만사 귀찮은 듯 툭툭 내뱉는 말투는 의욕이 없는 사람 같았다. 여유라고는 없어 보이는데, 누군가를 돕는다니. 가족들이 기다리는 고국으로 돌아가지도 않으면서. 왜? 그녀는 미용사와 보석가게 여자를 떠올렸다. 김이 혼잣말처럼 말했다.

"돌아가야죠. 갈 거예요."

유리는 남편이 왜 돌아오지 않는지 알 것 같았다. 적응된 거겠지. 김처럼. 어쩌면 여자가 생겼는지도 모른다. 그 여자와 아이까지 낳아 살고 있을지도 모른다. 그게 아니라면 김처럼 그저 여러 명의 여자와 교제하면서 지내는 것인지도 모른다. 생각하면 할수록 불안해졌다. 그녀는 주위를 두리번거렸다. 읽을 것이 필요했다. 읽을거리가 보이지 않았다. 신문도 보이지 않았고 어제 읽던 잡지도 보이지 않았다.

"타프롬 사원이에요."

김이 말했다. 유리는 사원 안으로 들어갔다. 반야나무와 카폭나무의 뿌리가 사원을 파고들어 사원은 붕괴되기 직전이었다. 그럼에도 사원은 뿌리가 원래의 제 몸인 것처럼 자신의 몸에 받아들이고 있었다. 뿌리로 인해 오히려 자신이 붕괴되지 않고 지탱할 수 있음을 시위하는 것처럼 보이기도 했다. 유리는 가슴이 아렸다. 사원이 나무를 받아들이고 있는 건지, 나무가 통째로 사원을 집어삼키려는 건지 알 수 없었다.

그녀는 천천히 걸음을 옮겼다. 사원 벽 곳곳에는 총탄 자국 같은 작은 구멍들이 뚫려 있었다. 내부를 치장하기 위해 루비와 다이아몬드, 진주를 박아 넣었던 자리라 했다. 현재는 도둑 맞고 유실되어 흔적만 남아 있는 것이라 김이 말했다. 유리는 사원의 끝이 상처 난 내부를 향해 있듯 여행의 끝이 상처 난 기억을 헤집을 것만 같아 자꾸만 몸이 떨렸다. 이곳만 빠져 나가면 햇빛이 따사롭게 내리쬘 것 같은데, 그 햇빛이 자신만을 피해 내리쬘 것만 같았다. 그녀는 그 자리에서 꼼짝도 할 수 없었다. 구멍 난 벽을 가만히 만져보았다. 벽이

꿈틀거리는 듯했다.

그녀는 눈을 감았다. 자신의 뱃속에서 약하게 발길질 하던 태아의 움직임이 느껴졌다. 아슴푸레하게 떠오르는 고통의 기억. 그녀는 음식을 잘 먹지 못했다. 냄새만 맡아도 헛구역질이 밀려왔다. 병원에 입원해서도 마찬가지였다. 링거액도 그녀의 입덧을 멈추게 할 수 없었다. 그녀는 살이 빠졌고 피부가 푸석거렸으며 웃음을 잃었다. 문득 창문 밖을 내다보면 뛰어내리고 싶었다. 고양이를 보면 던져버리고 싶은 충동을 느꼈다. 자신의 몸 안에서 자신의 영양분을 모조리 빨아대는 태아가 자신을 죽일 것만 같았다. 새로운 생명을 얻기 위해 자신의 생명이 고갈되는 것 같았다. 그녀는 살고 싶었다.

유리는 벽에서 손을 떼고 출구를 향해 걸었다. 빼빼마른 소녀가 그녀에게 다가왔다. 소녀는 엽서를 한 장씩 넘기며 그림을 보여 주었다. 앙코르톰의 야경이 스쳤고 사원과 나무가 뒤엉켜 있는 모습이 스쳐갔다. 코끼리를 탄 아이와 무릎이 잘린 여자의 모습이 지나갔다. 하지만 그녀의 시선은 코끼리를 탄 아이에게만 머물렀다. 세 마리의 코끼리가 아이를 태우고 춤추는 사진이었다. 아이는 간지럽다는 듯 온몸을 비틀며 웃고 있었다. 엽서 아래 영어와 크메르어로 쓰인 글자가 가지런했다. 그녀는 돈을 주고 엽서를 빼앗듯이 넘겨받았다. 아이의 얼굴을 보고, 엽서 아래 쓰인 글자들을 보았다. 글자들이 웃고 있었다. 그녀는 어쩐지 남편이 자신을 기다리고 있을 것만 같았다. 훌쩍 자란 아이와 리노를 데리고. 그녀는 김을 향해 말했다.

"혹시 그이의 집을 아시나요?"

"저는 모르는데. 음……."

김은 말끝을 흐렸다. 마치 이 상태를 모면하기 위해 애쓰는 사람처럼. 그녀는 물러서고 싶지 않았다.

"뭔가 방법이 있지 않을까요? 어학원이나 가이드회사에 물어보면 알 수 있지 않을까요?"

"글쎄요, 휴가중이라. 더구나 주소까지는 잘 몰라요. 전화번호야 필수지만."

"집까지만 데려다 주세요. 나머지는 제가 알아서 할게요. 부탁이에요."

김은 어쩔 수 없다는 듯 어딘가로 전화를 걸었다. 곧 그는 실망한 표정으로 전화를 끊더니 그녀에게 다가왔다.

"회사에서도 모른대요. 전화번호밖에."

"수소문해보면 아는 사람이 있지 않을까요? 부탁 드려요."

그는 잠시 망설이다 어딘가로 전화를 걸었다.

무료해진 그녀는 피리를 불고 있는 아이를 불렀다. 피리를 사서 입에다 댔다. 낯선 음이 귓가를 파고들었다. 반 음 높거나 반 음 낮은, 약간씩 음이 어긋나는 소리였다. 그녀는 음을 찾으려는 사람처럼 한 음 한 음 정성스럽게 소리를 냈다. 삑삑, 소리만 날 뿐 고유의

음은 찾을 수 없었다. 그녀는 피리 불기를 멈추고 김을 흘깃 보았다. 그는 땀을 줄줄 흘리며 곤혹스러운 표정으로 통화를 하고 있었다. 그녀는 좀 미안해졌다. 챙이 넓은 남자용 모자를 사서 김에게 다가 갔다. 김이 자동차 키를 주며 차 안에 가 있으라고 했다.

그녀는 차 안으로 들어갔다. 에어컨을 틀고 라디오 주파수를 맞추 었다. 알아들을 수 없는 언어들이 쏟아졌다. 귀 기울여봤지만 알아 들을 수 없기는 마찬가지였다. 소리에도 감정이 있을 텐데. 강약과 고조에 따라 뭔가를 느낄 수도 있을 텐데 아무런 느낌이 없었다. 그 녀는 주파수를 돌렸다. 노랫소리가 들렸다. 그녀는 노래에 귀를 기 울였다. 어쩐지 슬펐다. 정조와 분위기가 마치 자신의 마음을 대변 해주고 있는 듯했다. 떠난 사람을 못 잊어 그를 찾아다니는 노래라 그녀는 생각했다. 그러자 그 노랫말을 모두 알고 있는 듯한 기분이 들었고, 동시에 못 견디게 불안해졌다. 남편이 이곳에서 가정을 꾸 리고 있을 거라는 의심이 들었다. 그것은 거의 확신에 가까웠다. 그 러지 않고서야 남편이 자신을 만나 주지 않을 이유가 없었다.

읽을 것이 필요했다. 그녀는 운전석 주위를 살폈다. 코팅이 벗겨 져 희끗희끗해진 운전대와 낡은 시트 외에는 아무것도 보이지 않았 다. 그녀는 뒷좌석으로 고개를 돌렸다. 영문 잡지와 한국 신문이 보 였다. 다행이었다. 그녀는 손을 뻗어 잡지와 신문을 간신히 잡았다. 영문 잡지를 펼쳤다. 난생 처음 보는 글자처럼 영어가 낯설었다. 활자가 그림으로만 보였다. 마치 크메르어처럼 여기저기 구멍이 뚫리고 네모와 동그라미와 사선으로 이루어진 문양을 보는 듯했다. 그녀는 잡지를 가방 안에 구겨넣고 신문을 들었다. 전날 자신이 비행기에서 가지고 온, 읽다 만 신문이었다.

왕따 당하던 고교생의 억울한 죽음에 대한 기사였다. 학교와 경찰에서 사건을 은폐한 정황이 유서를 통해 드러났다. 유서는 울면서 썼는지 눈물자국이 번져 있었다. 피해학생은 유서에 자신을 괴롭힌 친구들과 사건을 은폐한 담임, 경찰관의 행태를 밝히고 아파트 옥상에서 뛰어내렸다. 자신의 엄마가 외국인이라 놀림이 더 심했다고 했다.

불현듯 그녀는 '고양이 투하사건'을 떠올렸다. 이 년 전 연일 인터넷을 시끄럽게 한 사건이었다. 네티즌들은 범인을 찾아 실형을 살게 해야 한다고 부르짖었다. 하필이면 그녀가 살고 있는 아파트였고 하필이면 임신한 고양이여서 그녀는 신경이 쓰였다. 그 무렵 리노도 집에 들어오지 않았다. 남편은 CCTV를 판독해 범인을 잡고야 말겠다면서 밤을 지새웠다. 돌아온 남편에게 결과를 물었지만 남편은 대답하지 않았다. 남편의 표정이 어땠는지 그녀는 기억해내려 했다. 절망스러웠던 것 같기도 했고, 아닌 것 같기도 했다. 다만 엄마에게 전화 걸어 한참동안 이야기했다. 집으로 달려온 엄마는 하루종일 한숨만 쉬었다.

그녀는 신문의 다음 면을 넘겼다. 폐흡충알이 발견된 미라에 대한 이야기였다. 전날 미처 보지 못한 문구가 눈에 띄었다. 미라는 15세 정도로 추정되며, 태아는 발육 상태로 볼 때 32주에 사망한 것으로 추측했다. 또한 흡충은 뇌로 전이되면 전신마비나 두통, 이유 모를 행동을 하기 때문에 위험하다고 쓰여 있었다. 그녀는 신문을 뚫어져라 내려다보았다. 혼잣말로 중얼거렸다. 흡충이 미라를 조종한 거야. 틀림없어. 그녀가 신문의 다음 면을 넘기려는 찰라 차문이 열렸다. 김이 운전석에 앉았다.

"저 집이에요."

김이 말했다.

유리는 외따로 떨어져 있는 집을 보았다. 나무와 야자수 잎을 엮어 만든 이층집이었다. 현지인이 살고 있는 농가주택과 비슷했다. 집으로 들어가는 입구에 나무로 만든 현판이 걸려 있었다. 현판에는 '리노의 소금그릇'이라 쓰여 있었다. 김이 투덜거렸다.

"이 집이 맞네. 이런 곳에 사니까 찾을 수 없잖아. 한국인들끼리 모여 사는 빌라를 두고 왜 이런 곳에 혼자 사는 거지?"

김이 자신의 가방을 뒤지더니 돌아갈 항공권과 메모지를 내밀었다. 메모지에는 호텔주소와 전화번호, 김의 핸드폰 번호와 택시회사의 전화번호가 적혀 있었다.

"저는 그만 가봐야 될 것 같아요. 도움이 필요하면 연락 주세요."

김이 그녀 손에 과일봉지를 들려 주었다. 시장에서 산 망고스틴이었다.

김은 한시라도 빨리 이곳에서 벗어나려는 듯 금세 차를 몰고 사라졌다. 먼지가 시야에 가득했다.

어딘가에서 고양이 울음소리가 들려왔다. 그녀는 고개를 돌렸다. 이층 난간에 리노와 비슷하게 생긴 고양이가 하품하며 내려다보고 있었다. 곧 고양이는 꼬리를 살랑거리며 난간에서 내려왔다. 그녀를 향해 다가오더니 따라오라는 듯 뒤돌아섰다. 그녀는 고양이를 따라 나무계단을 한 계단씩 올라갔다. 곧 고양이는 문 틈을 통과해 집 안으로 들어갔다. 그녀는 슬며시 문을 밀었다. 문이 스르르 열렸다. 안으로 들어갔다.

집안은 썰렁했다. 가구라고는 흔들의자 하나가 전부였다. 바닥에는 이불 대신 침낭이 깔려 있었다. 그 흔한 가전제품조차 보이지 않았고 여자의 흔적은 더더욱 찾을 수 없었다. 안도감이 밀려왔다. 그녀는 가방을 내려놓고 흔들의자에 앉았다. 김이 주고 간 망고스틴을 한입 베어 먹었다. 달콤하지만 씁쓸한, 고소하지만 차가운 알 수 없는 맛이 전해졌다. 파삭, 쩝쩝, 소리는 시계의 초침 같았다. 시간은 소리와 더불어 흘러갔다. 그녀는 잠시 숨을 멈추었다. 온 세상이 고요했다. 그 틈을 비집고 쩝쩝, 소리가 들렸다. 그녀는 고개를 두리번거렸다. 고양이가 창가에 앉아 있었다. 그녀가 다가가자 창문 밖으로 사라졌다.

유리는 침낭 위로 올라가 벽에 등을 기댔다. 모래 냄새와 흙 냄새가 훅 끼쳤다. 그녀는 눈을 감았다. 벽 틈으로, 창 틈으로 모래가 들이치는 것 같았다. 아주 작은 알갱이가 조금씩 자신의 몸으로 내려앉는 것도 같았다. 그녀는 눈을 떴다. 창가에서 고양이가 자신을 내려다보고 있었다. 반질거리는 두 눈이 그녀만을 향해 있었다. 곧 고양이는 나른하다는 듯 하품을 했다. 몸이 무거워 보였다. 임신한 리노처럼.

임신한 리노는 그녀에게서 멀찌감치 떨어져 지냈다. 그녀가 다가가면 몸을 움찔거렸고 그녀가 만지려 하면 으르렁댔다. 때로는 발톱을 세우고 할퀴기도 했다. 그녀가 주는 음식은 먹지 않았고 남편이 주는 음식만 먹었다. 남편이 출근하면 어딘가로 사라졌다 퇴근하면 집으로 돌아왔다. 남편은 리노를 위해 보양식을 만들었다. 그 모습을 본 엄마가 혀를 찼다.

"아내보다 고양이가 더 소중하구만. 쯧쯧, 유리는 젖몸살로 고생하는구먼."

유리는 아기를 낳은 후 젖이 나오지 않았다. 아기는 늘 허기진 얼굴로 울다 지쳐 잠들었다. 분유를 입에 물리면 숨이 차는 듯 가래 섞인 소리를 냈다. 그녀는 어떻게 해야 하는지 알 수 없었다. 그저 내

버려 두었다. 도움을 청할 곳도 없었다. 엄마는 동창들과 동남아 여행중이었고, 남편은 해외 출장중이었다. 아기는 칭얼거리며 몸을 보챘고, 가끔 고양이 울음소리를 냈다. 그녀는 고양이 울음소리가 들릴 때마다 아기의 입을 막고 이불로 몸을 싸맸다. 아기는 숨이 넘어갈 듯 몸을 바르르 떨었지만 곧 조용해졌다. 그러고 나면 그녀는 깊은 잠에 빠져들었다.

어느 날, 눈 떠보니 아기가 리노 품에 안겨 젖을 빨고 있었다. 며칠이나 굶은 것처럼 맛깔나게. 리노는 발톱으로 아기의 머리를 긁어주면서 행복한 표정으로 혀를 날름거렸다. 아기도 까르륵거리며 리노의 품을 파고들었다. 아기의 머리가 보이지 않았다. 마치 머리부터 서서히 리노의 뱃속으로 빨려 들어가는 것 같았다. 고양이 머리에 아기 몸을 가진 기이한 동물이 그녀를 노려보았다. 공격할 듯 크릉거리며. 그녀는 괴물을 향해 걸어갔다. 괴물의 발을 잡고 던졌다. 그랬는데, 리노의 몸으로 빨려 들어간 아기가 움직이지 않았다. 리노가 그랬다고 이야기했지만 남편은 믿지 않았다. 정말이야, 그녀의 말에 남편은 화분을 던졌다. 깨진 조각을 손에 들고 우리 둘 다 죽자, 흐느꼈다. 아니, 병원으로 가자. 남편이 말했다.

그녀는 기억을 되짚어 보았다. 그건 자살이었다. 리노의 자살. 리노가 사는 것이 힘들다고 말했다. 고양이 세계에서 자신은 왕따라면서. 아빠한테 이야기했지만 믿지 않는다고 말했다. 자신의 마음을 전하려면 자살밖에 방법이 없다며 슬픈 표정을 지었다. 아니다. 그건 미라의 짓이었다. 진딧물이 스트레스를 받으면 가장 작은 배아를 체내 흡수해 버리듯 미라도 태아를 흡수해 버린 것이다. 고작 15세 여자아이가 결혼생활을 하려면 스트레스가 많았을 것이다. 임신으로 인해 몸은 무겁고 흡충까지 뇌에 품고 있었으니 어려움이 가중됐을 것이다. 아닌가. 모든 원인은 남편이었다. 남편이 리노를 외롭게 만들었고, 아기를 배고프게 했고, 15세 소녀의 우울을, 임신한 어미의 마음을 헤아리지 못했다.

남편이 떠나간 후 그녀는 늘 허기졌다. 무엇인가를 만들거나 배달시켜 끊임없이 먹었음에도 좀처럼 허기는 가시지 않았다. 그녀의 허기는 다른 것을 필요로 하는 듯했다. 입이 아닌 눈, 혹은 정신. 그녀는 닥치는 대로 책을 읽기 시작했다. 때로는 모르는 내용이 나와 그녀를 답답하게 했지만 그저 읽었다. 허기가 가시는 듯했지만 갈증은 여전히 채워지지 않았다. 언제부터인가 그녀는 모르는 내용이 나오면 그 부분을 뜯어 먹었다. 읽으면서 뜯었고, 뜯으면서 씹었고, 씹으면서 삼켰다. 그러고 나면 책의 내용이 그녀 안으로 들어오는 듯 했고 감쪽같이 허기가 가셨다. 그것은 새로운 맛이었고, 발견이었고, 재미였다. 급기야 그녀는 책에서 신선한 내용이나 맛있어 보이는 글자가 나와도 그 페이지를 뜯어서 먹었다. 껌을 씹듯 질겅거리다보면 미묘한 맛이 느껴졌다. 질기면서도 담백한 잉크 맛이 입안에서 감돌았고, 쌉싸름하면서도 떫은 종이 맛이 머리를 환하게 했다.

갑자기 그녀는 자신의 가방을 거꾸로 뒤집어 흔들었다. 안에 있던 소지품이 우수수 떨어졌다. 그녀는 영문 잡지를 집었다. 아무데나 펼쳤다. 'blame game'이라는 글자와 함께 두 명의 남자가 서로의 입을 향해 총을 겨누고 있는 사진이 보였다. 그녀는 그저 영어로 쓰인 글자를 읽었다. 내용은 아무래도 상관없었다. 읽는다는 행위, 글자가 있다는 사실만이 중요했다. 글자 사이로 불쑥불쑥 남편의 충혈된 눈이 나타났다 사라졌다. 페이지를 넘겼다. 읽었다. 고양이처럼 몸을 웅크린 남편의 메마른 등이 보였다. 그녀는 침낭 속으로 쏘옥 들어갔다. 책을 읽었다. 남편의 침묵이 그녀를 짓눌렀다. 말이 필요했다. 침묵의 행간을 이해해야 했다. 그녀는 책을 보았다. 문장과 문장 사이의 행간을 보았다. 그것의 의미를 살폈다. 갑자기 글자들이 둥둥 떠다녔다. 글자들은 어느 순간 영어로 변했다가 크메르어로 변했다가 한자로 변하기도 했다. 리노의 눈과 남편의 눈이 글자들 속에서 불쑥불쑥 형체를 갖고 나타났다.

그녀는 눈을 감았다. 오로지 글자들만 생각했다. 오랫동안, 랩을 읊조리듯 글자들만을 떠올렸다. 흥얼흥얼. '빵'이 떠올랐고, '빵'이라 읽었던 크메르어의 문양이 떠올랐다. 괄호 안의 해석처럼 난데없이 글자들의 의미가 명료하게 떠올랐다. 비어 있던 행간에 글자들이 채워지기 시작했다. 드디어 문文이 자신을 향해 문門을 열어준 것 같아

유리는 흥분했다. 자신이 알고 있는 글자와 온갖 부호들이 문文안에서 색깔과 향기를 가지고 빛을 발하는 것만 같았다. 어느 순간 글자들이 모래처럼 부서졌다. 흘러내렸다. 그녀를 덮쳤다. 그녀는 남편이 없어도 행복했다. 글자들 속에서.

해설
서사의 본령, 진실의 추적

서사의 본령, 진실의 추적
– 박초이 소설론

오태호 (문학평론가, 경희대 교수)

1. 이야기의 본령 탐문

박초이의 소설은 감춰진 진실을 찾기 위해 분투한다. 표면적 층위에서 드러나는 인물의 표정은 대체로 가면적 위장술로 진실을 은폐하고 있기 때문이다. 상징계적 현실 세계에서 실재계적 진실을 발견 혹은 발명하려는 집요한 작가의 의지가 소설의 서사적 긴장을 유지한다. 그러므로 박초이 서사의 입구와 출구는 사뭇 다른 결과를 보여주지만, 결과적으로 그 입구와 출구를 함께 입체적으로 인식할 때 서사의 진실이 드러나기 마련이다. 안과 바깥, 내부와 외부의 경계가 무화되는 뫼비우스의 띠나 클라인씨의 병에서 확인할 수 있듯, 이면적 진실은 평면적이고 단선적인 세계 인식을 넘어설 때에야 도달 가능한 셈이다. 그러므로 독자는 일종의 관찰자적 시선으로 등장인물의 언행, 플롯의 진행, 이미지의 변이 등이 제공하는 행간을 누적적으로 읽어낼 때 비로소 맑고 투명한 서사적 진실을 마주하게 된다.

　박초이의 첫 창작집은 크게 세 가지 특징을 내장한다.
　첫째로, 소설이 허구 속 진실 찾기의 장르임을 증명한다. 그리하여 거짓과 진실의 줄타기 속에서 '투명한 거짓'과 맞서는 '명확한 진실'을 마주할 때 비로소 박초이 소설의 진가를 독해할 수 있다. 특히 등단작인 「원칙의 경계」를 비롯한 「거짓 없이 투명한」, 「남주의 남자들」 등의 작품은 가독성이 뛰어나며, 서사적 진실이 서서히 밝혀지는 추리서사적 구성을 취하고 있다는 점에서 서사의 도입부에서 갖게 되는 독자의 고정관념을 깨뜨리는 진실의 추적이 돋보인다.

　둘째로, 소설이 망자에 대한 사후적 애도를 표명하는 작업임을 증명한다. 『삼국사기』와 『삼국유사』에 단편적으로 기록된 박제상의 충절과 의기를 사후적으로 추적한 「목도에서 기다리다」나 1980년 5월 광주민중항쟁의 영령들에 대한 애도를 표명하는 「이름만 남은 봄날」 등의 작품은 삼국시대와 한국현대사의 비극성을 내포한 역사의 뼈대에 진실의 윤기를 입히려는 서사적 노력에 해당한다.

　셋째로, 소설은 서사적 실험의 장르임을 보여준다. 그리하여 일종의 그로테스크 미학으로 '소리'라는 유토피아로 탈주하는 미성년 화자의 성매매 유흥업소 탈출기를 추적하는 「율도국 살인사건」, '아이 사망(+고양이 살해)'이라는 원초적 죄의식으로 생겨난 존재의 허기를 '종이 먹기'로 버텨내는 「흡충의 우울」, 디스토피아적 미래세계에 적응하지 못하는 통일 이후 북한 군인 출신의 거주지에 대한 애환을 형상화 한 「강제퇴거명령서」 등의 텍스트가 자리한다.

박초이는 신뢰할 수 '없는/있는' 화자를 통해 표면적 허위의식을 벗겨내고 이면적 진실을 포착하려는 의지를 보여 준다. 그리고 애도와 통증의 감각으로 부조리한 세계의 이미지를 집적하면서 다양한 서사의 실험을 진행한다. 박초이의 소설에서 진실은 언제나 흐릿하게 숨겨져 있다. '투명한 거짓'을 벗겨내야 비로소 서사의 비밀이 규명되는 형식을 취하는 것이다. 진실의 열쇠는 화자와 등장인물이 건네는 고백과 행동의 행간 속에서 슬쩍슬쩍 드러난다. 그리고 그렇게 집적된 이야기더미에서 진실의 서사는 눈 밝은 독자에 의해 새로이 발견된다.

2. 투명한 서사의 탐색

1) 찰나적 진실의 포착 – 등단작 「원칙의 경계」

등단작인 「원칙의 경계」는 박초이 서사의 기원을 보여 준다. 등장인물 간에 벌어지는 거짓과 진실의 관계를 포착하고 그 안에서 벌어지는 삶의 곡절을 추적하면서 생의 진실을 들춰내려는 작가적 의지를 보여 주는 작품이기 때문이다. 작품 속에서 사진사인 화자의 눈은 50mm 표준렌즈로 세계를 읽어내면서, '파파라치 컷'을 의뢰한 남성과 그 맞은편에 앉은 약혼녀를 하나의 프레임 안에 담는다. 렌즈 속에 담긴 그들은 결혼을 한 달 앞둔 남녀임에도 불구하고 2개월 전에 만난 사이이기에 침울해 보인다. 화자에게 '파파라치 컷'을 주문한 의뢰인 남성은 다른 사람들이 1년 전부터 교제한 것으로 알고 있기 때문에 영상에 4계절을 포함시킬 것을 주문한다.

화자에게 뷰 파인더 속에 드러나는 표정은 피사체가 들려 주는 말처럼 여겨지지만, 지금의 카메라 렌즈 속 둘은 대화를 나눌 준비가 되어 있지 않은 완강함이 느껴진다. 화자가 화각이 넓은 25mm 렌즈로 바꾸자 그제서야 모든 것이 작고 멀어 보이지만 대신 선연하게 드러난다. 남자는 화자에게 6개월에 한 번씩 규칙적으로 사진을 의뢰해왔는데, 매번 상대는 다른 여자였고 이번이 6번째다. 남자에게 찍은 사진을 모조리 보내 주면 거래는 성사되는데, 사진은 즉시 파기한다는 조건과 상대 여자가 모르게 촬영해 달라는 요구가 붙는다. '비밀 보장, 완벽 파파라치 컷'이 화자가 다른 사진가와 구별되는 지점이면서 고객들이 화자를 찾는 이유인 것이다.

화자에게 '불가능을 가능으로 만들어주는' '솔직한 도구'가 바로 망원렌즈이다. 화자가 5번째 여자와의 촬영을 마쳤을 때 의뢰인은 인화된 사진을 통해 자신의 솔직한 마음을 확인해 본다고 고백한다. 사진 속 표정을 보면 마음의 진실이 읽혀진다는 논리이다. 남자는 5번째 여자와 겉으로는 완벽해 보였지만 그게 사진에 불과할 뿐이라는 사실을 뒤늦게 깨달았기 때문에 헤어진다. 5번째 여자는 예쁜 얼굴에 볼륨 있는 몸매의 소유자였지만 몸짓과 표정이 어색하고 불편했으며, 인터넷 쇼핑몰 모델일지 모른다는 생각까지 들게 만든다. 화자는 쇼핑몰 사진을 찍듯 그녀를 찍었던 셈이다. 화자가 6번째 여자와의 '파파라치 컷' 임무를 마치고 물품 보관소에 가서 카메라를 맡긴 뒤 허전함을 메우기 위해 파도 풀 속에 몸을 담그는 것으로 작품은 마무리된다.

이렇듯 「원칙의 경계」는 파파라치 컷을 찍는 사진사 화자를 통해 의뢰인과 피사체의 진솔한 대화를 사진으로 증명하는 이야기를 다루고 있다. 사진은 사진 속 주인공들의 서사적 알리바이를 증명하는 예술로서, 찰나적 장면 속에 내면의 진실을 포착함으로써 관계의 절연과 연결을 가능하게 하는 것이다. 그러므로 작가는 피사체의 진실을 향해 서사의 카메라를 지속적으로 들이대는 일종의 사진사 역할을 숙명적으로 부여받은 셈이다.

2) 피해자로 위장한 폭력적 가해의 표정 - 「거짓 없이 투명한」

「거짓 없이 투명한」은 '세상으로부터의 피해자'라고 자처하던 화자가 실은 분노 조절 장애에 단기 기억상실증 환자 같은 망각을 활용하는 폭력적 가해자였음을 폭로하는 작품이다. 작가는 신뢰할 수 없는 1인칭 화자에 대한 독자의 기대와 신뢰를 의도적으로 배반함으로써 서사적 진실의 발견이라는 사후적 즐거움을 선사한다.

화자인 '나'는 가훈으로 '거짓 없이 투명할 것'을 내세울 정도로 분명한 성격의 소유자이다. 하지만 스페인 발렌시아 여행에서 돌아온 아내가 짐을 풀면서 갑작스레 화자에게 '별거'를 제안하자, 당혹감과 배신감 속에 패배감의 기억을 떠올린다. 아내는 화자가 아이 때문에 불면에 시달린다면서 '제발 입 좀 닥치게 해달라'고 큰소리쳤던 과거를 이야기한다. 하지만 아내의 주장과 다르게 화자는 아내가 산후우울증으로 힘겨워했으며, 밤마다 소리치고 울부짖었던 사람도 아내였다고 기억한다. 하지만 아내가 '거짓 없이 투명'하게 남편의 폭언이 진실임을 주장하자, 이제 화자와 아내의 기억과 진술은 일종의 진실게임 양상으로 치닫는다.

하지만 결벽증적인 화자가 '반듯반듯'하게 '잘 정리된 세상이 곧 거짓 없이 투명한 세상'이자 '궁금증 없는 세상'이라고 확신하던 중 '망각의 신호'처럼 화자의 머리에서는 메트로놈이 울린다. 그리고 아내의 말과 행동을 의심한 화자는 '무례하고 천박한 여자'인 아내가 화자에게 조소를 보내자 굴욕감과 분노를 느끼게 된다. 더구나 감정을 추스르기 위해 담배를 피우러 나간 베란다에서 화자는 아내가 아무 잘못도 없는 자신을 '혼자 화내고, 화해를 청하고, 사랑을 갈구하는, 비이성적 사람으로 만들어버리는 재주'의 소유자라고 판단한다. 하지만 거실장 위 액자 안에 깨진 조각을 이어붙인 도자기 접시로 인해 진실이 드러난다. 즉 화자가 홧김에 접시를 던졌으며, 아내가 본드로 깨진 조각을 이어붙여 액자에 넣어놓았고, 액자 뒤에는 '다시는 물건을 집어 던지지 않겠습니다'라는 낯익은 화자의 필체가 보이는 것이다.

아랫집에서 올라와 화자에게 금연을 요청한 젊은 남자의 눈빛에서도 화자는 환멸과 비웃음을 읽어낸다. 화자가 젊은 남자의 팔을 붙잡자, 또다시 머릿속에서는 메트로놈이 사정없이 울려댄다. 이후 분노조절 장애 환자인 화자는 경비원을 발길질하고 소화기로 폭행하며, 자신을 경찰에 신고한 젊은 남자에게는 소화액을 분사한다. 화자는 신고를 받고 온 경찰에게도 잠깐 기억을 잃었던 순간을 제외하면 젊은 남자가 범인이라고 '투명한 진실(실은 뚜렷한 거짓)'을 말한다.

하지만 안방에 들어간 경찰은 화자를 폭력행위의 현행범으로 체포한다. 화장실 샤워부스에서 기어나오던 아내가 폭행에 의해 척추나 허리가 골절된 사람처럼 보였기 때문이다.

　머리가 흔들거렸다. 또 시작이었다. 깊은 곳에서부터 시작된 통증이 내 머리를 갉아 먹었다. 한순간에 뇌가 부풀어오르는 것 같았고 나 자신이 메트로놈이 된 것 같았다. 온몸이 규칙적으로 흔들거렸다. 흔, 들, 흔, 들. 세상이 문제였다. 이상하고 불쾌한 세상. 거짓으로 가득한 세상. 이 세상을, 사람들을, 테트리스게임처럼 상자 안에 가둘 수 있으면 좋을 텐데. 반듯반듯 규격이 분명한 세상 말이다. 오른쪽, 왼쪽, 위쪽, 아래쪽만 잘 맞추면 되는 완벽한 세상. 색상과 기호가 확연히 구분되는 세상. 그 세계가 그립다. 경비원의 늘어진 척추도. 젊은 놈의 거짓된 비명도, 아내의 은밀한 저 웃음도 거짓 없이 투명하게 만들어 버릴 수 있을 텐데.

　작품 말미의 인용문에서 보이듯 화자는 두통 속에서 '메트로놈의 흔들림'이 시작되자 이질적이고 폭력적인 괴물로 거듭난다. 그리하여 세상을 향해 불만을 토로하던 '신뢰할 수 없는 화자'는 '이상하고 불쾌한 세상'이자 '거짓으로 가득한 세상'을 테트리스 게임처럼 반듯하게 규격화된 세상으로 만들고 싶어한다. 그것이 '경비원이나 젊은 놈, 아내'의 의심과 비웃음을 투명하게 제거할 수 있는 방책이기 때문이다. 그러나 결국 화자가 가족과 이웃을 향해 폭행을 저지르는 가해자였음이 '명백한 진실'로 드러난다.

「거짓 없이 투명한」은 아내를 의심하고 폭행하는 분노조절 장애 남편의 시각에서 쓰여진 현실 풍자소설이다. 사실은 의처증 환자이자 과대망상에 시달리는 정신장애를 지닌, 일종의 소시오패스에 가까운 존재가 선의의 피해자를 자처했던 가해자 화자인 셈이다. 이렇듯 폭력적 가해자를 피해자처럼 오도하는 '불신의 화자'의 진술을 따라가면서 일종의 추리서사적 구성을 통해 작가는 화자가 위선적 폭력의 가해자에 불과하다는 서사적 진실을 규명하고 있는 것이다.

3) 가면으로 가려진 속셈 – 「남주의 남자들」

「거짓 없이 투명한」에서 남성 화자가 세상으로부터의 피해자를 자처하고 있지만, 실은 폭력적 가해자의 본질을 보여 주면서 서사적 진실을 탐색했다면, 「남주의 남자들」은 여성 화자가 결혼 직전에 친구로부터 '솔직한 고백' 속에 결혼 배우자를 잘못 선택했음을 깨닫게 되는 서사적 진실을 추적한다. 여성 화자 '나'는 점심시간에 친구 남주와 만나, 결혼할 배우자 권과 결혼하지 않았으면 좋겠다는 말을 듣게 되자, 결혼을 1주일 남겨둔 시점에서 막장드라마 같은 장면을 상상한다. 권과 6개월 전에 헤어졌다는 남주의 이야기가 사실이라면 남주와 헤어진 후 권이 화자와 연락을 취한 셈이 된다. 절박하게 결혼을 반대하는 남주의 눈빛에서 화자는 경고와 불안과 절망을 감지한다.

화자가 권을 만난 장소는 고교 윤리선생인 친구 종미가 송년 파티를 가자고 해서 따라나선 가면무도회에서였다. 그곳에서 화자는 여러 남성으로부터 성추행을 당한다. 누군가가 엉덩이를 쓰다듬고 지나가거나, 등 파인 드레스 속으로 손을 집어넣는 등 여러 명의 손이 몸 곳곳을 훑고 지나갔기 때문이다. 화자가 비명을 지르자 분홍 넥타이를 맨 권이 화자의 팔을 잡아 빈 테이블로 옮겨 준다. 그때 종미가 화자를 바라보면서 감시 혹은 조종의 눈빛을 보낸 기억이 떠오른다. 파티 이후 종미에게 불쾌감을 털어놓으며 성희롱 고소를 말하자 종미는 등 파인 원피스와 짧은 치마 길이의 옷차림이 문제였다면서 남자들이 그 차림새를 보면 '만져달라고 애걸하는 것'처럼 느낀다며 성폭력 가해 남성의 전형적인 발언을 전한다. 그러자 화자는 '종미의 입'이 실은 '남성들의 손이자 가면'처럼 느껴져 오싹해진다.

남주는 화자의 과묵하고 믿을 만한 친구인 종미 역시 믿지 말라고 전한다. 더구나 남주는 권과 동거했었다면서 자신의 퇴직금과 전세보증금을 모두 날렸다고 고백한다. 하지만 화자는 남주와 다르게 예물로 다이아세트와 루비세트, 사파이어세트를 받았고 결혼선물로 외제차를 받았으며, 58평 아파트도 권이 구입했고, 개업할 병원도 권의 부모가 마련해 준 사실을 떠올린다. 그리고 화자가 제출한 사표는 1개월 전에 이미 수리됐고 오늘이 근무 마지막 날이며, 자신의 퇴직금을 신혼여행자금과 병원 인테리어비로 사용할 계획을 갖고 있다.

그러나 전화를 받지 않는 권과 종미와는 다르게 마지막으로 남주에게 문자메시지가 온다. '너는 나처럼 오빠에게 속지 않았으면 좋겠어'라며, 종미가 '너를 두고 오빠와 내기를 했'다면서 '네가 오빠와 결혼하게 되면 종미는 무엇인가를 오빠에게 줘야 될 거야.'라는 메시지를 보내온다. 결국 화자는 누군가 자신을 함정에 빠뜨리기 위해 만들어낸 길을 걷는 듯한 느낌이 들면서, '검은 가면을 써야만 나아갈 수 있는 길. 맨 얼굴로는 살 수 없는 가면들의 세상'이 공포스럽게 느껴진다. 남주의 말에 따르면 화자 자신에 대한 종미와 권의 친절과 배려가 모두 '내기에 의한 사기'였음이 드러나기 때문이다.

결국 「남주의 남자들」은 '친구 남주의 남자'였던 권과 결혼생활을 시작하려는 화자가 남주의 진실 고백에 의해 가면을 쓴 '종미와 권'의 실체를 확인하게 되면서 공허와 불안, 공포감에 젖어드는 이야기를 그리고 있다. 결국 결혼에 대해 화자가 기대해온 낭만적 판타지는 종미와 권의 내기에서부터 비롯된 허상에 불과했던 셈이다. 이렇듯 작가는 항상 사후적으로 서사적 진실을 밝혀냄으로써 존재의 불안한 내면의 흐름을 예리하게 포착해낸다.

3. 망자에 대한 애도

1) 박제상의 의기(義氣) 형상화 - 「목도에서 기다리다」

「목도에서 기다리다」는, 『삼국사기』와 『삼국유사』에 실려 있는 신라 충신 '박제상' 이야기의 여백을 추적하여 서사적 공백을 역사적 상상력으로 채워낸 역사소설이다. 도입부에서 화자인 박제상은 '목도'에서 왜국의 화형을 기다리는 것으로 그려진다. 대물왕의 셋째 아들 미해공을 신라로 돌려보냈기 때문이다. 화자는 닌토쿠왕이 매일같이 고뇌하면서 생존에 대한 희망의 마음을 꺾기 위해 자신을 살려둔 것일지도 모르지만, 고국에서의 간절함을 위해 반드시 살아 있어야 한다고 생각한다.

미해공을 탈출시키는 날 화자는 새벽 안개비 속에서 미해공을 아무도 모르게 신라로 떠나게 할 수 있다고 판단한다. 남자노비들의 움막에서 웅이를 찾아낸 화자는 웅이에게 말을 타고 정에게로 가서 배를 준비하라고 이른다. 그리고는 화자 역시 두 마리 말을 끌고 미해공 처소로 향한다. 닌토쿠왕이 마련해 준 미해공의 처소인 후지와라궁 별채를 마음대로 드나들 수 있는 사람은 닌토쿠왕과 화자뿐이다. 둘이 말을 타고 포구로 탈출하면서 미해공은 어둠과 억압으로부터 멀어지며 그리움과 가까워지지만, 화자는 불안과 가까워지면서 공포와 싸우게 된다. 그럼에도 불구하고 둘은 포구에서 석별의 술 한 잔을 나누고 헤어진다.

다시 화자는 후지와라궁을 향해 말을 타고 달린다. 오랜 시간 닌토쿠왕을 속이고, 미해공이 멀리 달아날 때까지 시간을 벌어야 하기 때문이다. 이튿날 아침 이찌가 아침을 가지고 오자, 화자는 미해공의 음성을 흉내낸 뒤 점심 때가 되어 박제상으로 돌아온다. 이찌와 니산을 안심시키지만 두 시진이 지난 뒤 들통이 나자, 미해공이 계림으로 떠났다고 전한다. 자신의 임무를 마친 화자는 안개와 소슬비가 그친 대기에서 세상 모든 사물을 아름다움과 그리움의 시선으로 바라본다.

닌토쿠왕이 직접 박제상을 심문하자, 화자는 "나는 계림의 신하이지 왜국 신하가 아니"라고 말한다. "계림의 개나 돼지가 될지언정 왜국 신하는 되지 않겠다. 계림의 형벌을 받을지언정 왜국의 상은 받지 않겠다."고 화자가 말하자 왜왕은 격노한 채 발가죽을 벗긴 후 죽이라고 명령한다. 마지막으로 화자가 자신을 "계림의 신하"라고 말하자, 왜왕은 목도로 보내 "화형에 처할 것"이라면서 "너뿐만 아니라 네 고향과 네 집과 네 가솔들 역시 불에 타 죽을 것"이라며 저주를 퍼붓는다.

한 달이 지났는데도 나는 아직 살아 있다. 벗겨진 발가죽은 조금씩 새살이 올라와 피부를 감싼다. 갈대로 피범벅 됐던 발바닥은 불에 달군 쇠로 지져 지혈했고, 발바닥에는 아주 커다란 붉은 점이 남아 있다. 쇠가 남긴 상흔, 치료의 흔적. 몸은 조금씩 나아지고 있는데 나는 매일 악몽에 시달린다. 매일 밤마다 빨간 화염 속으로 사라지는 집들과 고향 산천, 사람들의 울부짖음을 듣는다. 아우성, 아수라장. 그 속에 아내와 아이들이 있다. 정과 그의 가족들과 웅이도 보인다. 불길이 나뿐만 아니라 내가 가진 모든 것을 삼키는 광경을 나는 속수무책으로 바라본다. 비명이 비명이 되지 못하고, 아픔이 아픔이 되지 못하고, 도망이 도망이 되지 못하는 이상한 꿈. 꿈에서 깨어나면 그때서야 선명해지는 아픔. 하지만 도망이 도망이 되지 못하고, 비명이 비명이 되지 못하고, 점점 더 고통만이 침잠하는 이상한 현실.

인용문에서 보이듯 목도에서 화자는 심문 이후 한 달이 지났음에도 생존을 이어간다. 그리하여 상처에 새살이 돋아나면서도 화자는 매일같이 악몽에 시달린다. 화염 속에 불타는 가족이 상상되면서 깊은 고통에 젖어들게 된 것이다. 작가는 박제상의 고통스런 악몽 속에서의 최후를 형상화함으로써 박제화된 역사적 사실에 의로운 운기를 살려내면서 망자에 대한 서사적 애도를 마련한 것이다.
「목도에서 기다리다」는 역사소설로서 대물왕의 아들인 미해공을 신라로 돌려보낸 충신의 이야기를 현재화함으로써 형상화된 서사적 골격에 피와 윤기를 돌게 한 작품이다. 고통 속에서 임박한 죽음을 기다리던 박제상의 의기가 지닌 내면을 되살리기 위해 작가가 의도적으로 박제상이 미해공을 탈출시키고 난 뒤 처형되기 직전의 임박한 최후 이야기를 서사화하고 있는 것이다.

2) 학살당한 영혼들에 대한 위무 – 「이름만 남은 봄날」

「이름만 남은 봄날」은, 1980년 5월 광주의 영령들을 소환하여 애도를 표명하는 이미지 소설이다. 한강의 『소년이 온다』나 『흰』에서처럼 작가는 육체성을 상실한 혼령의 서사를 통해 망자들에 대한 사후적 애도를 그려낸다. 작가는 존재의 본질적 기표인 '서미연'이라는 본명을 찾아가는 화자의 영령을 추적하면서 한 사람의 이름이 하나의 기표임과 동시에 다의적 기표일 수밖에 없는 존재론적 실체를 형상화함으로써 무채색의 서사로 현재적 애도를 빚어낸다.

여성 화자가 색이 닿지 않는 장소에 자신의 그림자가 누워 있는 것을 느끼면서 작품이 시작된다. 화자는 몸을 일으켜 움직이고 싶지만 움직일 수 없다. 화자의 눈에는 광장에 쓰러져 있는 사람들과 피를 흘리거나 죽은 사람들이 보이지만, 엄마와 동생과 아버지가 보이지 않는다. 뒤엉켜서 형체를 알아볼 수 없는 사람들이 보이고, 자신도 누구인지 알 수 없는 채, 화자는 자신이 태어나면서부터 고아였던 것처럼 여겨진다. 화자는 군인들이 점령한 도시의 침대 위에 묶인 채 남자 목소리에 의해 겨우 10일이 지났다는 이야기를 듣는다. 초록옷의 점원들이 분주해지고 화자는 빛이 보이는 쪽을 향해 있는 힘을 다해 나아가며 죽을 고비를 넘기지만, 빛 사이로 묘지의 묘비들처럼 위패들이 보이고, 푸른 옷을 입고 서 있는 사람들의 모습이 마치 '푸른 옷의 유령'처럼 여겨진다.

비가 무덤들 사이로 고랑을 이루며 흘러넘치는데, 검은 옷을 입은 여자가 보이고, "당신의 죽음이 헛되지 않게 하겠습니다."라며 절규하는 이들의 모습을 목도한다. 병원응급실에 누워 있던 화자 옆에는 임산부가 있고 몸에 총알이 박혀 있다. 폭도로 몰려 지하실에 끌려가 군인들의 군홧발에 폭행을 당한 화자의 묘비명도 보인다. 남자가 눈물을 흘리면서 '친절하고 자상한 말투'로 "괜찮아. 다 잘 될 거야." 라고 속삭이지만, 지하실에는 죽은 사람들로 가득하며, 원귀들로 가득 찬 묘지에 선 것처럼 공포가 화자를 휘감는다.

잡풀 무성한 들판을 걸어 '그의 집'에 도착한 화자에게 남자는 '이서연'이라는 이름을 지어준다. 이후 '국화꽃 남자'로부터 '정은'이라고 불리면서 그녀가 자신의 생일날 사망했음을 알게 된다. 엄마와 아버지와 동생을 찾으려던 화자는 안개 속에서 검은 옷의 늙은 노인이 '이름'을 찾아 와야 강을 건널 수 있다는 말을 듣는다. 공동묘지의 묘비명의 이름이 모두 화자의 이름처럼 느껴지면서 '이서연, 이정은, 김정순, 서다래, 최상해, 천강, 남영신, 이기문' 등의 이름 속에서 화자는 자신이 '어디에나 있고 어디에도 없는 존재'로 여겨지면서, '죽었지만 살아 있다'라고 느낀다.

그때 "정원, 잘했어."라는 목소리가 들리는데, '정원'은 화자가 스스로 지은 이름이다. 다시 '서미연'이라는 이름과 함께 화자의 잃어버린 시간들이 쭉 펼쳐진다. '푸른 옷의 유령'이 미안하다고 말하면서, 화자가 죽음으로써 두 사람이 살았다고 전해온다.

"내 이름은 서미연이에요. 서미연. 묘비에⋯⋯."
푸른 옷의 유령이 미안해, 라고 흐느낀다. 당신이 있어서 살 수 있었어, 라고도 한다. 내가 죽음으로써 두 사람이 살았다니, 충분했다. 남자는 가끔 분노를 다스리지 못했지만 그를 이해했다. 내가 나를 잃어버렸듯 남자 역시 가끔 자신을 잃어버렸기 때문이다. 내 삶은 아무래도 상관없었다. 엄마와 아버지 동생을 찾지 못했던 그때 나는 이미 죽었으니까. 나는 말소되었고 죽은 이서연은 나로 인해 살아났으니까.

이서연의 삶도 그럭저럭 나쁘지 않았다. 아기는 커가면서 좋은 친구가 돼주었고, 덜 외로웠다. 문득문득 알 수 없는 통증이 가슴을 치고 지나갔지만 총알 때문이라고 생각했다. 남자는 다정했고 자상한 남편이었다. 엄마와 아버지와 동생이 나를 일으켜 세운다. 나는 하얀 방에서, 싱글침대에서 탈출할 수 있게 되었다. 나를 태울 침대가 차르륵 차르륵 경쾌한 소리를 내며 다가온다. 차르륵, 차르륵, 나는 어둠 속으로 걸어 들어간다. 색이 닳기 시작한다. 어둠 속, 빈 공간으로 나는 빨려 들어간다.

　　인용문에서 드러나듯 작품 말미에서 화자는 두 사람을 살리고 사라진 존재 '서미연'으로 확인된다. 이서연과 이정은 혹은 이서연과 남자 혹은 또 다른 두 사람을 살리고 화자는 이제 자신의 본명인 '서미연'이라는 묘비명을 남기며 사라진다. 두 사람을 살린 뒤에 화자는 이제 자신이 잃어버렸다고 생각하는 '엄마와 아버지와 동생의 세계'로 길을 다시 떠나는 것이다.

　　이렇듯 「네 이름은」은 '서미연'이라는 죽은 화자가 자신의 가족과 이름을 찾아 떠도는 이미지를 집적하여 1980년 5월 광주항쟁 당시 죽은 원혼들을 위무하기 위해 단말마적 비명을 기록한 애도문이다. 잃어버린 이름을 찾는 행위는 존재의 본질을 찾으려는 인간의 본원적 욕망에 해당한다. 그러므로 작가는 빛고을의 도시에서 무장군인에게 학살당한 원혼들이 해원을 위해서라도 자신의 전존재를 걸고 '본명'을 찾아나설 수밖에 없도록 서사화를 진행하는 것이다.

　　4. 서사적 실험의 양상

1) 불법 성매매업소 탈출기 - 「율도국 살인사건」

「율도국 살인사건」은, 미성년자를 착취하는 성매매 유흥업소인 '율도국'에서 살인을 저지른 뒤 탈출한 여성 화자와 인화라는 남성 인물이 일종의 유토피아적 상상계인 '소리'라는 미지의 도시를 찾아 떠나는 여로형 소설 형식을 취한 이미지 소설이다.

화자는 '율도국'에서 김대표를 살해한 뒤 국장의 차를 훔쳐 도망치면서 인화에게 엑셀러레이터를 밟으라고 소리친다. 탈출의 해방감 속에서 '소리'에 가서 만날 친구 '연주'에 대한 기대와 믿음이 생기기 때문이다. 화자는 인화를 미미의 SNS에서 처음 보는데, 미미는 갈 곳 없는 청소년들의 보호자를 자처하면서 인화를 예뻐한다. SNS 속의 미미는 우아하고 다정하게 지적 매력을 풍기며 자립할 때까지 아이들을 돌봐 주겠다면서, '율도국'아이들을 후원해 달라고 말하지만, 그토록 따뜻할 거라고 믿었던 미미는 사실상 불법과 성폭력, 성매매를 자행하는 냉혹한 사업주로 존재한다.

화자는 유저들이 '소리'라는 미지의 도시를 찾아 오디세우스의 모험처럼 떠난다는 이야기를 3개월 전에 율도국에서 사라진 연주로부터 듣는다. 유토피아 같은 '소리'에 가기 위해서는 "가장 소중한 것을 잃게 된다"는 연주의 말대로라면 화자는 '소리'의 길을 찾지 못할 수도 있겠다고 생각한다. 자신에게는 소중한 것이 없기 때문이다. 더구나 '소리의 실재'에 대한 확신도 없기에, 게임을 좋아하는 연주의 상상이 '소리라는 허상'을 만들어낸 것인지도 모른다고 의심한다.

차를 버리고 강가에 도착한 화자는 '율도국'에서 김대표의 최고급 안주가 되었던 자신의 알몸을 부끄럽게 떠올린다. 강가에서 자갈과 까마귀 날개 사이를 불안하게 움직이던 화자는 검은 무리의 사내들에게 체포된다. 제복을 입은 두 사내가 몸 수색을 해야겠다면서 화자의 가슴과 엉덩이를 쓰다듬고, 까마귀 떼가 몰려들자 사내들은 작은 배로 화자를 끌어올리는데, 배 끝에는 이미 손발을 묶인 인화가 신음소리를 내고 있다. 연주에 의하면 동쪽으로 차를 타고 2시간 정도 가면 월영강이 있는데 그 강을 건너면 소리를 믿는 사람들의 눈에만 보인다는 산이 나오는데, 그곳이 바로 '소리'이다. 유저들이 게임만 하면서도 살 수 있는 그곳에서 화자는 자신이 살아온 것과 반대되는 삶을 살고 싶어한다. 화자의 엄마가 엄마가 아니며, 3인의 아빠가 화자의 아빠가 아니면 좋겠고, 미성년 아이들의 성관계 영상을 판매하는 국장과 미미를 만나지 않으면 좋겠다고 생각하는 것이다.

배 위에서 화자가 '국장의 물뿡'이 담긴 보온병을 먼저 마시고, 인화도 마신다. 이후 인화의 뒤쪽에서 불길이 올라오는데, 그 불길 속에서 화자와 인화는 자신들이 푸딩이 말한 월영강에 있음을 알게 된다. 눈앞에 붉은 꽃이 만발한 들판이 펼쳐지면서 꽃들 사이로 '소리에 오신 것을 환영합니다'라는 표지판이 선명하게 보이기 때문이다.

갑자기 기분이 좋아진다. 술에 취한 듯, 음악에 취한 듯 춤추고 싶어진다. 나는 덩실덩실 노래 부르며 춤춘다. 인화도 노래 부른다. 그의 팔 다리가 폭죽과 음악과 하나가 된다. 신들린 듯 춤춘다. 폭죽이 세상을 밝히고 까마귀 떼가 화음을 넣는다. 멋진 세상, 아름다운 풍경, 나는 오래된 꿈을 찾았다. 나는 춤추는 사람이 되고 싶었다. 어떤 음악과도 조화를 이룰 수 있는. 어떤 풍경에도 녹아내릴 수 있는.

인용문은 '소리'에 도착했다는 환각 속에서 화자와 인화의 마지막 모습이 그려지는 대목이다. 결국 화자와 인화는 율도국으로부터의 탈출에는 성공했지만, '소리'에는 당도하지 못한 것으로 여겨진다. '물뽕'이라는 마약에 의지해 기분이 좋아지고 '오래된 꿈'을 찾았다는 것은 결국 자신들의 소중한 목숨을 잃고서야 도달할 수 있는 곳이 '소리'임을 보여준다. 결국 '목숨'이라는 소중함을 잃고서야 도달할 수 있는 '없는 장소'로서의 유토피아가 바로 '소리'였던 셈이다.

결국 「율도국 살인사건」은 미성년자를 성매매 유흥업소에 채용하는 불법업소인 '율도국'에서 탈출한 화자와 인화의 이야기를 통해 폭력적 윤락업이 만연한 대한민국 현실의 음화를 추적한다. 작가는 유토피아적 공간인 '소리'를 찾아 탈주를 감행한 미성년자들의 이야기를 통해 한국 사회의 타락한 윤락업의 현주소를 우화적으로 포착하여 그로테스크 미학으로 그려내고 있는 것이다.

2) 존재의 허기를 채우는 종이 먹기 - 흡충의 우울」

「흡충의 우울」은, 2년 전 아이와 고양이를 함께 잃은 뒤 2년째 별거 중인 남편을 찾아 떠난 아내 유리의 이야기를 통해 아이를 죽인 원초적 외상에 시달리는 존재의 통증을 형상화한 작품이다. 유리는 캄보디아의 씨엠립 공항 출국게이트 앞에서 2년 만에 만날 남편을 기다리지만, 남편 대신 가이드 김이 온다. 호텔에서 유리는 초콜릿 매거진을 읽다가 초콜릿 컴퓨터가 그려진 페이지를 뜯어 입에 넣으면서 달콤한 액체에 몸을 담근 듯이 정신이 아득해진다. 그제서야 비어 있던 마음이 가득 차면서 진정이 되는 것처럼 여겨지자 2년 전 기억이 떠오른다.

유리는 2년 전에 태아가 자신을 죽일 것 같은 느낌 속에 태아의 움직임이 고통이었던 기억을 떠올린다. 일종의 '태아공포증' 속에 '태아'가 자신의 새 생명을 얻기 위해 모체의 생명을 고갈시키는 느낌을 받은 것이다. 더구나 당시 임신한 고양이 리노는 유리에게는 으르렁대며 멀리 떨어져 지내면서 남편이 제공해 주는 음식만을 먹는다. 심지어 남편은 리노를 위해 보양식을 만들기까지 하고, 유리의 엄마는 '아내보다 고양이가 더 소중'한 사위를 이해하지 못한다. 더구나 유리가 아기를 낳은 후 젖이 잘 나오지 않아, 아기는 늘 허기진 얼굴로 울다 지쳐 잠든다. 그러다가 남편이 해외 출장 중이었을 때, 고양이 울음소리가 들릴 때마다 유리는 아기의 입을 막고 이불로 몸을 싸매고 나서야 깊은 잠에 빠지게 된다.

그러던 어느 날 유리는 아기가 고양이 리노의 젖을 빨고 있는 모습을 본다. 그때 '고양이 머리에 아기 몸을 가진 기이한 동물이 그녀를 노려보'는 것처럼 느껴진다. 그리하여 그녀는 아기를 빼앗기 위해 괴물의 발을 잡아 공격하지만, 리노의 몸으로 빨려 들어간 아기는 다시 움직이지 않는다. 결국 아이와 고양이가 유리로 인해 사망하게 된다. 당시 남편은 화분을 던지면서 "함께 죽자, 병원으로 가자."라는 말을 내뱉는다.

아닌가, 그녀는 기억을 되짚어 보았다. 그건 자살이었다. 리노의 자살. 리노가 사는 것이 힘들다고 말했다. 고양이 세계에서 자신은 왕따라면서. 아빠한테 이야기했지만 믿지 않는다고. 그래서 외롭다고. 자신의 마음을 전하려면 자살밖에 방법이 없다며 슬픈 표정을 지었다. 아닌가. 그건 미라의 짓이었다. 아기를 품은 채 죽은 15세 소녀. 그 아이가 데려간 것이다. 자신의 아기라면서. 아닌가, 흡충의 짓이다. 흡충이 아기 몸에서 자라나고 있었던 것이다. 아기의 장기를 지나 뇌 속에 기생하며 결국 숨까지 잡아채 간 것이다. 아닌가, 그 모든 원인은 남편이었다. 남편이 리노를 외롭게 만들었고, 아기를 배고프게 했고, 15세 소녀의 우울을, 임신한 어미의 마음을 헤아리지 못했다.

하지만 인용문에서처럼 유리는 자신이 고양이와 아이를 죽인 것이 아니라고 부인한다. 그녀의 기억에는 리노가 스스로 자살했기 때문이다. 리노가 사람처럼 사는 것이 힘들다면서, 고양이 세계에서 자신은 왕따라고 말했다는 것이다. 리노가 아빠인 남편에게 사실을 이야기했지만 믿지 않아서 더욱 외로웠기 때문에, 자신의 마음을 전하려면 자살밖에 방법이 없다면서 슬픈 표정을 지었다는 것이다. 결국 태아공포증과 산후우울증, 육아 스트레스에 시달리던 유리가 리노와 아이를 사망에 이르게 했음이 드러난다. 하지만 이후 그녀는 유아 살해를 '리노의 자살'로 치환한다. 그것이 자신의 생존을 이어갈 유일한 합리적 명분이기 때문이다. 그리하여 그녀는 아이와 반려동물을 살해한 원죄 속에 다독증을 앓으면서 존재의 허기를 '독서와 종이 먹기'로 채우면서 살아간다.

남편이 떠난 후 생겨난 그녀의 허기는 입이 아니라 눈과 정신으로 채워지는 것이기에 닥치는 대로 책을 읽기 시작한다. 책에 모르는 내용이 나오면 그 부분을 뜯어 먹으면서 유리는 허기를 가시게 된다. 이제 책은 새로운 맛과 발견과 재미를 제공하는 텍스트가 되고, 책에서 신선한 내용이나 맛있는 글자가 나와서 페이지를 뜯어 먹으면, 껌을 씹듯 질겅거리면서 미묘한 맛을 느끼게 된다. '질기면서도 담백한 잉크 맛'과 '쌉싸름하면서도 떫은 종이 맛'을 느끼며 존재의 허기를 면하게 된 것이다. 그녀는 오로지 글자들만 생각하며, '문(文)이 자신을 향해 문(門)을 열어준 것' 같은 흥분 속에서 '자신이 알고 있는 글자와 온갖 부호들이 문(文) 안에서 색깔과 향기를 가지고 빛을 발하는 것'을 느끼는 '활자폭식증 환자'가 된다.

결국 「흡충의 우울」은 '아이 살해'라는 주인공의 죄의식을 다독(多讀)과 식문(食文) 행위로 치유하려는 그로테스크 미학을 보여 준다. 결과적으로 자신의 아이와 반려동물 고양이를 잃은 산모가 그 외상에 여전히 사로잡혀 문자를 읽는 '활자중독증' 속에 존재의 허기를 근근이 채워가며 생존을 이어가고 있음을 보여 준다. 작가는 유아 살해의 죄의식을 활자중독으로 치유하는 이야기를 통해 존재의 결핍과 애환을 추적하고 있는 것이다.

3) 디스토피아적 통일미래상 – 「강제퇴거명령서-2039년 평성」

「목도를 기다리다」가 과거 사건을 현재화하여 역사의 여백을 복원하는 텍스트라면, 「강제퇴거명령서-2039년 평성」은 가까운 미래를 현재화하여 디스토피아적 전망을 선취하려는 서사적 욕망을 보여 준다. 그리하여 통일한반도에 대한 상상이 유토피아적 미래가 아니라 디스토피아적 암울함으로 그려질 수 있음을 보여주는 작품이다.

통일된 지 3년이 지난 2039년 북한 평성에서 공화국 군인으로 살아온 할아버지 화자는 퇴거명령서를 전달하는 집행관으로부터 10일이내로 집을 비우라는 통보를 받는다. 하지만 더 이상 화자의 집이아니라는 말을 화자는 믿을 수가 없다. 집행관의 말이 사실이라면자신이 거짓말을 하는 셈인데, 화자는 공화국 군인으로 올바르게 살아왔으며, 거짓말을 가장 경멸하는 존재이기 때문이다. 화자는 집행관에게 50년 동안 자신이 소유한 집이라면서, '고난의 행군 이후 나라의 주택배정시스템이 마비'된 틈을 타서 어렵게 구한 입사증을 보여준다. 화자는 아직 인공지능, 공유자동차, 지문인식 등이 실감나지 않는 사회에서 사람의 일을 로봇이 대신하고, 사물인터넷이 연결되어 24시간 감시를 받는 현실이 도무지 이해되지 않는다.

화자에게 모든 땅은 국가 소유여야 한다. 하지만 남한에 거주하는원적지의 토지소유자가 소송을 걸어 6개월 전에 법원으로부터 이미퇴거명령서를 받는다. 화자가 평성경찰서에 신고를 하지만, 사람은보이지 않고, 로봇이 접수 순서대로 사건을 해결하겠다는 말을 반복할 뿐이다. 법원에 가서도 마찬가지로 로봇이 모든 행정사무를 대신한다. 시스템에 익숙하지 않은 화자는 모든 시스템이 하나로 연결되어 실시간으로 전해지는 남한의 IT기술이 놀랍지만, 배워야 할 것이넘치는 사회에서 자신이 낙오자처럼 여겨진다. 화자는 땅이 국가 소유임을 말하지만, 로봇은 이제 국가가 땅을 소유할 수 없다면서 땅은 개인과 개인이 거래하는 대상일 뿐이라고 말한다.

　이제 화자는 로봇이 만연한 시스템 사회가 아니라 차라리 분단 시대의 공화국 시절을 그리워한다. 입사증만으로 행복하고, 배부르게 먹는 것만으로 기쁘고, 가족나들이를 가는 것만으로도 충분히 즐거웠기 때문이다. 그때 대형 스크린 속에서 유토피아의 이상적인 모토처럼 '일은 로봇에게 시키고 인간은 즐겁게 놉시다.'라는 문구가 나온다.

　순간, 이상한 기분에 휩싸였다. 그림 그리는 로봇을 보고 스크린 속 남자를 보았다. 아, 알 것 같았다. 로봇에게는 소유주가 있을 것이다. 일은 로봇이 하고 돈은 소유주가 벌고. 그런 거구나. 나는 스크린 속 남자를 노려보았다. 저 남자가 이 모든 일의 주동자 같았다. 시스템과 인공지능이 도시를 장악하게 만든 사람. 내 집을 빼앗으려고 모든 것을 조작하고, 허위 정보를 입력해 놓은 사람. 그래, 저 놈이다. 시장이라고 했던가. 공화국 군인으로서 나는 내 집을 지키기 위해 무엇이든 할 작정이었다. 그러려면, 우선 저 놈부터. 나는 스크린을 향해 걷기 시작했다.

　인용문에서 보이듯 '공화국 군인'인 화자는 새로운 통일시대에 적응하지 못한 미숙아처럼 여겨진다. 결국 조지 오웰의 『1984』처럼 모든 것이 통제된 시스템 사회 속에서 로봇이 인간을 대신하는 사회는 역설적이게도 인간과 인간이 대면 접촉하는 인간적인 만남을 거부함으로써 대면 접촉이 가능했던 사회에 대한 그리움을 역설하게 된다. 화자는 스크린 속 시장을 시스템과 인공지능의 도시를 장악한 소유주로 착각하지만, 결과적으로 디스토피아적 미래는 인간에 의해 실현된 전체주의적 일상을 보여 줄 뿐이다.

「강제퇴거명령서-2039년 평성」은 미래소설이나 공상과학영화에서 나오듯이, 자동화된 미래사회의 통일된 한반도에서 벌어짐직한 토지 소유 문제를 천착한 세태풍자소설이다. 로봇과 인간, 시스템과 개인, 남과 북, 사적 소유와 국가 소유, 자본주의와 사회주의 등등의 문제가 충돌하는 미래 통일사회의 음화를 추적함으로써 유토피아적 미래상에 대한 감상주의적 접근을 경계하고 있는 것이다. 작가는 통일시대라는 근미래사회에 착목하여 시스템과 로봇 만능주의 시대에 대한 낭만적 판타지가 아니라 오히려 일종의 전체주의적 감시체계로 인해 예속화된 인간의 묵시록적 미래가 도래할 수 있음을 경고하고 있는 셈이다.

5. '리플리 증후군' 사회를 넘어서

작가는 표면과 이면, 거짓과 진실, 투명함과 불투명함 사이에서 표정이 서로 다른 서사의 풍경을 채록해간다. 표면적으로 드러나는 위선적 가면 속에 감춰진 서사적 진실을 들춰내기 위해 작가는 다양한 인물의 내면과 언행을 집적한다. 그리고 그러한 작가의 서사적 실험의 결과물이 우리 앞에 놓인 9편의 텍스트로 펼쳐진다. 이 텍스트들 속에서 작가는 거짓을 진실로 믿는 '리플리 증후군'을 앓고 있는 현대인의 초상에 경종을 울린다. 우리는 모두 거짓을 진실로 착각한 채 생을 이어가는 병리적 존재들일지도 모른다는 것이다.

박초이는 발군의 작가이다. 평범한 일상의 표정에서 새로운 서사적 징후를 포착하기 위해 분투하면서, '투명한 거짓'의 세계에서 '선연한 진실'을 길어올리고 있기 때문이다. 작가는 거짓된 표정과 위장된 제스처 속에서도 화자와 인물들 간의 서사적 갈등을 풀어내면서 진실한 내면의 울림을 포착하고 있는 것이다. 피사체의 진심을 독해하려는 카메라 렌즈의 원칙을 보여준 「원칙의 경계」, 피해로 위장된 가해자의 폭력을 섬찟하게 형상화한 「거짓 없이 투명한」, 불신의 늪에 빠진 인간관계를 보여준 「남주의 남자들」 등의 작품은 도입부와 결말부에서 발굴되는 서사적 차이가 소설적 재미를 선사한다.

박초이는 발굴의 작가이다. 딱딱하게 박제화된 역사적 사실을 끄집어내어 그 외연과 내포를 연성화하고, 그 구체적 의미를 추체험함으로써 삭제된 내면의 윤기를 포착하기 때문이다. 박제상의 의기가 지닌 속살과 최후를 형상화한 「목도에서 기다리다」나 1980년 5월의 시민항쟁을 폄하하는 세력의 목소리가 버젓이 활보하고 중개되는 2019년의 몰역사적 현실 속에서도 오월 영령들이 지닌 비탄의 흔적을 입체화하면서 '잃어버린 이름'을 회복하려는 의지를 애도의 이름으로 발굴하고 있는 것이다.

박초이는 발명의 작가이다. '새로운 화자'를 발명하여 기대와 배반 사이의 줄다리기를 통해 서사적 진실을 새로이 빚어내고 있기 때문이다. '소리'라는 유토피아로 탈주하는 미성년 화자들의 탈출기를 몽환적으로 그려낸 「율도국 살인사건」, '아이 사망(+고양이 살해)'에 대한 원죄를 '활자폭식'으로 견뎌내는 공허한 화자의 이야기를 다룬 「흡충의 우울」, 근미래사회의 한반도 통일 이후 현실에서 북한 군인 출신의 고지식한 화자를 통해 주거 문제를 비롯한 디스토피아적 애환을 형상화한 「강제퇴거명령서 −2039년 평성」 등은 새로운 서사를 발명하려는 작가의 의지가 돋보이는 텍스트들이다.

박초이의 서사는 '독자의 뒤통수치기'를 위해 서사를 지연시킴으로써 혹은 반전을 지향함으로써 소설적 성취를 이루고 있다. 그리고 그 서사적 성취의 이면에는 '새로운 서사의 발명'이라는 발군의 의지가 돋보인다. 기존의 서사와 비슷한 소재들도 전혀 다른 이질적 표정으로 빚어내고자 하는 장인의 감각이 박초이 서사를 보는 재미를 보여 준다. 때로는 표면과 다른 이면적 진실로, 때로는 이미지가 범람하는 그로테스크 미학으로, 때로는 신뢰할 수 없는 화자의 '진솔한 거짓' 속에서 독자들은 서사의 진경을 만나게 된다. 그리고 그러한 진경이 우리가 박초이 서사를 기대하는 이유가 된다.

남주의 남자들

초판 1쇄 인쇄일 • 2019년 6월 20일
초판 1쇄 발행일 • 2019년 6월 25일

지은이 • 박초이
펴낸이 • 임성규
펴낸곳 • 문이당

등록 • 1988. 11. 5. 제 1-832호
주소 • 서울시 성북구 동소문로 65-2 삼송빌딩 5층
전화 • 928-8741~3(영) 927-4990~2(편)
팩스 • 925-5406

ⓒ 박초이, 2019

전자우편 munidang88@naver.com

ISBN 978-89-7456-519-0 03810